DU MÊME AUTEUR

Aux Éditions Gallimard

GOODBYE, COLUMBUS

LAISSER COURIR

PORTNOY ET SON COMPLEXE

QUAND ELLE ÉTAIT GENTILLE

TRICARD DIXON ET SES COPAINS

LE SEIN

MA VIE D'HOMME

DU CÔTÉ DE PORTNOY ET AUTRES ESSAIS

PROFESSEUR DE DÉSIR

LE GRAND ROMAN AMÉRICAIN

L'ÉCRIVAIN DES OMBRES

ZUCKERMAN DÉLIVRÉ

LA LEÇON D'ANATOMIE

LA CONTREVIE

LES FAITS

PATRIMOINE

TROMPERIE

Du monde entier

PHILIP ROTH

PORTNOY ET SON COMPLEXE

roman

Traduit de l'anglais
par Henri Robillot

nrf

GALLIMARD

Titre original :

PORTNOY'S COMPLAINT

Portnoy (complexe de) pôrt'-noï kon-plè-ks'), n. [d'après Alexander Portnoy (1933-   )]. Trouble caractérisé par un perpétuel conflit entre de vives pulsions d'ordre éthique et altruiste et d'irrésistibles exigences sexuelles, souvent de tendance perverse. Voici ce qu'en dit Spielvogel : « Exhibitionnisme, voyeurisme, fétichisme, autoérotisme et fellatio s'y manifestent à profusion; par suite de l'intervention du " surmoi " du sujet, toutefois, ni ces fantasmes ni ces actes n'engendrent de réelles satisfactions d'ordre sexuel, mais plutôt un insurmontable sentiment de honte et la peur du châtiment en particulier sous forme de castration. » (Spielvogel, O. « Le Pénis éperdu », *Internationale Zeitschrift für Psychoanalyse*, vol. XXIV, p. 909). L'on peut considérer, selon Spielvogel, que la plupart des symptômes reconnus ont pour origine les liens nés des rapports mère-enfant.

Glossaire yiddisch-français : Cf. pages 273-274.

L'être le plus inoubliable que j'aie jamais rencontré

Elle était si profondément ancrée dans ma conscience que, durant ma première année d'école, je crois bien m'être imaginé que chacun de mes professeurs était ma mère déguisée. Lorsque la dernière sonnerie de cloche avait retenti, je galopais vers la maison et tout en courant me demandais si je réussirais à atteindre l'appartement avant qu'elle ait eu le temps de se retransformer en elle-même. Invariablement, à mon arrivée, elle était déjà dans la cuisine en train de préparer mon lait avec des gâteaux secs. Au lieu de m'inciter à renoncer à mes illusions, cette prouesse accroissait simplement mon respect pour ses pouvoirs. Enfin c'était toujours un soulagement pour moi de ne pas l'avoir surprise entre deux incarnations — même si je ne cessais de persister dans mes tentatives; je savais que mon père et ma sœur ignoraient tout de la vraie nature de ma mère et le poids de la trahison que j'imaginais s'abattant sur moi si jamais je la surprenais à son insu était plus que je ne pouvais supporter à l'âge de cinq ans. Je crois que je redoutais même d'être voué à une mort certaine s'il m'arrivait de la repérer en plein vol, rentrant de l'école, pour s'engouffrer par la fenêtre de la chambre ou encore émergeant, membre par membre, de l'invisibilité, pour se recomposer dans son tablier.

Bien entendu, lorsqu'elle me demandait de tout lui raconter

sur ma journée au jardin d'enfants, j'obéissais scrupuleusement. Je ne prétendais pas comprendre tous les sous-entendus de son ubiquité mais qu'il y eût là un moyen de découvrir quel genre de petit garçon j'étais quand je la croyais absente, c'était indiscutable. Conséquence, entre autres, de ce fantasme, qui survécut en moi (sous cet aspect particulier) jusqu'à mon entrée en neuvième : voyant que je n'avais pas le choix, je devins honnête.

Ah... et brillant aussi. De ma sœur aînée, adipeuse et blafarde, ma mère disait volontiers (en présence d'Hannah, bien sûr : l'honnêteté était également la base de sa politique), « Cette petite n'est pas un génie, mais enfin, il ne faut pas demander l'impossible. Dieu la bénisse, elle travaille dur, elle s'applique de toutes ses forces, alors ce qu'elle obtient comme résultats, c'est déjà très bien. » De moi, héritier de son long nez égyptien et de sa langue bien pendue, de moi ma mère disait volontiers avec une retenue caractéristique, « Ce *bonditt!* Il n'a même pas besoin d'ouvrir un livre. 'A' en tout. Albert Einstein II ! »

Et comment mon père prenait-il tout cela? Il buvait — naturellement pas du whisky comme un *goy*, mais de l'huile minérale et du lait de magnésie; et il mâchonnait de l'Ex-Lax; et il mangeait de l'All-Bran matin et soir; et il engloutissait des fruits secs mélangés par sachets entiers. Il souffrait — et à quel point ! — de constipation. L'ubiquité de l'une et la constipation de l'autre, ma mère entrant en volant par la fenêtre de la chambre, mon père lisant le journal du soir un suppositoire fiché dans le cul, telles sont, docteur, les premières impressions que je conserve de mes parents, de leurs attributs et de leurs secrets. Il préparait des décoctions de feuilles séchées de séné dans une casserole, et cette cuisine, jointe au suppositoire en train de fondre, invisible, dans son rectum, composait toute sa sorcellerie : faire mijoter ces feuilles vertes et nervurées, touiller à la cuiller le liquide à l'odeur nauséabonde, ensuite le filtrer avec soin dans une passoire et, de là, le transférer dans ses intérieurs bloqués avec cette expression lasse et affligée sur le visage. Et ensuite, penché, le dos rond, silencieux, sur le verre vide, comme s'il guettait l'écho d'un tonnerre lointain, il attend le miracle.

... Étant petit, je me trouvais quelquefois dans la cuisine et j'attendais avec lui. Mais le miracle n'arrivait jamais, du moins pas comme nous l'imaginions ou comme nous l'appelions de nos prières, telle une abrogation de sentence, une totale délivrance de la peste. Je me souviens que lorsqu'on annonça à la radio l'explosion de la première bombe atomique, il déclara à voix haute, « Peut-être que ça, ça ferait l'affaire. » Mais toutes les purges étaient sans effet sur cet homme : ses *kishkas* restaient tenaillés par la main de fer de la plus contraignante frustration. Parmi ses autres infortunes, j'étais le favori de sa femme.

Pour lui rendre encore l'existence plus pénible, il m'aimait tendrement lui-même. Lui aussi voyait en moi l'occasion pour la famille d'être « aussi bien que n'importe quelle autre », notre chance de mériter honneurs et respect, quoique, lorsque j'étais petit, il évoquât les ambitions qu'il nourrissait à mon égard surtout en termes de finances. « Ne sois pas idiot comme ton père », disait-il, plaisantant avec le petit garçon assis sur ses genoux. « Te marie pas avec une fille jolie ou par amour. Marie-toi avec une fille riche. » Non, non, il n'aimait pas du tout se sentir regardé de haut. Comme un chien, il turbinait — et seulement pour un avenir auquel le sort ne l'avait pas destiné. Personne ne lui donnait jamais de réelles satisfactions, ne le payait de retour pour tout ce qu'il avait prodigué — ni ma mère, ni moi, ni même ma tendre sœur dont il considère encore le mari comme un communiste (bien qu'il soit aujourd'hui associé dans une fructueuse affaire de sodas et possède sa maison personnelle à West-Orange). Ni à coup sûr cette entreprise protestante milliardaire (ou « institution », comme ils préfèrent se considérer) qui l'exploitait au maximum. « L'Institution Financière la Plus Charitable d'Amérique », je me souviens avoir entendu annoncer mon père lorsqu'il m'emmena pour la première fois voir sa petite surface réservée avec chaise et bureau dans les vastes locaux de la Boston and Northeastern Life; oui, devant son fils, il parlait avec fierté de « la Compagnie »; pourquoi diable se rabaisser lui-même en les démolissant en public. Après tout, ils lui avaient versé un salaire durant la crise; ils lui avaient donné du papier à lettres avec son propre nom imprimé sous une image du *Mayflower*, leur emblème (et par extension le sien, ha! ha!); et chaque printemps, dans la plénitude de leur bienfaisance, ils les envoyaient, lui et ma mère, passer un week-end gratuit à Atlantic City dans un hôtel *goyische* rupin, pas moins, où (en compagnie de tous les autres agents d'assurances des États du Middle Atlantic qui avaient excédé leur P.A.V., leurs prévisions annuelles de vente) ils étaient terrorisés par les réceptionnistes ou le garçon, le chasseur, sans parler des clients payants intrigués. De plus, il croyait passionnément à ce qu'il vendait, source supplémentaire d'angoisse propre à le vider de ses énergies. Il ne sauvait pas simplement son âme lorsqu'il mettait son manteau et son chapeau après le dîner pour aller reprendre son travail — non, c'était aussi pour sauver la mise d'un pauvre connard sur le point de laisser sa police d'assurances arriver à résiliation, mettant ainsi en danger la sécurité de sa famille « dans l'éventualité des mauvais jours pluvieux ». « Alex », m'expliquait-il volontiers, « un homme doit posséder un parapluie pour les jours pluvieux, on ne laisse pas une femme et un enfant dehors sous l'averse sans parapluie! » Et bien que pour moi, à cinq ou six ans d'âge, ce qu'il disait semblât plein de sens et même émouvant, ce n'était apparemment pas toujours l'accueil que son petit laïus sur les jours pluvieux recevait chez les frustes Polonais, les Irlandais violents et les Nègres illettrés vivant dans les quartiers misérables dont l'Institution Financière la Plus Charitable d'Amérique lui avait confié la prospection.

Ils se moquaient de lui dans les taudis. Ils ne l'écoutaient pas.

Ils l'entendaient frapper et, jetant des boîtes de conserves vides contre la porte, criaient : « Fous le camp, y'a personne! » Ils encourageaient leurs chiens à planter leurs crocs dans son postère de Juif obstiné. Et pourtant, au long des années, il s'était arrangé pour accumuler assez de plaques, de diplômes, de médailles octroyées par la compagnie en hommage à ses talents de démarcheur pour couvrir un mur entier du long couloir sans fenêtre où notre vaisselle réservée à la Pâque était rangée dans des cartons et nos tapis « d'Orient » vivaient, momifiés dans leur épais emballage de papier goudronné durant tout l'été. S'il arrivait à tirer du sang d'une pierre, la compagnie ne le récompenserait-elle pas en faisant un miracle de sa façon? Le « Président », tout là-haut, « au Siège central » ne pourrait-il avoir vent de son exploit et le transférer du jour au lendemain de son poste d'agent à 5 000 dollars par an à celui de chef de district à 15 000? Mais où ils l'avaient placé, ils le maintenaient. Qui d'autre serait donc capable de s'évertuer dans des secteurs aussi ingrats et d'obtenir d'aussi incroyables résultats? En outre, il n'y avait pas eu un seul directeur juif dans l'histoire entière de la Boston and Northeastern (Franchement Pas De Notre Milieu, Très Cher, comme on disait à bord du *Mayflower*) et mon père, avec son modeste niveau d'études, n'était guère préparé à devenir le Jackie Robinson du monde des assurances. Le portrait de N. Everett Lindabury, président directeur général de la Boston and Northeastern, était accroché dans notre entrée. Mon père avait été gratifié de cette photo encadrée après avoir placé son premier million d'assurances, à moins qu'on y eût droit après avoir atteint le plafond de dix millions. « M. Lindabury », le « Siège central »... mon père les évoquait devant moi comme s'il s'était agi de Roosevelt et de la Maison Blanche à Washington... Et avec tout ça, comme il les détestait, Lindabury pardessus tout, avec sa soyeuse chevelure blond paille et son débit pète-sec de la Nouvelle-Angleterre, les fils à Harvard et les filles dans un cours privé, oh, toute la troupe au complet, là-bas au Massachusetts, *shkotzim*, chassant le renard! et jouant au polo (ainsi l'entendis-je un soir en train de vociférer derrière la porte de sa chambre) et qui l'empêchaient, voyez-vous, d'apparaître comme un héros aux yeux de sa femme et de ses enfants. Quelle rage! Quelle fureur! Et il n'y avait vraiment personne sur qui la déchaîner, sinon lui-même. « Pourquoi est-ce que je n'arrive pas à faire mes besoins? Je suis bourré de pruneaux jusqu'au trou de balle! Pourquoi est-ce que j'ai ces migraines? Où sont mes lunettes? Qui a pris mon chapeau? »

Sur ce mode féroce et auto-annihilant dont s'inspiraient tant de Juifs de sa génération pour se dévouer à leur famille, mon père se dévouait à ma mère, à ma sœur Hannah, mais surtout à moi. Où il avait croupi en prison, je déploierais mes ailes : tel était son rêve. Le mien en était le corollaire : de ma libération naîtrait la sienne; libération de l'ignorance, de l'exploitation, de l'anonymat. Jusqu'à ce jour même, nos destins demeurent enchevêtrés dans mon imagination et trop souvent encore, à la lecture de tel ou tel passage d'un livre dont me frappe la logique ou la sagesse, il m'arrive instantanément, involontairement, de penser, « Si seulement il pouvait lire *ça*. Oui! Lire et comprendre!... » Toujours animé par l'espoir, voyez-vous, par les si-seulement à l'âge de trente-trois ans... Si je remonte au temps de ma première année d'université alors que j'étais encore bien plus le fils qui s'efforçait d'aider son père à comprendre — au temps où il me semblait que son dilemme était de comprendre ou mourir — je me souviens d'avoir arraché le formulaire d'abonnement d'une de ces revues intellectuelles dont je venais tout juste de faire la découverte à la bibliothèque de l'université, d'y avoir inscrit son nom et notre adresse et d'avoir envoyé le prix de l'abonnement sous forme de don anonyme. Mais quand je revins chez moi à Noël, morose, pour voir la famille et la condamner, la *Partisan Review* n'était nulle part en vue. *Collier's*, *Hygeia*, *Look*, oui, mais où était sa *Partisan Review*? Jetée sans avoir été ouverte, pensai-je dans mon arrogance et ma désolation, balancée sans avoir été lue, considérée dans le courrier comme paperasse de rebut, par mon corniaud, mon minus, mon philistin de père!

Je me revois, pour remonter encore plus loin dans cette histoire de désillusion — je me revois un dimanche matin lançant une balle de base-ball à mon père puis attendant vainement de la voir s'envoler très très haut au-dessus de ma tête. J'ai huit ans et pour mon anniversaire j'ai reçu mon premier gant et ma première balle dure et une batte réglementaire que je n'ai même pas la force de balancer autour de moi. Mon père est parti très tôt ce matin en chapeau et manteau, nœud papillon et souliers noirs, avec sous le bras l'épais registre comptable de recouvrement relié en noir, indiquant qui doit et combien à M. Lindabury. Il descend dans le quartier des gens de couleur tous les dimanches matin que Dieu fait parce que, comme il le dit, c'est le meilleur moment pour agrafer ces réfractaires qui refusent de lâcher les dix ou quinze misérables *cents* nécessaires au règlement de leur prime hebdomadaire. Il va rôder dans les coins où les maris sont assis au soleil, essayant de leur extirper quelques maigres picaillons avant qu'ils se soient saoulés à mort avec leur bouteille de vin doux Morgan Davis. Il émerge des ruelles comme un diable pour saisir entre la maison et l'église les pieuses femmes de ménage qui sont absentes, travaillant dans les maisons des autres, pendant les heures diurnes de la semaine et se cachant chez elles le soir pour lui échapper. « Hé, Ho », s'écrie quelqu'un, « Vlà le Gars des Assurances ! » Et même les enfants courent se planquer, — les *enfants*, répète-t-il, écœuré, alors veux-tu me le dire, quel espoir peuvent avoir ces négros de jamais améliorer leur sort! Comment ils s'en tireront jamais s'ils ne sont même pas fichus de piger l'importance de l'assurance sur la vie? Est-ce qu'ils se foutent totalement des êtres chers qu'ils laissent derrière eux? « Parce que tous ils vont « mou'ir aussi », tu saisis — « oh », fait-il furieux, « C'est sû' et ce'tain! » Ah, dites-moi, je vous en prie, quelle est l'espèce d'homme qui peut songer à laisser des enfants dehors sous la pluie sans même un parapluie correct pour les abriter!

Nous sommes sur le grand terrain de sport derrière mon école. Il pose son registre par terre et s'avance jusqu'à la plaque de but avec son manteau et son feutre marron à bords roulés. Il arbore des lunettes carrées à monture d'acier et ses cheveux (que j'ai maintenant) sont un magma broussailleux dont la couleur et la texture évoquent la paille de fer; et ces dents, qui passent toute la nuit au fond d'un verre dans la salle de bain, souriant à la cuvette des water, maintenant me sourient à moi, le chéri de son cœur, sa chair et son sang, le petit garçon sur la tête de qui, jamais ne tombera une goutte de pluie. « Allez, Super Champion », dit-il, et il empoigne ma batte réglementaire neuve à peu près au milieu — et à mon étonnement en plaçant la main gauche où devrait se trouver la droite. Je suis soudain submergé par une tristesse sans nom. Je veux le prévenir, *Hé, tu te trompes de main*, mais j'en suis incapable, j'ai peur de me mettre à pleurer — ou qu'il pleure, lui! « Allez, vas-y, Champion, lance ta balle », me crie-t-il. Je la lance et bien entendu découvre qu'en plus de tous les autres doutes qui commencent à m'assaillir au sujet de mon père, il n'est pas non plus « King Kong » Charlie Keller.

Vous parlez d'un parapluie.

C'était ma mère qui était capable de n'importe quelles prouesses, qui devait elle-même admettre qu'elle était peut-être bien trop parfaite. Et un petit garçon possédant mon intelligence, mes dons d'observation pouvait-il douter qu'il en fût ainsi? Elle pouvait faire du flan, par exemple, avec des tranches de pêches *flottant* au milieu, des pêches littéralement *suspen-*

dues dans la gelée au mépris de la loi sur la chute des corps. Elle pouvait confectionner des gâteaux qui avaient goût de banane. Pleurante, souffrante, elle râpait elle-même son raifort plutôt que d'acheter les *pishachs* qu'on vendait en bocaux à la boutique de Delicatessen. Elle surveillait le boucher « d'un œil de lynx », comme elle disait, pour être sûre qu'il n'oublierait pas de passer sa viande en morceaux dans le hachoir kasher. Elle téléphonait à toutes les autres femmes de l'immeuble qui faisaient sécher leur lessive dans l'arrière-cour — il lui arriva même d'appeler la *goy* divorcée du dernier étage un jour de magnanimité — pour les alerter. Dépêchez-vous, rentrez vite votre linge, il est tombé une goutte de pluie sur nos carreaux. Quel radar équipait cette femme! Et *avant* l'invention du radar! L'énergie qu'elle pouvait déployer! Sa méticulosité! A l'affût des erreurs, elle vérifiait mes additions; des trous mes chaussettes, de la crasse mes ongles, mon cou, chaque pli et chaque repli de mon corps. Elle récure même les coins les plus inaccessibles de mes oreilles en me déversant au creux de la tête de l'eau oxygénée froide qui me démange, qui me pétille dans le conduit comme de la limonade et ramène à la surface par menus débris les réserves cachées de cire jaune qui, semble-t-il, peuvent mettre en péril le système auditif d'un individu. Une opération médicale de ce genre (si farfelue qu'elle puisse être) demande du temps, naturellement; elle demande des efforts à coup sûr — mais pour tout ce qui touche à la santé, à l'hygiène, aux microbes et aux diverses sécrétions du corps, pas question pour ma mère de se ménager et d'abandonner son prochain. Elle allume des bougies pour les morts — les autres oublient invariablement, elle se souvient religieusement et sans même s'aider de repères notés sur le calendrier. Elle a tout bonnement le dévouement dans la peau. Elle semble être la seule, dit-elle, qui lorsqu'elle va au cimetière a « le bon sens », « la simple et banale correction » d'arracher les mauvaises herbes des tombes de nos parents. A la première belle journée de printemps, elle a mis à l'épreuve des mites tout ce qui contient de la laine dans la maison, roulé et ficelé les tapis et les a traînés dans la salle des trophées de mon père. Jamais elle n'a honte de sa maison : un étranger pourrait entrer et aller ouvrir n'importe quel placard, n'importe quel tiroir, elle n'aurait pas le moindre motif de honte. On pourrait même manger à même le sol de la salle de bains au cas où d'aventure il faudrait en passer par là. Quand elle perd au mah-jongg, elle prend ça allégrement, pas-comme-les-autres-dont-elle-pourrait-dire-les-noms-mais-elle-n'en-fera-rien-pas-même-Tilly Hochman-rien-que-d'en-parler-c'est-trop-mesquin-oublions-même-que-j'ai-abordé-ce-sujet. Elle coud, elle tricote elle reprise, elle repasse mieux même que la *schvartze* envers qui, de toutes ses amies qui possèdent chacune un lambeau de la peau de cette vieille négresse souriante et puérile, elle seule est bonne. « Je suis la seule à être bonne avec elle, je suis la seule à lui donner une boîte entière de thon pour son déjeuner, et avec ça pas de *dreck;* je parle de « Délices de Mer », Alex. Je regrette, je ne peux pas être radine. Excuse-moi, mais je ne peux pas vivre comme ça, même si je les paye 49 *cents* les deux. Esther Wasserberg laisse 25 *cents* en petite monnaie chez elle quand Dorothy vient et après elle compte les pièces pour voir si elles y sont toutes. Je suis peut-être trop bonne », me chuchote-t-elle tout en se précipitant pour aller inonder d'eau bouillante le plat dans lequel la femme de ménage vient de manger son déjeuner, seule comme une lépreuse, « mais je ne pourrais pas faire une chose pareille ». Une fois Dorothy est revenue par hasard dans la cuisine pendant que ma mère était encore plantée devant le robinet marqué C, noyant sous un torrent le couteau et la fourchette qui avaient passé entre les épaisses lèvres roses de la *schvartze.* « Oh, vous savez comme c'est difficile d'enlever la mayonnaise des couverts par les temps qui courent, Dorothy », fait observer ma mère à la langue agile.

Et ainsi, m'explique-t-elle plus tard, grâce à sa présence d'esprit, elle a réussi à ménager la susceptibilité de cette femme de couleur.

Quand je suis méchant, je suis enfermé hors de l'appartement. Je reste à la porte et je tape, je tape jusqu'à ce que je jure de changer de conduite. Mais qu'est-ce que j'ai fait? Je cire tous les soirs mes souliers sur une page du journal de la veille au soir, soigneusement dépliée sur le linoléum; après quoi, je ne manque jamais de revisser à fond le couvercle de la boîte de cirage et de remettre tout le matériel à sa place. J'enroule le tube de dentifrice par la base; je me brosse les dents en cercle et jamais de haut en bas; je dis « merci », je dis « il n'y a pas de quoi », je dis « excusez-moi » et « je peux? » Quand Hannah est malade ou sortie avant le dîner avec sa petite boîte bleue émaillée pour aller quêter en faveur du Fonds Juif National, je me porte volontaire, bien que ce ne soit pas mon tour, pour mettre la table, me souvenant toujours que le couteau et la cuiller vont à droite, la fourchette à gauche, la serviette à gauche de la fourchette et pliée en triangle. Jamais je ne mange de *milchiks* dans un plat de *flaishedigeh*, jamais, jamais au grand jamais. Et pourtant, durant environ une année de ma vie, il ne s'est pas écoulé de mois sans que je commette une mauvaise action si inexcusable que je me suis entendu signifier de préparer mon baluchon et de partir. Mais de quoi pouvait-il bien s'agir? Maman, c'est moi le petit garçon qui passe des nuits entières avant que l'école rouvre ses portes à calligraphier en écriture gothique les noms des matières du programme sur ses cahiers de cours de couleur — qui, avec patience, colle des œillets de renforcement à une rame de feuillets à triple perforation calculée pour un trimestre, à la fois lignés et non lignés. J'ai toujours sur moi un peigne et un mouchoir propre; jamais mes bas montants ne me retombent sur les chevilles, j'y veille avec soin; le travail que je dois faire à la maison est terminé des semaines avant la date fixée — regardons les choses en face, M'man, je suis le petit garçon le plus intelligent et le plus soigné dans l'histoire de mon école! Les institutrices (comme tu le sais, comme elles te l'ont *dit*) rentrent chez elles retrouver leur mari, heureuses à cause de moi. Alors qu'est-ce que j'ai fait? Que celui qui connaît la réponse à la question veuille bien se lever! Je suis tellement horrible qu'elle ne me supportera pas dans la maison *une minute de plus*. Comme j'ai traité un jour ma sœur de « sale vache » on m'a séance tenante lavé la bouche avec un morceau de savon noir pour la lessive. Ça, je le comprends, mais le bannissement? Qu'est-ce que j'ai bien pu faire?

Parce qu'elle est bonne, elle me préparera un casse-croûte à emmener, mais voilà que moi je m'en vais, avec mon manteau et mes caoutchoucs, et ce qui peut se passer ne la regarde pas.

Très bien, dis-je, si tu le prends comme ça! (Car j'ai le goût du mélodrame moi aussi, je n'appartiens pas pour rien à cette famille) j'ai pas besoin de casse-croûte, j'ai besoin de rien!

Je ne t'aime plus, je n'aime plus un petit garçon qui se conduit comme tu le fais. Je vivrai seule ici avec papa et Hannah, dit ma mère (sans rivale, réellement, dans l'art de donner aux phrases un tour propre à vous tuer) Hannah peut préparer les réglettes du Mah-jongg pour les dames le mardi soir, nous n'aurons plus besoin de toi.

Je m'en fiche! Et je franchis le seuil pour me retrouver dans le long couloir à demi éclairé. Je m'en fiche! Je vendrai des journaux dans les rues, pieds nus. J'irai où je voudrai à bord des wagons de marchandises et dormirai dans les champs, je m'imagine — et il suffit que je voie les bouteilles de lait vides rangées près de notre tapis-brosse pour que l'immensité de tout ce que j'ai perdu s'écroule sur ma tête. « Je te déteste », je braille en décochant un coup de pied dans la porte, « tu me dégoûtes! » Sur ces horreurs, sur cette hérésie qui résonne au long des couloirs de l'immeuble où elle rivalise avec vingt autres femmes juives pour gagner le titre de sainte patronne de l'autosacrifice, ma mère n'a pas d'autre choix que de verrouiller la serrure à double tour. C'est alors que je me mets à cogner pour qu'on m'ouvre. Je me laisse tomber sur le paillasson pour implorer le pardon de mon péché (qui une fois de plus consiste en quoi?) et lui promettre la perfection de ma part et rien d'autre jusqu'à la fin de nos existences qu'à cette époque-là je crois éternelles.

Il y a aussi les soirs où je ne veux pas manger. Ma sœur qui a quatre ans de plus que moi m'assure que mes souvenirs sont des faits exacts : je refuse d'avaler quoi que ce soit et ma mère se découvre incapable de se résigner devant une telle obstination — et une telle stupidité. Et incapable pour mon propre bien. Elle me demande simplement de faire quelque chose *pour mon propre bien*. Et je dis encore *non?* Ne me donnerait-elle pas la nourriture tirée de sa bouche même? Est-ce que je ne le sais pas maintenant?

Mais je ne veux pas de la nourriture tirée de sa bouche. Je ne veux même pas de cette nourriture posée dans mon assiette, tout est là.

Je t'en prie...! Un enfant avec mes capacités! Mes succès! Mon avenir! — Tous les dons que Dieu m'a prodigués, la beauté, l'intelligence, va-t-on m'autoriser à penser que j'ai le droit de m'affamer moi-même sans la moindre raison valable? Ai-je envie d'être toujours regardé de haut toute ma vie par les gens comme un petit garçon maigrichon ou d'avoir l'air d'un homme? Ai-je envie qu'on me bouscule, qu'on se moque de moi, ai-je envie de rester un sac d'os que les gens peuvent renverser d'un éternuement? Ou ai-je envie de commander le respect?

Qu'ai-je envie d'être quand je serai grand, faible ou fort, quelqu'un qui réussit ou un raté, un homme ou une mauviette?

Je ne veux pas manger, tout simplement, je réponds.

Alors ma mère s'assied sur une chaise près de moi, avec un long couteau à pain à la main. Il est en acier inoxydable avec des petites dents de scie. Qu'est-ce que je veux être, faible ou fort, un homme ou une mauviette? Docteur, *pourquoi*, oh pourquoi, oh pourquoi, oh pourquoi, oh pourquoi une mère menace-t-elle son propre fils d'un couteau? J'ai six ans, sept ans, comment puis-je savoir qu'elle ne va pas vraiment s'en servir, que suis-je censé faire? Essayer de la bluffer, à sept ans? Je n'ai pas un sens très évolué de la stratégie, nom d'un chien... Je ne pèse probablement encore pas même vingt-cinq kilos! Quelqu'un agite un couteau dans ma direction, je crois que ce geste s'accompagne d'une intention secrète de répandre mon sang! Mais *pourquoi?* Que peut-elle bien penser *dans sa cervelle?* Quel est son degré de folie? En supposant qu'elle m'ait laissé gagner — qu'y aurait-il eu de perdu? Pourquoi un *couteau?* Pourquoi la menace d'un *meurtre?* Pourquoi une victoire aussi totale et écrasante est-elle nécessaire — alors qu'hier seulement elle reposait son fer à repasser sur la grille et *applaudissait* tandis que je me démenais à travers la cuisine, répétant mon rôle de Christophe Colomb dans le spectacle qu'on prépare à l'école « *Terre! Terre!* » Je suis acteur vedette de ma classe, ils ne peuvent pas monter une pièce sans moi. Oh, une fois ils ont essayé quand j'ai eu ma bronchite mais l'institutrice a confié plus tard à ma mère que la représentation avait été franchement médiocre.

Oh, *comment*, comment peut-elle passer d'aussi radieux après-midi dans cette cuisine à astiquer l'argenterie, à hacher menu du foie, à changer l'élastique de mes petits caleçons courts — et me souffler en même temps mes répliques d'après le manuscrit ronéotypé, jouant la reine Isabelle pour mon Colomb, Betsy Ross pour mon Washington, Mme Pasteur pour mon Louis — comment peut-elle s'élever avec moi jusqu'aux cimes de mon génie durant ces belles heures de crépuscule après l'école et puis le soir, parce que je refuse de manger des haricots verts et des pommes de terre au four, pointer un couteau à pain sur mon cœur?

Et pourquoi mon père ne l'en empêche-t-il pas?

La branlette

Vint ensuite l'adolescence — la moitié de mon existence à l'état de veille passée enfermé dans la salle de bains à expédier mon foutre soit dans la cuvette des cabinets soit au milieu des affaires sales dans le panier à linge, soit, *flac*, projeté de bas en haut contre la glace de l'armoire à pharmacie devant laquelle je me tenais planté, caleçon baissé, pour voir à quoi ça ressemblait à la sortie. Ou alors, j'étais courbé en deux sur mon poing transformé en piston, les paupières étroitement closes mais la bouche grande ouverte, pour recevoir cette sauce gluante à base de chlore et de petit lait sur ma langue et mes dents — encore qu'assez souvent, dans mon aveuglement et mon extase je récoltais tout dans ma houppe savamment ondulée comme une giclée de lait capillaire. Au milieu d'un univers de mouchoirs empesés, de kleenex chiffonnés et de pyjamas tachés, je manipulais mon pénis nu et gonflé dans la crainte perpétuelle de voir mon ignominie découverte par quelqu'un qui me surprendrait à l'instant même où je déchargeais. Néanmoins, j'étais totalement incapable de ne pas me tripoter la bite une fois qu'elle s'était mise à me grimper le long du ventre. En plein milieu d'un cours, je levais la main pour obtenir la permission de sortir, me ruais le long du couloir jusqu'aux lavabos et en dix ou quinze furieux coups de poignet, déflaquais debout dans un urinoir. A la séance de cinéma du samedi après-midi, je laissais mes copains pour aller jusqu'au distributeur de bonbons et grimpais m'astiquer sur un lointain siège de balcon, lâchant ma semence dans l'enveloppe vide d'une barre de chocolat... Un jour, au cours d'une sortie de notre association familiale, j'évidai le cœur d'une pomme, vis avec surprise (et avec l'aide de mon obsession) à quoi elle ressemblait et courus dans le bois pour me jeter à plat ventre sur l'orifice du fruit, feignant de croire que le trou farineux et frais se trouvait en réalité entre les jambes de cette créature mythique qui m'appelait toujours « mon Grand » quand elle m'adjurait de lui accorder ce qu'aucune fille dans toute l'histoire n'avait jamais obtenu. « Oh, mets-le-moi, mon Grand », s'écriait la pomme creuse que je baisais frénétiquement le jour de ce pique-nique. « Mon Grand, mon Grand, oh donne-moi tout », implorait la bouteille de lait vide que je gardais cachée dans notre réduit à poubelle au sous-sol pour la rendre folle après l'école avec ma trique vaselinée. « Viens, mon Grand », hurlait le morceau de foie délirant que dans ma propre aberration j'achetai un après-midi chez le boucher et que, croyez-le ou non, je violai derrière un panneau d'affichage, en route pour une leçon préparatoire au *bar mitzvah*.

Ce fut à la fin de ma première année de lycée — première année également de masturbation — que je découvris sur la face interne de mon pénis, au point précis où la tige rejoint le gland, un petit point décoloré qui fut depuis lors diagnostiqué comme une tache de son. Le cancer! Je m'étais flanqué le *cancer*, tous ces tiraillements, ces tractions exercés sur ma propre chair, toutes ces frictions m'avaient donné une maladie incurable, et je n'avais même pas quatorze ans! La nuit dans mon lit, les larmes me ruisselaient des yeux. « Non! sanglotais-je, je ne veux pas mourir, par pitié, non! » Mais puisque je devais à bref délai être transformé en cadavre, je m'activais comme d'habitude et déchargeais dans ma chaussette. J'avais pris l'habitude de fourrer mes chaussettes sales le soir dans mon lit pour pouvoir en utiliser une comme réceptacle en me couchant et l'autre à mon réveil.

Si seulement j'avais pu me restreindre à une branloche par jour ou me tenir à la limite de deux ou même trois ! Mais avec cette perspective de néant devant moi, j'entrepris en réalité d'établir de nouveaux records pour moi-même. Avant les repas. Après les repas. Pendant les repas. Bondissant de la table où nous mangions, je m'agrippe tragiquement le ventre à deux mains — la colique, je m'écrie, j'ai une colique terrible ! — et une fois derrière la porte fermée de la salle de bains, je me passe par-dessus la tête une culotte que j'ai volée dans la commode de ma sœur et que je trimbale enroulée dans un mouchoir au fond de ma poche. Si foudroyant est l'effet de cette culotte de coton contre ma bouche, si foudroyant est l'effet du mot « culotte » que la trajectoire de mon foutre atteint de nouvelles altitudes sidérantes — jaillissant de mon zob comme une fusée, il file droit sur l'ampoule électrique au plafond sur laquelle, à ma surprise horrifiée, il fait mouche et reste pendu ! Affolé sur le coup je me couvre la tête, attendant une explosion de verre, un jet de flammes — le désastre, voyez-vous, n'est jamais bien loin dans mon esprit. Puis, aussi calme que je peux, je grimpe sur le radiateur et cueille le grésillant glaviot avec un tampon de papier hygiénique. Je commence un examen scrupuleux du rideau de la douche, de la baignoire, du carrelage, des quatre brosses à dents — horrible perspective ! et au moment même où je vais ouvrir le loquet, m'imaginant que je n'ai laissé aucun indice derrière moi, mon cœur tressaille à la vue de ce qui s'accroche comme une morve à la pointe de mon soulier. Je suis le Raskolnikov de la branlade — la preuve poisseuse est partout ! Est-elle aussi visible sur mes manchettes ? Dans mes *cheveux ?* Mes *oreilles ?* Sur tout cela, je m'interroge encore tandis que je retourne vers la table de la cuisine, l'air maladif et renfrogné, pour grogner sur un ton de vertu offensée à l'adresse de mon père lorsqu'il ouvre sa bouche pleine de flan rougeâtre et déclare : « Je ne comprends pas ce que tu as à t'enfermer comme ça, ça dépasse mon entendement. Qu'est-ce que c'est ici? La maison ou la gare de Grand Central? » « ... Avoir la paix... un être humain... dans cette baraque *jamais...* », je rétorque, puis je repousse mon assiette à dessert pour glapir, « Je ne me sens pas bien... *Vous pouvez vraiment pas me laisser tranquille, tous?* »

Après le dessert, que je termine parce qu'il se trouve que j'aime le flan, même si je les déteste, eux — après le dessert je me retrouve dans la salle de bains. Je farfouille dans le linge à laver de la semaine jusqu'à ce que je déniche un des soutiens-gorge sales de ma sœur. J'accroche une bretelle d'épaule au bouton de la porte de la salle de bains et l'autre à celui du placard à linge : épouvantail apte à susciter de nouveaux rêves. « Oh, astique-toi, mon Grand, astique-toi jusqu'à l'avoir en sang. » Ainsi suis-je exhorté par les petits bonnets du soutien-gorge d'Hannah quand un journal roulé en tube claque contre la porte et me fait sauter, moi et mon engin dans la main, à trois centimètres au-dessus du siège des waters. « Dis donc toi, si tu laissais une seconde cet endroit aux autres, veux-tu? » lance mon père. « Ça fait une semaine que j'ai les tripes bloquées. »

Je récupère mon assiette comme j'en ai le talent avec un accès de susceptibilité blessée. « J'ai une colique horrible! Tout le monde s'en fiche dans la maison ou quoi? »

Entre-temps, je reprends mon va-et-vient et j'accélère même le tempo tandis que mon organe cancéreux est miraculeusement repris d'un frémissement centrifuge. Alors le soutien-gorge d'Hannah *commence à bouger*, à osciller de-ci de-là! Je me voile les yeux et, ça y est! — Lenore Lapidus! Qui en a la plus grosse paire dans ma classe, courant pour attraper le bus après l'école avec son opulent et intouchable fardeau qui tangue lourdement sous sa blouse, oh, je les adjure de jaillir hors de leur sac et de passer par-dessus bord, LES VÉRITABLES NICHONS DE LENORE LAPIDUS. Et je me rends compte pendant la même fraction de seconde que ma mère secoue avec vigueur le bouton de la porte. De la porte que j'ai finalement oublié de fermer! Je le savais que ça arriverait un jour! *Coincé!* Autant dire *mort!*

« Ouvre, Alex, je veux que tu ouvres immédiatement. »

La porte est fermée, je ne suis pas pris sur le fait! Et je constate d'après ce qui vit dans ma main que je ne suis pas non plus tout à fait mort : Donc, branle-toi! Branle-toi! « Lèche-moi, mon Grand, lèche-moi bien à fond. Je suis le gros trousse-doudoune en chaleur de Lenore Lapidus! »

« Alex! Tu vas me répondre. As-tu mangé des frites après l'école? C'est pour ça que tu es malade? »

« Nnnnnon, nnnnnon! »

« Alex, tu souffres? Tu veux que j'appelle un docteur? Tu souffres ou non? Je veux savoir exactement où tu as mal. *Réponds-moi!* »

« Hemmmm... »

« Alex, Alex, je ne veux pas que tu tires la chasse », dit ma mère avec sévérité, « je veux voir ce que tu as fait. Tout ça ne me dit rien qui vaille. »

« Et moi », intervient mon père, touché comme il l'a toujours été par mes exploits — un mélange de crainte admirative et d'envie — « ça fait une semaine que j'ai les tripes bloquées », au moment même où je me dresse en vacillant du siège des waters où je suis juché et avec le geignement d'un animal battu, j'émets trois gouttes d'un liquide à peine visqueux dans le minuscule bout de tissu dont ma grande sœur de dix-huit ans à la poitrine plate couvre le peu qu'elle a de tétons. C'est mon quatrième orgasme de la journée. Quand est-ce que je vais commencer à faire du sang?

« Viens par ici, toi », dit ma mère, « pourquoi as-tu tiré la chasse quand je t'avais dit de ne pas le faire? »

« J'ai oublié. »

« Qu'est-ce qu'il y avait donc là-dedans que tu étais si pressé de le faire disparaître? »

« La cliche. »

« C'était surtout liquide ou surtout du gros popo? »

« Je regarde pas! J'ai pas regardé! Et arrête de dire gros popo! Je suis au lycée! »

« Oh, me parle pas sur ce ton, Alex, ce n'est pas moi qui t'ai donné la colique, je te le garantis. Si tu ne mangeais que ce que je te donne à la maison, tu ne serais pas obligé de courir aux cabinets cinquante fois par jour. Hannah me dit ce que tu fais, alors ne t'imagine pas que je ne sais pas. »

Elle n'a pas trouvé sa culotte! Je suis coincé! Oh, si je pouvais être mort! J'aimerais mieux ça!

« Ah oui, qu'est-ce que je fais?... »

« Tu vas au Hot-Dog chez Harold et au *Chazerai* Palace et tu manges des frites avec Melvin Weiner, c'est bien ça, hein? Et n'essaie pas de me mentir. Est-ce que tu te bourres ou non de frites et de ketchup dans Hawthorne Avenue après la classe? Jack, viens ici, je veux que tu entendes ça », crie-t-elle à mon père qui occupe maintenant la salle de bains.

« Écoute, j'essaie de faire mes besoins », réplique-t-il, « est-ce que je n'ai pas assez d'ennuis comme ça sans qu'on se mette en plus à m'asticoter quand j'essaie de faire mes besoins? »

« Tu sais ce que fais ton fils après l'école, le numéro un de la classe, que sa mère n'a même plus le droit de lui dire gros popo, tellement c'est un grand garçon? Qu'est-ce que tu crois qu'il fait, ton grand garçon, quand personne ne le surveille? »

« Ça ne vous ferait rien de me fiche un peu la paix, s'il vous plaît », crie mon père. « Je ne peux pas avoir une minute de tranquillité, que j'arrive enfin à un résultat là-dedans?

« Attends seulement que ton père apprenne ce que tu fais au mépris des règles d'hygiène les plus élémentaires. Alex, réponds-moi quelque chose. Tu es si intelligent, tu as réponse à tout, n'est-ce pas? Alors, réponds-moi. Comment crois-tu que Melvin Weiner a attrapé cette colite? Pourquoi ce petit a-t-il passé la moitié de sa vie à l'hôpital? »

« Parce qu'il mange des *chazerai.* »

« Je te défends de te moquer de moi. »

« Bon ça va », je glapis. « Comment est-ce qu'il a attrapé une colite? »

« En mangeant des *chazerai,* mais il n'y a pas de quoi rire! Parce que pour lui un repas, c'est une barre d'O Henry avec une bouteille de Pepsi. Parce que son petit déjeuner consiste en tu sais quoi? Le repas le plus important de la journée, et pas seulement d'après ta mère, Alex, mais d'après les plus grands diététiciens, et tu sais ce qu'il mange ce petit?

« Un beignet.

« Un beignet, justement, monsieur la Forte Tête, monsieur l'Adulte; et du *café,* du café et un beignet, et avec ça un *pisher* de treize ans avec une moitié d'estomac est censé commencer sa journée. Mais toi, Dieu merci, tu as été élevé autrement, tu n'as pas une mère qui se baguenaude dans toute la ville comme certaines que je pourrais nommer, chez Bam, chez Hahne, chez Kresge du matin au soir. Alex, dis-moi, ce n'est tout de même pas un mystère ou alors je suis peut-être stupide — enfin, dis-moi, où veux-tu en venir? Qu'est-ce que tu cherches à prouver en te bourrant de cochonneries pareilles quand tu pourrais rentrer à la maison pour y manger une galette aux graines de pavot et boire un bon verre de lait? Je veux que tu me dises la vérité, je ne le répéterai pas à ton père », dit-elle en baissant la voix d'un ton significatif, «mais il *faut* que tu me dises la vérité». Une pause, toujours aussi significative. « Est-ce que c'est seulement des frites, mon chéri, ou plus? Dis-moi, je t'en prie, quel autre genre de saletés t'es-tu enfourné dans le gosier qu'on puisse aller au fond de cette colique? Réponds-moi franchement, Alex, est-ce que tu manges des hamburgers dehors? Réponds-moi, je t'en prie. C'est pour ça que tu as tiré la chasse, parce qu'il y avait du hamburger dedans? »

« Je t'ai dit : je ne regarde pas dans la cuvette quand je tire la chasse, je ne m'intéresse pas comme toi au popo des autres! »

« Oh, oh, oh, à treize ans, regardez-moi comme ça répond! A quelqu'un qui lui pose une question sur *sa* santé, *son* bien-être! » Sa totale incompréhension de la situation lui fait monter les larmes aux yeux. « Alex, pourquoi deviens-tu comme ça, explique-moi un peu? Dis-moi, je t'en prie, ce que nous t'avons fait de si horrible pendant toute notre existence pour mériter ça? » Je crois que la question la frappe par son originalité, je crois qu'elle considère cette question comme sans réponse, et, ce qu'il y a de pire, moi aussi. Qu'ont-il fait pour moi durant toute leur existence sinon se sacrifier? Et pourtant, que ce soit là précisément la chose horrible dépasse mon entendement — et encore maintenant, docteur! Jusqu'à aujourd'hui!

Je me concentre maintenant pour la séance de chuchotements. Les chuchotements, je les sens venir d'un kilomètre. Nous allons discuter des migraines de mon père.

« Alex, est-ce qu'il n'a pas été pris aujourd'hui d'une telle migraine qu'il n'arrivait plus à voir clair? » Elle vérifie s'il est bien hors de portée de sa voix, qu'il n'entende surtout pas à quel point son état est critique, il pourrait crier à l'exagération. « Est-ce qu'il ne va se faire examiner la semaine prochaine au cas où il aurait une tumeur? »

« Il va se faire examiner? »

« Amenez-le-moi, le docteur a dit, je vais l'examiner au cas où il aurait une tumeur. »

Partie gagnée, je pleure. Je n'ai aucune bonne raison de pleurer mais dans cette famille chacun s'efforce d'y aller carrément de sa larme au moins une fois par jour. Mon père, il faut le comprendre — comme c'est votre cas sans aucun doute : les maîtres chanteurs constituent une fraction substantielle de l'humanité et, j'imagine, de votre clientèle — aussi loin que je remonte dans ma mémoire ou peu s'en faut, mon père est toujours sur le point de subir cet examen. S'il a tout le temps mal à la tête, c'est bien entendu parce qu'il est tout le temps constipé — et s'il est constipé, c'est parce que la propriété de son secteur intestinal est entre les mains de la firme Souci, Peur & Frustration. Il est vrai qu'un docteur a dit un jour à ma mère qu'il examinerait son mari pour voir s'il avait une tumeur — si cela pouvait la contenter, comme il l'a je crois formulé; il a toutefois suggéré qu'il serait plus économique et sans doute plus efficace pour le sujet d'investir de l'argent dans un bock à lavement. Et pourtant, bien que je sois parfaitement au courant de tout cela, je n'en ai pas moins le cœur brisé quand j'imagine le crâne de mon père éclatant sous l'effet d'une tumeur maligne. Oui, elle m'a amené là où elle voulait et elle le sait. Je perds complètement de vue mon propre cancer dans le chagrin qui m'envahit — qui m'envahit encore aujourd'hui comme il le fit alors — quand je songe à tout ce qui dans l'existence est toujours resté (ainsi qu'il le spécifie lui-même de façon très précise) au-delà de sa compréhension et de sa portée. Pas d'argent, pas d'instruction, pas de langage véritable. Pas d'éducation, une curiosité sans culture, des élans d'énergie sans objet, une expérience sans sagesse. Comme ces insuffisances peuvent aisément me mettre en larmes. Aussi aisément qu'elles peuvent me mettre en rage!

Il y avait une personne que mon père me proposait souvent comme modèle à imiter dans la vie, le producteur de spectacles Billy Rose. Walter Winchell disait que la connaissance de la sténo acquise par Billy Rose avait incité Bernard Baruch à l'engager comme secrétaire — en conséquence, mon père m'avait bassiné tout au long de mes années d'écolier pour que je m'inscrive au cours de sténographie.

« Alex, où en serait Billy Rose aujourd'hui sans sa sténo?

Nulle part. Alors, pourquoi te rebiffes-tu? » Auparavant, c'était à propos du piano que nous nous étions affrontés. Pour un homme dont le foyer était dépourvu de tout disque ou phonographe, c'était avec passion qu'il parlait d'instrument musical. « Je ne comprends pas pourquoi tu ne veux pas jouer de quelque chose. Vraiment, ça me dépasse. Ta petite cousine Toby est capable de s'asseoir au piano et d'y jouer n'importe quelle chanson. Elle n'a qu'à s'installer devant le piano et à jouer *Tea for two* et tous ceux qui sont dans la pièce sont ses amis. Jamais elle ne manquera de compagnie, Alex, jamais elle ne manquera de popularité. Dis-moi seulement que tu vas te mettre au piano et j'en fais venir un ici demain matin. Alex, tu m'écoutes? Je t'offre quelque chose qui pourrait changer tout le reste de ton existence. »

Mais ce qu'il avait à m'offrir, je n'en voulais pas — et ce que je voulais, il ne me l'offrait pas. Et pourtant qu'y a-t-il de si insolite à cela? Pourquoi dois-je toujours éprouver à ce sujet une telle souffrance? Si longtemps après! Docteur, de quoi devrais-je me débarrasser, dites-moi, la haine... ou l'amour? Parce que je n'ai même pas commencé à mentionner tout ce dont je me souviens avec plaisir — je veux dire avec une sensation à la fois exaltante et cuisante de nostalgie! Tous ces souvenirs qui semblent plus ou moins liés au temps qu'il fait et à l'heure du jour qui me fulgurent dans l'esprit avec une telle acuité que pour un instant je ne suis plus dans le métro, ou à mon bureau, ou en train de dîner avec une jolie fille, mais replongé dans mon enfance, *avec eux*. Des souvenirs de rien, pratiquement, et pourtant qui m'apparaissent comme des jalons dans l'histoire, aussi cruciaux pour mon être que l'instant de ma conception. Je pourrais même me rappeler son sperme se faufilant dans son ovule, si intense est ma gratitude — oui, ma gratitude, si véhément, si total est mon amour, oui, moi, avec un amour véhément, total! Je me tiens debout dans la cuisine (debout pour la première fois peut-être de ma vie), ma mère tend la main, « Regarde dehors, bébé », et je regarde. Elle dit, « Tu vois, ces teintes violettes? Un vrai ciel d'automne... » La première phrase poétique que j'entends de ma vie, et je m'en souviens! Un vrai ciel d'automne. C'est par une journée de janvier dans un froid mordant, au crépuscule — oh, ces souvenirs de crépuscule encore capables de me ravager, souvenirs de graisse de poulet sur du pain de seigle pour me faire tenir jusqu'au dîner, et la lune déjà par la fenêtre de la cuisine — je viens tout juste de rentrer avec les joues rouges et brûlantes et un dollar que j'ai gagné à pelleter de la neige. « Tu sais ce que tu vas avoir pour dîner? » me roucoule ma mère si tendrement. « Toi, mon petit garçon qui as si bien travaillé? Ton plat d'hiver préféré. Ragoût d'agneau. » C'est la nuit : après un dimanche à New York City, Radio City et Chinatown, nous rentrons chez nous en voiture par le George Washington Bridge, — le Holland tunnel est la route directe entre Pell Street et Jersey City mais je supplie que l'on passe par le pont et parce que ma mère dit que c'est « éducatif », mon père fait un détour de quinze kilomètres pour nous ramener à la maison. Sur le siège avant, ma sœur compte à voix haute le nombre de montants sur lesquels reposent les merveilleux câbles éducatifs tandis qu'à l'arrière je m'endors, le visage contre le manteau de phoque noir de ma mère. A Lakewood où nous allons un hiver passer un week-end de congé avec le club de Gin Rummy du Dimanche soir de mes parents, je couche dans un des lits jumeaux avec mon père et ma mère et Hannah se pelotonnent ensemble dans l'autre. A l'aube, mon père me réveille et, comme des détenus qui s'évadent, nous nous habillons sans bruit et nous glissons hors de la chambre. « Viens », me chuchote-t-il en me faisant signe de la main de mettre mon protège-oreilles et mon manteau. « Je veux te montrer quelque chose. Savais-tu que j'ai été serveur à Lakewood quand j'avais seize ans? » Une fois sortis de l'hôtel, il me montre la belle forêt silencieuse. « Qu'est-ce que tu dis de ça? » Nous marchons, « d'un bon pas » autour d'un lac d'argent. « Respire bien profondément, emplis bien tes poumons de l'air des pins, c'est le meilleur air du monde, le bon air hivernal des pins. » *Le bon air hivernal des pins*, encore un de mes parents poète! Je ne pourrais pas me sentir plus transporté si j'étais le rejeton de Wordsworth!... En été, il reste à la ville pendant que nous allons tous les trois nous installer dans une chambre meublée au bord de la mer pour un mois. Il nous rejoindra pour les deux dernières semaines quand il aura ses vacances... Il arrive cependant parfois, lorsque Jersey City est si saturé d'humidité, si grouillant de moustiques qui viennent des marais pour faire des attaques en piqué, qu'à la fin de sa journée de travail, il fasse quatre-vingt-quinze kilomètres au volant sur le Cheesequake Highway — le Cheesequake! mon Dieu! tous les trucs qu'on peut y dégoter! — il fait quatre-vingt-quinze kilomètres au volant pour venir passer la nuit avec nous dans notre chambre bien aérée de Bradley Beach. Il arrive quand nous avons déjà mangé, mais son dîner l'attend pendant qu'il se dépiaute des vêtements de ville poisseux dans lesquels il a fait ses tournées de recouvrement toute la journée et met un maillot de bain. Je lui porte sa serviette tandis qu'il descend la rue jusqu'à la plage en clopinant dans ses souliers délacés. Je suis vêtu d'un short blanc et d'un polo blanc immaculés, une douche m'a débarrassé du sel marin et mes cheveux — encore au stade de la toison laineuse pré paille-de fer de petit garçon, douce et facile à peigner — sont divisés par une raie superbe et bien lissés. Il y a une rambarde de métal rongée par les intempéries qui court le long des planches et je m'y assieds; en dessous de moi, dans ses souliers, mon père traverse la plage vide. Je le regarde poser avec soin sa serviette près du rivage. Il pose sa montre dans l'un de ses souliers, ses lunettes dans l'autre, puis il est prêt à faire son entrée dans la mer.

Aujourd'hui encore, j'observe ses conseils pour me baigner : plonger les poignets les premiers, s'asperger les aisselles puis un peu d'eau sur les tempes et la nuque... Ah, mais lentement, toujours lentement. Par ce moyen, on arrive à se rafraîchir tout en évitant un choc pour l'organisme. Rafraîchi, non choqué, il se tourne pour me regarder, fait de la main un comique signe d'adieu vers l'endroit où il me croit et se laisse aller en arrière pour flotter avec ses bras étendus. Oh, il flotte, si immobile — il travaille, il travaille si dur et pour qui sinon pour moi? — et puis enfin, après s'être tourné sur le ventre et avoir fait quelques vagues battements des bras qui ne le mènent nulle part, il revient en pataugeant jusqu'au rivage, son torse compact et ruisselant, brillant des dernières pures flèches de lumière qui plongent par-dessus mon épaule de l'intérieur du New Jersey dont la chaleur étouffante m'est épargnée. Et il y a bien d'autres souvenirs comme celui-là, docteur. Quantité d'autres. Ce sont de ma mère et de mon père que je parle.

Mais, mais, mais — que je reprenne mes esprits — il y a aussi cette vision de lui émergeant de la salle de bains en train de se triturer sauvagement la nuque en ravalant un renvoi d'un air revêche. « Bon, alors, qu'est-ce qu'il y avait de si urgent que tu ne pouvais pas attendre que je sois sorti pour me le dire? »

« Rien, répond ma mère, c'est réglé. »

Il me regarde, désappointé. Je suis sa raison de vivre et je le sais. « Qu'est-ce qu'il a fabriqué? »

« Ce qu'il a fabriqué est terminé et classé. Et toi, as-tu, plaise à Dieu, réussi à faire tes besoins? » lui demande-t-elle.

« Non bien sûr, je n'ai pas fait mes besoins. »

« Jack, alors, qu'est-ce qui va se passer avec tes intestins? »

« Ils se transforment en béton, voilà ce qui va se passer. »

« Parce que tu manges trop vite. »

« Je ne mange pas trop vite. »

« Alors quoi, trop lentement? »

« Je mange normalement. »

« Tu manges comme un cochon et quelqu'un devrait bien te le dire. »

« Oh, tu as vraiment une merveilleuse façon de t'exprimer quelquefois. »

« Je dis la vérité, simplement. Je passe toute la journée debout dans cette cuisine et tu manges comme s'il y avait le feu quelque part. Et celui-là — celui-là a décidé que ma cuisine n'était pas assez bonne pour lui. Il préfère être malade et me flanquer des peurs bleues. »

« Qu'est-ce qu'il a fait? »

« Je ne veux pas te tracasser », dit-elle, « ne pensons plus à tout ça. »

Mais elle en est incapable et voilà qu'*elle* se met maintenant à pleurer. Écoutez, elle n'est sans doute pas non plus la personne la plus heureuse de la terre. Elle a été autrefois une espèce de grand échalas que les garçons appelaient « Carotte » au lycée. Quand j'avais neuf et dix ans, je nourrissais une passion sans limite pour son agenda scolaire. Pendant quelque temps, je l'ai conservé dans le même tiroir avec cet autre volume de curiosités, ma collection de timbres.

Sophie Ginsky que les garçons appellent « Carotte »
Elle ira loin avec ses grands yeux bruns et sa jugeote.

Et c'était ma mère!

De plus, elle avait été secrétaire de l'entraîneur de l'équipe de football, fonction auréolée de peu de gloire à notre époque mais apparemment le poste rêvé pour une jeune fille à Jersey City pendant la Première Guerre mondiale. Telle était du moins mon opinion lorsque je tournais les pages de son agenda et qu'elle me désignait son amoureux, un garçon aux cheveux noirs qui avait été capitaine de l'équipe et devenu aujourd'hui, pour citer Sophie, « le plus gros fabricant de moutarde de New York ». « Et j'aurais pu l'épouser au lieu de ton père », me confia-t-elle plus d'une fois. Je me demandais parfois ce que cela aurait donné pour maman et moi, et ceci invariablement quand mon père nous emmenait dîner à la boutique de Delicatessen du coin. Je jette un coup d'œil circulaire et songe, « C'est nous qui aurions fabriqué toute cette moutarde. » Je suppose qu'elle-même devait avoir aussi des pensées semblables.

« Il mange des frites », déclare-t-elle, et elle s'effondre sur une chaise de cuisine pour verser une bonne fois toutes les larmes de son corps. « Après la classe, il va avec Melvin Weiner et se bourre de pommes frites. Jack, dis-lui, toi, je ne suis que sa mère; dis-lui comment tout ça finira. Alex », enchaîne-t-elle avec passion, tournée vers moi qui cherche à me glisser hors de la pièce, « *tateleh*, ça commence par la colique, mais sais-tu comment ça finit, avec un estomac fragile comme le tien? Sais-tu comment ça se termine à la fin? *En portant un sac en plastique pour faire sa grosse affaire dedans!* »

Qui dans l'histoire du monde s'est montré le moins capable d'affronter les larmes d'une femme? Mon père, moi en second. Il me dit : « Tu as entendu ta mère, ne mange pas de frites avec Melvin Weiner après la classe. »

« Ni jamais. »

« Ni jamais », dit mon père.

« Ni des hamburgers ailleurs qu'ici », adjure-t-elle.

« Ni des hamburgers ailleurs qu'ici », dit-il.

« *Des hamburgers* », répète-t-elle avec amertume, exactement du même ton qu'elle dirait *Hitler*, « dans lesquels ils peuvent fourrer tout ce qui leur passe par la tête — et *il* les mange. Jack, fais-lui promettre avant qu'il s'attire de terribles *tsura* et que ce soit trop tard. »

« *Je promets!* » Je hurle. « *Je promets!* » et me précipite hors de la cuisine — pour aller où? Quelle question!

Je m'arrache à mon pantalon et j'empoigne furieusement ce bélier délabré qui me donne accès à la liberté, ma pine adolescente, alors même que ma mère commence à appeler de l'autre côté de la porte de la salle de bains. « Alors cette fois, ne tire pas la chasse. Tu m'entends, Alex? Il faut que je voie ce qu'il y a dans cette cuvette! »

Docteur, comprenez-vous à quoi je me heurtais! Ma bite était tout ce que je pouvais considérer comme vraiment à moi. Vous auriez dû la voir s'activer, ma mère, pendant la saison de la polio! Elle aurait dû être couverte de décorations par les organisateurs de la « Marche des *Dimes*[1] »! Ouvre la bouche, pourquoi as-tu la gorge rouge? Est-ce une migraine dont tu ne m'as pas parlé? Tu n'iras pas jouer au base-ball, Alex, jusqu'à ce que je t'aie vu remuer le cou. Tu as le cou raide? Alors pourquoi le bouges-tu comme ça? Tu manges comme si tu avais mal au cœur; as-tu mal au cœur? Enfin, je te dis que tu manges comme si tu avais mal au cœur. Je ne veux pas que tu boives à la fontaine de ce terrain de jeu. Si tu as soif, attends d'être rentré à la maison. Tu as mal à la gorge, n'est-ce pas? Je vois bien comment tu avales. Je crois que ce que tu vas faire, peut-être, monsieur Di Maggio, c'est de ranger ce gant et de t'étendre. Je ne vais pas te permettre de sortir dans cette chaleur et de galoper, pas avec cette gorge irritée, ça, pas de danger. Je veux prendre ta température. Ça ne me dit rien qui vaille, cette histoire de gorge. Pour être franche, ça me met dans tous mes états de penser que tu t'es promené toute la journée avec un mal de gorge, et sans rien dire à ta mère. Pourquoi m'as-tu caché ça? Alex, la polio se moque

1. *Dime :* pièce de 10 *cents.* Collecte pour la lutte antipolio. *(N. d. T.)*

bien du base-ball, elle ne connaît que les poumons d'acier et l'infirmité à vie. Je ne veux pas que tu ailles courir les rues, un point c'est tout. Ou que tu manges des hamburgers dehors. Ou de la mayonnaise. Ou du foie haché. Ou du thon. Il n'y en a pas beaucoup qui surveillent la fraîcheur des aliments comme ta mère. Tu es habitué à une maison impeccable. Tu ne peux même pas te faire une idée de ce qui se passe dans les restaurants. Sais-tu pourquoi ta mère, quand nous allons chez les Chinois, ne s'assied jamais face à la cuisine? Parce que je ne veux pas voir ce qui se passe là-dedans. Alex, tu dois absolument tout laver. C'est bien clair? Tout! Dieu sait qui a touché les choses avant toi.

Voyons, est-ce que j'exagère quand je considère comme un vrai miracle pour moi de tenir sur mes deux jambes? L'hystérie et la superstition! Les prends-garde et les fais-attention! Tu ne dois pas faire ci, tu ne peux pas faire ça — arrête! Non! Tu enfreins une loi essentielle. *Quelle* loi? Édictée par *qui?* Ils pourraient aussi bien se mettre des plateaux dans les lèvres, s'accrocher des anneaux dans le nez et se peindre en bleu tant ils sont bornés. Oh, et les *milchiks*, et les *flaishiks* par là-dessus. Toutes ces règles et ces obligations *meshuggeneh* qui s'ajoutent à toutes leurs inepties personnelles. C'est une plaisanterie familiale selon laquelle, quand j'étais tout petit, je me suis détourné de la fenêtre par laquelle je contemplais une tourmente de neige pour demander sur un ton d'espoir, « Maman, est-ce que nous croyons à l'hiver? » Vous comprenez ce que je suis *en train de dire?* J'ai été élevé par des Hottentots et des Zoulous! Je ne pouvais même pas envisager de boire un verre de lait avec mon sandwich au salami sans faire une grave offense au Seigneur tout-puissant. Imaginez alors ce que pouvait me faire subir ma conscience pour tout ce foutre déchargé! La culpabilité, les angoisses — la terreur qu'on m'avait inculquée jusqu'à l'os! Qu'y avait-il dans leur monde qui ne fût chargé de risques, débordant de microbes, truffé de périls? Oh, où était le dynamisme, où étaient la hardiesse et le courage? Qui emplissait les auteurs de mes jours d'une telle crainte devant l'existence? Mon père, aujourd'hui retraité, n'a vraiment qu'un seul sujet dans lequel il puisse planter les crocs, l'autoroute du New Jersey. « Jamais je n'irais là-dessus, même si tu me payais. Il faut être fou pour y rouler. C'est le syndicat du crime, un moyen légalisé pour permettre aux gens d'aller se faire tuer. » Écoutez, vous savez ce qu'il me dit trois fois par semaine au téléphone — et je compte seulement les cas où je décroche, pas le nombre total d'appels que je reçois entre six et dix heures tous les soirs. « Vends cette voiture, veux-tu? Veux-tu me rendre un service et vendre cette voiture que je puisse au moins passer une bonne nuit de sommeil? Pourquoi il te faut une voiture dans cette grande ville, ça me dépasse. Pourquoi faut-il que tu paies l'assurance, le garage et l'entretien, ça ne m'effleure même pas. D'ailleurs je ne comprends pas non plus pourquoi tu tiens à vivre tout seul de ton côté dans cette jungle. Combien est-ce que tu paies ces voleurs, déjà, pour cet appartement minuscule? Un sou de plus que cinquante dollars par mois et tu es tombé sur la tête. Pourquoi est-ce que tu ne reviens pas à New Jersey, c'est un mystère pour moi — pourquoi tu préfères le bruit, les crimes et les gaz d'échappement... »

Et ma mère, elle continue simplement à chuchoter. *Sophie n'arrête pas de chuchoter!* Je vais y dîner une fois par mois. C'est une lutte qui requiert toute ma duplicité, mon astuce et ma force, mais j'ai réussi au cours de toutes ces années et contre tous les impondérables à m'en tenir au régime d'un soir par mois. Je sonne à la porte, elle vient m'ouvrir et tout de suite le chuchotis commence! « Ne me demande pas quelle journée il m'a fait passer hier. » Je m'abstiens donc. « Alex », toujours *sotto voce*, « quand il est dans un de ces jours-là, tu n'imagines pas l'effet que pourrait avoir un coup de fil de toi ». J'acquiesce. « Et Alex » — je continue à opiner du bonnet, vous comprenez, ça ne me coûte rien et ça peut même me sauver la mise —, « la semaine prochaine c'est son anniversaire, la dernière fête des mères est venue et passée sans même une carte, et je ne parle pas de mon anniversaire, ces choses-là me laissent indifférente. Mais il va avoir soixante-six ans, Alex, ce n'est plus un bébé, Alex, ça marque une étape dans une existence. Alors tu lui enverras une carte, ça ne te tuera pas. »

Docteur, ces gens sont incroyables! Ces gens sont invraisemblables! A eux deux, ils sont les producteurs et stockeurs de culpabilité les plus ingénieux de notre époque! Ils la soutirent de moi comme la graisse d'un poulet. « Téléphone, Alex; viens nous voir, Alex; Alex, donne-nous de tes nouvelles. Ne t'en va pas sans nous prévenir, je t'en prie, ne recommence pas ça! La dernière fois que tu es parti, tu ne nous as pas prévenus, ton père était prêt à téléphoner à la police. Tu sais combien de fois par jour il a appelé sans obtenir de réponse? Devine combien? » « Maman », je lui précise entre mes dents, « si je suis mort ils sentiront le cadavre dans les soixante-douze heures, je t'assure! » « Ne parle pas comme ça! Dieu nous garde! » s'écrie-t-elle. Et maintenant elle sort son atout maître, le truc garanti pour emporter le morceau. Et pourtant, comment pourrais-je m'attendre à autre chose? Puis-je exiger l'impossible de ma propre mère? « Alex, décrocher le téléphone est un geste si simple — combien de temps serons-nous encore là pour t'ennuyer, de toute façon? »

Docteur Spielvogel, voici mon existence, mon unique existence, et je la vis au milieu d'une farce juive! Je suis le fils dans cette farce juive. Seulement, ce n'est pas une farce! Dites-le-moi, je vous en prie, qui nous a handicapés ainsi? Qui nous a rendus si morbides, si hystériques et si faibles? Pourquoi, pourquoi n'arrêtent-ils pas de hurler « Attention! ne fais pas ça! Alex... Non! » et pourquoi, seul sur mon lit à New York, est-ce que je continue à me taper sans trêve la colonne? Docteur, comment appelez-vous ma maladie? Est-ce la souffrance juive dont j'ai tant entendu parler? Est-ce pour moi l'héritage des pogroms et de la persécution? De la dérision et du discrédit dont nous ont abreuvés les *goyim* au cours de ces deux mille délicieuses années? Oh, mes secrets, ma honte, mes palpitations, mes fièvres, mes transpirations! La façon dont je réagis aux simples vicissitudes de la vie! Docteur, je ne peux plus supporter de m'affoler comme ça pour rien! Accordez-moi la force virile! Rendez-moi courageux! Rendez-moi fort! Rendez-moi *complet!* J'en ai assez d'être un gentil garçon juif qui s'efforce en public de contenter ses parents tandis qu'en privé il se bricole le paf! Assez!

Le blues juif

Dans le courant de ma neuvième année, l'un de mes testicules décida apparemment qu'il en avait assez de vivre au fond du scrotum et commença à faire route vers le nord. Au commencement, je pouvais le sentir oscillant dans l'incertitude juste au bord du pelvis — puis, comme s'il avait surmonté ce moment d'indécision, il pénétra dans la cavité de mon corps, tel un naufragé survivant hissé hors de la mer sur la coque d'un canot de sauvetage. Et là, il se nicha, enfin en sûreté, derrière la forteresse de mes os, laissant son téméraire coéquipier s'aventurer tout seul dans ce monde de garçons rempli de crampons de football, de pieux de palissades, de bâtons, de pierres, de couteaux de poche, tous ces dangers dont la menace mettait ma mère dans tous ses états et contre lesquels j'étais mis en garde, mis en garde, mis en garde. Mis en garde et encore et encore.

Et encore.

Ainsi mon testicule gauche établit sa résidence dans le voisinage du canal inguinal. En appuyant le doigt au creux du pli, entre l'aine et la cuisse, je pouvais encore, durant les premières semaines de sa disparition, sentir la courbure de sa sphère élastique, mais ensuite vinrent des nuits de terreur où je me tâtais en vain les entrailles, les fouillais jusqu'à la cage thoracique — hélas, le voyageur avait mis le cap sur des régions inconnues et non cartographiées. Où avait-il filé? Quelle altitude, quelle profondeur atteindrait-il avant que s'achève son voyage? M'arriverait-il un jour en classe d'ouvrir la bouche pour parler et de découvrir ma couille gauche sur le bout de ma langue? A l'école, nous entonnions avec notre professeur, « *Oui, je commande à mon destin, je suis le maître de mon âme.* » Et pendant ce temps-là, à l'intérieur de mon propre corps, une insurrection anarchique avait été déclenchée par l'une de mes burettes que j'étais impuissant à faire descendre! Pendant six mois, jusqu'à ce que son absence fût remarquée par le médecin de famille au cours de l'examen physique annuel, je ruminai mon mystère, me demandant souvent — car il n'était pas d'éventualité qui ne m'eusse traversé la cervelle, *pas une seule* — si mon testicule n'avait pas reflué au fond de mes tripes et n'avait commencé là à se muer en une sorte d'œuf tel que j'avais vu ma mère arracher sous forme de magma humide et jaune des sombres intérieurs d'un poulet dont elle vidait les intestins dans la poubelle. Et si des seins commençaient à me pousser, en plus? Et si mon pénis devenait sec et friable, se cassait un jour dans ma main pendant que j'urinais? Alors je me transformerais en fille? Ou, pire, en un de ces garçons comme celui pour lequel, si j'avais bien compris (d'après les rumeurs de récréation) Robert Ripley de *Croyez-le ou pas* était prêt à payer une « récompense » de 100 000 dollars. Croyez-le ou pas, il existe à New Jersey un gamin de neuf ans qui est un garçon à tous égards *sauf qu'il peut avoir des enfants.*

Et qui obtient la récompense, moi ou la personne qui me livrera?

Le docteur Izzie fit rouler le scrotum entre ses doigts, comme le tissu d'un complet dont il envisagerait l'achat, puis déclara à mon père qu'il faudrait me faire une série de piqûres d'hormones mâles. L'un de mes testicules n'était jamais tout à fait descendu — inhabituel mais non sans précédent... Mais si les piqûres n'ont pas d'effet, demande mon père alarmé, alors quoi! Ici on m'expédie dans le salon d'attente pour y regarder un illustré. Les piqûres agissent. Le couteau (encore une fois!) m'est épargné.

Oh ce père! Ce père affectueux, anxieux, borné, constipé! Condamné à l'engorgement par ce Saint Empire Protestant! La certitude, le savoir-faire, l'autorité et les relations, tout ce qui donnait aux blonds aux yeux bleus de sa génération le pouvoir de diriger, d'animer, de commander, au besoin d'opprimer, il ne pouvait en acquérir la centième part. Comment aurait-il pu devenir oppresseur? — c'était *lui* l'opprimé. Comment aurait-il pu exercer la puissance? Il était, *lui*, sans pouvoir. Comment aurait-il pu savourer un triomphe quand il méprisait à ce point les triomphateurs — et sans doute l'idée même du triomphe. « Ils adorent un Juif, sais-tu bien ça, Alex? Toute leur fameuse religion est basée sur l'adoration d'un personnage qui a été un Juif patenté en son temps. Qu'est-ce que tu penses d'une telle stupidité? Qu'est-ce que tu penses de cette façon de blouser les gens? Jésus-Christ qui, d'après ce qu'ils racontent à tout le monde, était Dieu, était en réalité un Juif! Et ce fait-là, qui me scie en deux littéralement quand il m'arrive d'y penser, *personne d'autre n'y fait attention.* Que c'était un Juif comme toi et moi et qu'ils ont pris un Juif pour le transformer en une espèce de Dieu quand il était déjà mort et alors — c'est ça qui peut vraiment nous rendre dingues — alors ces salopards-là, ensuite, ils ont retourné leur veste et qui ont-ils collé en premier sur leur liste pour les persécuter? Qui se sont-ils acharnés à tuer et à haïr pendant deux mille ans? Les Juifs! Qui leur avaient fourni au départ leur Jésus bien-aimé! Je t'assure, Alex, jamais tu n'entendras de *mishegoss*, de répugnantes foutaises et de conneries fumeuses pareilles à la religion chrétienne de toute ton existence. C'est à ça que croient ces soi-disant grosses têtes! »

Malheureusement, sur le front domestique, le mépris pour un tout-puissant ennemi n'était pas si aisément accessible en tant que stratégie défensive — car, avec le passage du temps, l'ennemi était de plus en plus *son* propre fils bien-aimé. En vérité, durant cette période de rage prolongée qu'il est convenu d'appeler mon adolescence, ce qui me terrifiait le plus à propos de mon père, ce n'était pas la violence que je m'attendais à le voir déchaîner passagèrement contre moi, mais la violence que je souhaitais chaque soir au cours du dîner exercer aux dépens de sa carcasse de barbare ignorant. Comme j'avais envie de l'expédier, hurlant, *ad patres*, quand il mangeait en se servant dans le plat avec sa fourchette, ou lapait la soupe dans sa cuiller au lieu d'attendre poliment qu'elle refroidisse, ou tenter, à Dieu ne plaise, d'exprimer une opinion sur un sujet quel qu'il fût... Et ce qu'il y avait de particulièrement terrifiant dans mes vœux meurtriers tenait à ceci : si j'essayais de les réaliser, il était probable que je réussirais, il était probable qu'il m'y aiderait! Je n'aurais qu'à bondir pardessus la table servie, les doigts tendus vers sa trachée artère, pour qu'il s'effondre instantanément sur la table avec la langue pendante. Pour crier, il pouvait crier. Pour se chamailler, il pouvait se chamailler. Et pour *nudjh*, oh ça pour *nudjh*, il ne craignait personne! Mais se défendre! Contre *moi!* « Alex! Continue à répondre comme ça », m'avertit ma mère tandis que je sors de la cuisine en révolution, tel Attila, que je fuis une fois de plus en hurlant un dîner à moitié mangé, « continue à manquer de respect comme ça et tu vas donner à cet homme une crise cardiaque! » « Tant mieux! » je vocifère, en lui claquant au nez la porte de ma chambre. « Très bien! » je braille, extrayant de mon placard le blouson de zylon que je ne porte qu'avec le col relevé (un genre qu'elle abhorre tout autant que ce crasseux vêtement lui-même). « Formidable! » je brame, et les yeux noyés de larmes je fonce vers le coin de la rue pour y soulager ma fureur sur le billard électrique. Bon Dieu, devant mon défi, — si seulement mon père avait été ma mère! et ma mère mon père! Mais quelle confusion des sexes sous notre toit! Qui, de droit, devrait marcher sur moi et battre en retraite — et qui devrait battre en retraite, marcher sur moi! Qui devrait morigéner, perdre tous ses moyens, totalement annihilé par un tendre cœur! Et qui devrait perdre ses moyens au lieu de gronder, corriger, réprouver, critiquer, prendre en faute sans fin! Combler le vide patriarcal! Oh, Dieu merci! Dieu merci! Lui du moins il avait la bite et les couilles! Si vulnérable... (pour parler par euphémisme) que fût sa masculinité dans ce monde de *goyim* aux cheveux d'or et au verbe éloquent, entre les jambes (Dieu bénisse mon père) il était bâti comme un homme d'importance, avec deux grosses couilles solides comme un roi serait fier d'en exhiber et une *shlong* de longueur et de tour magistraux. Et elles étaient *bien à lui :* oui, de cela, je suis absolument certain, elles pendaient bien de, elles étaient rattachées à, elles ne pouvaient être retranchées de, *lui!*

Bien entendu, dans la maison j'en entrevoyais moins de son appareil génital que des zones érogènes de ma mère et une fois je vis son sang menstruel... Je le vis qui luisait à mes pieds, sombre sur le linoléum usé devant l'évier de la cuisine. Simplement deux gouttes rouges datant d'environ un quart de siècle mais elles rayonnent encore dans cette icône maternelle illuminée en permanence et accrochée dans mon musée moderne de Déchirements et de Griefs (à côté de la boîte de Kotex et des bas nylon auxquels je compte arriver dans un moment). Également en cette icône s'égoutte sans fin un filet de sang qui tombe d'une planche à découper dans une casserole. C'est le sang dont elle vide la viande afin de la rendre *kasher* et propre à la consommation. Il est probable que j'embrouille les choses — je donne l'impression d'un fils de la maison des Atrides avec tous ces contes de sang — mais je la vois debout devant l'évier en train de saler la viande pour la débarrasser de son sang, quand le déclenchement des « troubles de la femme » la fait se précipiter avec un gémissement des plus alarmants vers sa chambre à coucher. Je n'avais pas plus de quatre à cinq ans et pourtant ces deux gouttes de sang que je voyais sur le sol de sa cuisine m'apparaissent encore clairement... comme la boîte de Kotex... comme les bas qui montent en glissant le long de ses jambes... comme — est-il même besoin de le dire ? — le couteau à pain qui menace de verser mon propre sang lorsque je refuse de manger mon dîner. Ce couteau ! Ce *couteau!* Ce qui me dépasse, c'est qu'elle-même ne voyait aucun motif de honte à l'utiliser et ne manifestait à cet égard aucune réticence particulière. De mon lit, je l'entends jacasser sur ses problèmes avec les femmes autour du jeu de mah-jongg. *Tout à coup mon Alex se met à manger si mal que je dois lui faire peur avec un couteau* et apparemment aucune d'entre elles ne trouve cette tactique le moins du monde excessive. Je dois lui faire peur avec un couteau ! Et pas une de ces femmes ne se lève de la table de Mah-jongg pour sortir de sa maison ! Parce que dans leur monde c'est ainsi qu'on traite ceux qui mangent mal — il faut leur faire peur *avec un couteau!*

Ce fut des années plus tard qu'elle m'appela de la salle de bains. « Cours au drugstore ! Rapporte-moi une boîte de Kotex, tout de suite ! » Et la panique dans sa voix ! Il fallait me voir courir ! Et puis, revenu chez nous hors d'haleine, glisser la boîte entre les doigts blancs qui se tendaient par la porte entrebâillée de la salle de bains. Bien que ses problèmes menstruels dussent être finalement résolus par la chirurgie, il est néanmoins difficile de lui pardonner de m'avoir chargé de cette mission charitable. Mieux eût valu qu'elle se vidât de son sang sur le sol froid de la salle de bains, oui mieux eût valu cela que d'envoyer un gosse de onze ans cavaler à la recherche de serviettes hygiéniques ! Où était donc ma sœur, bon Dieu? Où était son propre stock de secours? Pourquoi une femme était-elle si grossièrement insensible à la vulnérabilité de son petit garçon — d'une part si insensible à ma honte et pourtant de l'autre si ouverte à mes plus profonds désirs!

... Je suis si petit que je sais à peine à quel sexe j'appartiens, ou du moins c'est ce qu'on pourrait croire. C'est au début de l'après-midi, durant le printemps de ma quatrième année. Des fleurs se dressent sur leurs tiges pourpres dans la bande de terre devant notre immeuble. Avec les fenêtres grandes ouvertes flotte dans l'appartement un air embaumé chargé de la douceur de la saison mais aussi d'électricité grâce à la vitalité de ma mère; elle a fini la lessive de la semaine et l'a pendue sur le fil, elle a fait pour notre dessert de ce soir un gâteau marbré d'où saigne merveilleusement — voilà encore une fois ce sang qui revient! et ce couteau! — en tout cas d'où saigne artistiquement le chocolat à travers la pâte vanillée, un exploit qui me paraît tout aussi miraculeux que ces pêches qui flottent en suspension dans le moule scintillant de la gelée. Elle a fait la lessive et elle a cuit le gâteau; elle a récuré le carrelage de la cuisine et de la salle de bains et les a recouverts de journaux; elle a bien entendu essuyé la poussière; inutile de le dire, elle a passé l'aspirateur; elle a débarrassé et lavé la vaisselle du déjeuner et (avec mon modeste et délicieux concours) l'a remise en place dans le placard à *milchiks* de l'office — et cela en sifflant comme un canari tout au long de la matinée une vague mélodie de joie et de santé, d'insouciance et d'autosatisfaction. Pendant que je lui crayonne un dessin, elle prend sa douche — maintenant dans sa chambre ensoleillée, elle s'habille pour m'emmener en ville. Elle s'assied sur le bord du lit avec son soutien-gorge rembourré et sa gaine et roule ses bas tout en babillant dans le vague. « Qui est le bon petit garçon à sa maman? Qui est le plus gentil petit garçon qu'une maman ait jamais eu? Qui est-ce que sa maman aime plus que tout au monde »? Je nage absolument dans la félicité et en même temps je suis des yeux dans leur lent, moulant et délicieusement angoissant voyage le long de ses jambes les bas transparents qui donnent à sa chair une teinte aux modulations émouvantes. Subrepticement, je m'avance assez près pour sentir l'odeur du talc sur sa gorge — et également pour mieux savourer les complexités élastiques des jarretelles pendantes auxquelles les bas vont être accrochés dans un instant (sans nul doute dans une fanfare de trompettes). Je flaire l'huile avec laquelle elle a astiqué les quatre montants du lit d'acajou où elle couche à côté d'un homme qui vit avec nous le soir et le dimanche après-midi. Mon père, d'après ce que l'on dit. Sur le bout de mes doigts, même si elle a lavé l'un après l'autre ces petits cochons avec une serviette humide et chaude, je sens les relents de mon déjeuner, de ma salade de thon. Ah, ça pourrait être un con que je renifle. C'est peut-être bien ça! Oh, j'ai envie de grogner de plaisir. Quatre ans, et pourtant je perçois dans mon sang — eh oui, le sang une fois de plus — combien cet instant est riche de passion, gros de possibilités. Cette créature grasse aux longs cheveux qu'ils appellent ma sœur est à l'école. Cet homme, mon père, est parti je ne sais où pour gagner de l'argent du mieux qu'il peut. Ces deux-là sont absents, et qui sait, si j'ai un peu de chance peut-être ne reviendront-ils jamais... En attendant, c'est l'après-midi, c'est le printemps, et pour moi et moi seul une femme met ses bas en fredonnant une chanson d'amour. Qui va rester avec maman pour toujours, toujours? *Moi.* Qui va avec maman dans ce vaste monde partout où va maman? *Moi bien sûr, quelle question stupide — mais ne vous y trompez pas, je jouerai le jeu!* Qui a mangé un bon déjeuner avec maman? Qui va en ville comme un bon petit garçon en autobus avec maman, qui va dans les grands magasins avec maman... Et ainsi de suite, et ainsi de suite... si bien qu'il y a seulement une semaine ou à peu près, à mon retour sain et sauf d'Europe, il a fallu que maman dise :

« Tâte. »

« *Quoi?* » — alors même qu'elle me prend la main dans les siennes et l'attire vers son corps. — « Maman... »

« Je n'ai pas pris deux kilos », dit-elle, « depuis ta naissance. Tâte », répète-t-elle, et elle applique mes doigts raides contre la courbe de ses hanches qui ne sont pas si mal...

Et les bas. Plus de vingt-cinq ans ont passé (le jeu est censé être terminé!) mais maman attache encore ses bas devant son petit garçon. Aujourd'hui toutefois, il prend sur lui de regarder de l'autre côté quand le drapeau monte en flottant le long du mât et pas uniquement par souci de sa santé mentale personnelle. C'est la vérité, je détourne les yeux, non pas pour moi, mais par égard pour ce pauvre homme, mon père! Et pourtant, de quelle préférence ce père est-il vraiment l'objet? Si, ici même, dans le living-room, leur petit garçon devenu grand allait s'affaler sans crier gare sur le tapis avec sa maman, que ferait papa? Verserait-il un seau d'eau bouillante sur le couple en folie, déchaîné? Brandirait-il *son* couteau — ou irait-il dans l'autre pièce pour regarder la télévision jusqu'à ce qu'ils aient fini? « Pourquoi est-ce que tu regardes ailleurs? » demande ma mère amusée tout en redressant les coutures de ses bas, « on croirait que je suis une fille de vingt ans, on dirait que je n'ai pas torché ton derrière et embrassé ton petit robinet pendant tant d'années. Regarde-le donc » — ceci à l'adresse de mon père au cas où il n'accorderait pas cent pour cent de son attention au petit sketch en train de s'exécuter — « regarde-le, il se conduit comme si sa mère était une reine de beauté de soixante ans. »

Une fois par mois, mon père m'emmenait au bain *shvitz* pour y entreprendre d'abattre — avec la vapeur, une friction et un profond sommeil prolongé — la pyramide de fiel qu'il avait lui-même édifiée au cours des précédentes semaines de travail. Nous enfermions nos vêtements dans le dortoir au dernier étage. Sur des rangées de couchettes métalliques qui s'alignaient perpendiculairement aux casiers, les hommes qui ont déjà eu droit au traitement complet sont étendus sous des draps blancs comme les victimes d'un cataclysme. N'était la soudaine détonation d'un pet ou les ronflements crépitant de façon sporadique autour de moi comme un tir de mitrailleuse, je pourrais croire que nous nous trouvons dans une morgue où pour quelque étrange raison, nous devons nous déshabiller devant les morts. Je ne regarde pas les cadavres, mais, telle une souris, sautille avec frénésie sur la pointe des pieds, m'efforçant de me dégager de mon caleçon avant que quiconque ait pu jeter un coup d'œil à l'intérieur où, à mon chagrin, à ma stupéfaction, à ma honte, je découvre toujours dans la couture du tréfonds un vestige pâle et ténu de ma merde. Oh, Docteur, je m'essuie, je m'essuie, je m'essuie, je passe autant de temps à m'essuyer qu'à chier, peut-être même plus. J'utilise le papier hygiénique comme s'il poussait sur les arbres — telle est l'expression de mon envieux paternel. Je m'essuie jusqu'à ce que ce mien petit orifice soit aussi rouge qu'une framboise; mais pourtant, si grand soit mon désir de plaire à ma mère en jetant dans son sac à linge sale à la fin de chaque journée un caleçon tel qu'il aurait pu mouler le trou de balle d'un ange, je me dépouille au contraire (de propos délibéré, *Herr Doctor*, ou bien inévitablement, rien de plus?) du petit caleçon fétide d'un gamin.

Mais ici, dans un bain turc, pourquoi faut-il que je trépigne sur place? Il n'y a pas de femme en ces lieux. Pas de femmes et pas de *goyim*. Est-ce possible? Je n'ai aucun souci à me faire!

Suivant les plis qui soulignent la base de ses fesses blanches, je m'achemine hors du dortoir et descends l'escalier métallique jusqu'à ce purgatoire au sein duquel les angoisses que valent à mon père son état d'agent d'assurances, de chef de famille et de Juif lui seront extirpées du corps par la vapeur et le malaxage.

Sur le palier du bas, nous contournons une pile de draps blancs et un monticule de serviettes gorgées d'eau, mon père pousse de l'épaule une lourde porte pleine et nous pénétrons dans une sombre et paisible contrée où règne une forte odeur de liniment. Les bruits qui s'en élèvent évoquent un public à la fois tiède et clairsemé, applaudissant la scène du trépas dans une quelconque tragédie : ce sont les deux masseurs qui étrillent et malmènent la chair de leurs victimes, des hommes à demi vêtus de draps et allongés sur des dalles de marbre. Ils leur administrent des claques, les pétrissent et les bousculent, ils leur tordent lentement les membres comme pour en disloquer méthodiquement les articulations. Je suis hypnotisé mais continue à suivre mon père tandis que nous longeons la piscine, un petit cube vert rempli d'une eau glacée à vous causer un arrêt du cœur, et parvenons enfin à la chambre de sudation.

Dès l'instant où il en ouvre la porte, ce lieu évoque pour moi des temps préhistoriques, antérieurs même à l'ère des hommes des cavernes et des cités lacustres que j'ai étudiée à l'école, une époque où, au-dessus du suintant marécage qu'était la terre, les tourbillonnants gaz blanchâtres obscurcissaient le ciel et des éternités s'écoulaient tandis que la planète s'asséchait pour l'arrivée de l'Homme. Je perds instantanément contact avec ce petit lèche-cul qui rentre en courant de l'école avec ses « A » à la main, le petit innocent plein de zèle éternellement à la recherche de la clef de cet insondable mystère, l'approbation de sa mère, et replonge vers quelque période aquatique et boueuse avant qu'il y eût des familles telles que nous les connaissons, avant les cabinets et les tragédies telles que nous les connaissons, une période de créatures amphibies, d'énormes choses plongeantes aux flancs charnus et humides, aux torses fumants. C'est un peu comme si tous les Juifs qui se courbent sous l'averse froide de la douche, là-bas dans le coin de la chambre de sudation, puis reviennent d'un pas lourd pour absorber une nouvelle dose de ces vapeurs épaisses et suffocantes, c'est un peu comme si, passagers de la machine à remonter le temps, ils avaient reculé jusqu'à une époque où ils n'étaient qu'une sorte de troupeau de bêtes juives dont le langage se limitait à *oy oy*... car tel est le son qu'ils émettent lorsqu'ils se traînent hors de la douche pour pénétrer dans le nuage de lourdes exhalaisons. Ils semblent à la longue, mon père et ses compagnons de souffrance, avoir regagné l'habitat dans lequel ils peuvent retrouver leur naturel. Un lieu sans *goyim* et sans femmes. Je me tiens au garde-à-vous entre ses jambes pendant qu'il me couvre des pieds à la tête d'une épaisse couche de mousse savonneuse — et contemple avec admiration la substantielle présence ballonnée qui déborde du banc de marbre sur lequel il est assis. Son scrotum ressemble au long visage ridé d'un vieillard dont un œuf gonflerait chacune des bajoues tandis que le mien pourrait pendre au poignet de la poupée d'une petite fille, tel un minuscile réticule rose. Quant à son *shlong*, pour moi, avec ce menu trognon de quéquette auquel ma mère aime faire publiquement allusion (une fois, d'accord, mais cette seule fois durera toute mon existence) en l'appelant mon « petit machin », son *shlong* me fait surgir à l'esprit les tuyaux d'incendie enroulés dans les couloirs de l'école. *Shlong* : le mot rend assez exactement la bestialité, le côté bidoche que j'admire tant, le balancement lourd, élémentaire, sans vergogne, de ce bout de tuyau vivant à travers lequel il expédie un jet liquide aussi gros et solide qu'une corde — tandis que j'émets un mince filet jaune que ma mère appelle avec euphémisme un « pissou ». Un pissou, j'imagine, c'est sans aucun doute ce que fait ma sœur, un fil jaune et fin avec lequel on pourrait coudre... « Veux-tu faire un joli pissou », demande-t-elle — alors que je voudrais lâcher un torrent, une inondation. Je veux comme lui provoquer un raz de marée dans la cuvette des cabinets! « Jack, lui lance ma mère, voudrais-tu fermer cette porte, s'il te plaît? C'est un bel exemple que tu donnes à qui tu sais. » Mais si seulement il en avait été ainsi, oh ma mère! Si seulement qui-tu-sais avait puisé quelque inspiration dans la grossièreté de je-ne-dirai-pas-son-nom. Si seulement j'avais trouvé un aliment dans les profondeurs de sa vulgarité au lieu que celle-ci devienne elle aussi une source de honte. Honte, honte, honte, honte — de quelque côté que je me tourne surgit un nouveau motif de honte.

Nous sommes dans le magasin de vêtements de mon oncle Nate, Springfield Avenue à Newark. Je veux un maillot de bain avec une poche renforcée. J'ai onze ans et c'est là mon désir secret : je veux un suspensoir. Je sais très bien me taire, je sais la boucler s'il le faut, mais comment peut-on obtenir quelque chose si on ne le demande pas? L'oncle Nate, personnage tiré à quatre épingles, avec une moustache, sort de sa vitrine une culotte de garçonnet, exactement du genre que j'ai toujours porté. Il indique que c'est le meilleur costume de bain pour moi, vite séché et n'irritant pas la peau. « Quelle couleur préfères-tu? » demande l'oncle Nate. « Tu le voudrais peut-être aux couleurs de ton équipe? » Je deviens écarlate bien que ce ne soit pas là ma réponse. « Je ne veux plus de ce genre de maillot » et, oh, je flaire l'humiliation dans le vent, j'en perçois la rumeur dans le lointain, d'un instant à l'autre elle va s'abattre sur ma tête prépubère. « Et pourquoi pas? » s'enquiert mon père, « tu n'as pas entendu ton oncle : c'est le meilleur... » « J'en veux un avec un suspensoir! » Parfaitement, et voilà ma mère littéralement sciée. « Pour ton petit machin? » demande-t-elle avec un sourire amusé.

Oui, maman, figure-toi, pour mon petit machin.

Le grand homme de la famille — qui réussit en affaires et joue les tyrans à la maison — était le frère aîné de mon père, Hymie, le seul de mes oncles et tantes à être né de l'autre côté et à parler avec un accent. L'oncle Hymie était dans le commerce des « sodas », metteur en bouteilles et distributeur d'une boisson gazeuse et sucrée appelée Squeeze, le *vin ordinaire*[1] de notre dîner. Avec Clara, sa femme neurasthénique, son fils Harold et sa fille Marcia, mon oncle habitait un quartier de Newark à forte densité juive, au premier étage d'une maison divisée en deux dont il était propriétaire et au rez-de-chaussée de laquelle nous étions venus nous installer en 1941 quand mon père avait été transféré au bureau de l'Essex County de la Boston and Northeastern.

Nous avions quitté Jersey City en raison de l'antisémitisme. Juste avant la guerre, quand le Bund florissait, les Nazis avaient l'habitude de faire leurs pique-niques dans une guinguette à quelques rues seulement de chez nous. Quand, le dimanche, nous passions devant en voiture, mon père les insultait assez fort pour que je l'entende, pas tout à fait assez pour qu'eux l'entendent. Puis un soir une croix gammée fut peinte sur la porte de notre immeuble. On découvrit ensuite une autre croix gammée gravée sur le pupitre d'un des enfants juifs de la classe d'Hannah. Et Hannah elle-même fut poursuivie à son retour de l'école un après-midi par une bande de garçons qui, laissa-t-on entendre, étaient des antisémites acharnés. Mes parents étaient hors d'eux, mais quand l'oncle Hymie apprit ces histoires, il ne put s'empêcher de rire. « Ça vous étonne? Vous vivez entourés de quatre côtés par des *goyim* et ça vous étonne? Le seul endroit où doive vivre un Juif, c'est parmi les Juifs, *en particulier* », spécifia-t-il avec une insistance dont la signification ne m'échappa pas entièrement, « lorsque les enfants

1. En français dans le texte.

grandissent avec des représentants de l'autre sexe ». L'oncle Hymie aimait à exercer son autorité sur mon père et prenait un certain plaisir à faire remarquer qu'à Jersey City, seul le bâtiment où nous vivions était exclusivement juif alors qu'à Newark où *lui* vivait toujours, c'était le cas pour la totalité du quartier de Weequahic. Dans la classe terminale de ma cousine Marcia, à l'école secondaire de Weequahic, sur les deux cent cinquante élèves, il n'y avait que onze *goyim* et un noir. « Trouve donc mieux... », disait l'oncle Hymie. Ainsi mon père, après bien des discussions, fit une demande de transfert pour retrouver son village natal et, bien que son chef direct se montrât réticent à l'idée de perdre un employé aussi zélé (et qu'il escamotât naturellement la demande), ma mère téléphona de son propre chef par l'inter à la maison mère à Boston et, à la suite d'un micmac sur lequel je refuse de m'étendre plus longtemps, la requête fut exaucée : en 1941, nous déménagions pour nous installer à Newark.

Harold, mon cousin, était court sur pattes et trapu — comme tous les mâles de la famille, excepté moi — et ressemblait singulièrement à l'acteur John Garfield. Ma mère l'adorait et le faisait toujours rougir (un talent que possède cette dame) en disant en sa présence, « Si une fille avait les cils noirs d'Heshele, croyez-moi, elle serait à Hollywood avec un contrat d'un million de dollars. » Dans un coin de la cave, en face de l'endroit où l'oncle Hymie avait empilé jusqu'au plafond des caisses de Squeeze, Heshie gardait une série complète d'haltères avec lesquels il s'entraînait tous les après-midi avant l'ouverture de la saison d'athlétisme. Il était l'une des vedettes de l'équipe et détenait un record régional de lancer de javelot; ses spécialités étaient le disque, le poids et le javelot, encore qu'une fois, au cours d'une rencontre au stade scolaire, il avait été désigné par l'entraîneur pour prendre le départ de la course de haies en remplacement d'un camarade d'équipe malade, et en s'étalant au dernier saut, s'était cassé le poignet dans sa chute. Ma tante Clara, en ce temps-là — ou était-ce en tout temps? — subissait une de ses « crises nerveuses » — comparée à la tante Clara, ma si frémissante maman est un véritable Gary Cooper — et quand Heshie rentra chez lui à la fin de la journée avec son bras dans le plâtre, elle tomba dans les pommes sur le carrelage de la cuisine. Il fut ultérieurement fait allusion au plâtre d'Heshie comme à « la goutte d'eau qui avait fait déborder le vase » à supposer qu'en l'occurrence cette formule eût un sens.

A mes yeux, Heshie était tout — du moins durant la brève période où je le connus. Je rêvais souvent qu'un jour je deviendrais moi aussi membre de l'équipe d'athlétisme et porterais de petites culottes blanches avec une fente sur le côté pour permettre aux muscles saillants de mes cuisses de jouer librement.

Juste avant d'être appelé dans l'armée en 1943, Heshie décida de se fiancer avec une fille nommée Alice Dembovsky, la majorette en chef de l'orchestre du lycée. Alice avait un génie pour faire tournoyer, non pas une, mais deux cannes d'argent simultanément, pour les passer par-dessus ses épaules, les faire glisser comme des serpents entre ses jambes et ensuite pour les lancer à cinq ou six mètres en l'air, rattrapant l'une puis l'autre derrière son dos. Elle ne laissait que rarement tomber une canne sur le terrain et, dans ce cas, elle avait une façon de secouer la tête avec vivacité et de crier d'une petite voix un « Oh, Alice », qui ne pouvait que redoubler l'amour d'Heshie; tel était à coup sûr l'effet que me faisait ce manège. Oh-Alice, avec ses longs cheveux blonds qui lui balayaient les épaules et la figure! Caracolant avec tant d'exubérance sur la moitié de la longueur du terrain de sport! Oh-Alice dans sa minuscule jupe blanche, avec ses bloomers de satin blanc et les bottes blanches qui montent à mi-hauteur de ses mollets fins et robustes! Oh Seigneur, « Legs » Dembovsky dans toute sa beauté *goyische* stupide et blonde! Encore une icône de plus!

Qu'Alice fût une *shikse* de façon si flagrante causait des soucis sans fin dans la famille d'Heshie et même dans la mienne. Quant à la communauté prise dans son ensemble, je crois qu'elle puisait une sorte de fierté physique dans le fait qu'une « Gentil » avait pu accéder à une position tellement en vue dans notre lycée, dont les enseignants et les élèves étaient juifs à 95 % environ. D'autre part, lorsque Alice exécutait ce que le haut-parleur appelait sa « pièce de résistance » en faisant tourbillonner une canne dont les bouts avaient été enveloppés de chiffons imbibés d'huile auxquels on avait mis le feu — en dépit de tous les solennels applaudissements prodigués par les fans de Weequahic en tribut à l'audace et à la dextérité de la jeune fille, en dépit du grave « *boom, boom, boom* de notre grosse caisse, des exclamations et des glapissements qui s'élevaient lorsqu'elle semblait sur le point d'embraser ses deux adorables seins — en dépit de ces sincères étalages d'admiration et d'inquiétude, je crois que de notre côté du terrain était pourtant ressenti un certain détachement amusé, fondé sur la conviction que seul un *goy* de toute façon pouvait précisément songer à cultiver ce genre de talent.

Ce qui constituait plus ou moins l'attitude la plus répandue vis-à-vis de l'athlétisme en général et du rugby en particulier parmi les parents du quartier; c'était bon pour les *goyim;* qu'ils s'entrecognent donc le crâne pour « la gloire », pour obtenir la victoire dans une partie de ballon! Comme le disait ma tante Clara de sa voix crispée et tendue comme une corde de violon, « Heshie! S'il te plaît! Je n'ai pas besoin de *goyische naches.* » Ni besoin ni goût pour ces plaisirs et satisfactions ridicules qui réjouissent les Gentils... Au rugby, notre lycée juif était notoirement minable (encore que l'orchestre, je me permets de le signaler, reçût toujours des prix et des éloges); notre pathétique palmarès constituait bien entendu une déception pour les jeunes, quelle que fût l'opinion des parents, et pourtant, même enfants, nous étions capables de comprendre que, pour nous, perdre au rugby n'était pas exactement la suprême catastrophe. Voici d'ailleurs un chant de triomphe que mon cousin et ses copains avaient l'habitude d'entonner dans les tribunes à la fin d'un match au cours duquel Weequahic avait une fois de plus sombré dans ce qui avait toutes les apparences d'un désastre. Je ne manquais pas de faire chorus avec eux.

Ikey, Mikey, Jack, Aaron,
Nous on mange jamais d'jambon
On joue au rugby, au foot
Nos casiers sont pleins d'matzohs!
Hip hip hip pour Weequahic!

Nous avions perdus, et puis après? Il s'avérait que nous avions bien d'autres sujets de fierté. Nous ne mangeons pas de jambon. Nos casiers sont pleins de *matzohs*. Pas vraiment, bien entendu, mais si nous voulions le faire, *nous le pourrions et nous n'avions pas honte de dire que nous le faisions effectivement!* Nous étions des Juifs et nous n'avions pas honte de le dire! Nous étions des Juifs et non seulement nous n'étions pas inférieurs aux *goyim* qui nous battaient au rugby mais, selon toutes probabilités — étant donné que nous ne pouvions nous engager de tout notre cœur en vue de la victoire dans un tel jeu de truands — nous étions supérieurs! Nous étions des Juifs, — et nous étions supérieurs!

Du pain blanc et du pain noir
Pumpernickel et challah
Pour Weequahic et sa gloire
Tous debout crions Hurrah!

Encore un chant de triomphe que j'avais appris du cousin Hesh, quatre lignes de poésie de plus, propres à me pénétrer plus profondément des injustices que nous subissions... L'indignation, l'aversion inspirée à mes parents par les Gentils commençaient à acquérir une certaine signification : les *goyim* prétendaient appartenir à une catégorie spéciale alors que nous leur étions en fait supérieurs moralement. Et ce qui faisait notre supériorité, c'était précisément la haine et l'irrespect qu'ils nous prodiguaient si volontiers!

Oui mais... et la haine que nous leur prodiguions?

Et l'histoire d'Heshie et d'Alice? Qu'est-ce que *cela* signifiait?

Quand tout le reste eut échoué, le rabbin Warshaw fut invité à se joindre aux membres de la famille un dimanche après-midi pour exhorter Heshie à ne pas disposer de sa jeune existence pour la livrer à son pire ennemi. Posté derrière un rideau dans le salon, je vis le rabbin monter de façon imposante les marches du perron dans son grand manteau noir. Il avait donné à Heshie ses leçons de *bar mitzvah* et je tremblais à l'idée qu'un jour il me donnerait les miennes. Il resta en consultation avec le jeune rebelle et sa famille éplorée pendant plus d'une heure. «Plus d'une heure de son temps », dirent-ils plus tard, comme si cela seul eût dû suffire à faire changer Heshie d'avis. Mais à peine le rabbin était-il parti que des écailles de plâtre se remirent une fois de plus à tomber du plafond au-dessus de nos têtes. Une porte s'ouvrit à la volée et je me précipitai vers le fond de la maison pour m'accroupir derrière le rideau dans la chambre de mes parents. Descendu dans la cour, Heshie s'arrachait les cheveux. Là-dessus arriva le chauve oncle Hymie, un poing brandi en l'air qu'il agitait avec violence — il ressemblait tout à fait à Lénine! — puis la foule des tantes, des oncles, des cousins plus âgés déferla et s'interposa entre eux comme pour les empêcher de se réduire mutuellement en un petit tas de poussière juive.

Un samedi, au début de mai, après avoir participé toute la journée à une rencontre d'athlétisme régional dans le New Brunswick, Heshie revint au lycée vers la tombée de la nuit et gagna aussitôt le bistrot d'en face pour y téléphoner à Alice et lui annoncer qu'il était arrivé troisième de l'État dans l'épreuve du lancer de javelot. Elle lui déclara qu'elle ne pourrait plus jamais le revoir de toute son existence et raccrocha.

Chez lui, l'oncle Hymie était prêt, en attente : ce qu'il avait fait, expliqua-t-il, Heshie l'avait forcé à le faire; ce que son père avait été obligé de faire ce jour-là, Harold se l'était de lui-même attiré sur la tête par sa stupidité et son obstination. C'était à croire qu'une bombe avait fini par tomber sur Newark, si terrifiant fut le fracas qui éclata dans l'escalier. Hesh se rua hors de l'appartement de ses parents, dévala les marches en passant devant notre porte, s'engouffra dans la cave et un long roulement de tonnerre retentit dans son sillage. Nous constatâmes plus tard qu'il avait arraché la porte de la cave de son gond supérieur avec la vigueur d'une épaule qui devait bien être, à en juger par cette preuve impressionnante, pour le moins la troisième de l'État quant à la puissance. Au-dessous de nos planchers, le bris de verre commença presque aussitôt tandis qu'il projetait bouteille sur bouteille de Squeeze d'un bout à l'autre de la cave blanchie à la chaux. Lorsque mon oncle apparut au sommet de l'escalier de la cave, Heshie leva une bouteille au-dessus de sa tête et menaça de la lancer à la figure de son père s'il descendait seulement d'une marche. L'oncle Hymie dédaigna l'avertissement et lui marcha dessus. Heshie se mit alors à courir en zigzag entre les chaudières, à tourner autour des machines à laver, brandissant toujours la bouteille de Squeeze. Mais mon oncle le traqua dans un coin, le jeta de haute lutte sur le sol et l'y maintint plaqué jusqu'à ce qu'Heshie eût proféré sa dernière obscénité — le maintint plaqué (selon la légende des Portnoy) *un quart d'heure* jusqu'à ce que les larmes de la reddition eussent enfin perlé au bout des longs cils noirs hollywoodiens d'Heshie. Dans notre famille, on ne prend pas les défections à la légère.

Ce matin-là, l'oncle Hymie avait téléphoné à Alice Dembosvky (dans le logement en sous-sol d'un immeuble de Goldsmith Avenue où son père était gardien) et lui avait dit qu'il désirait la rencontrer près du lac au parc de Weequahic à midi; il s'agissait d'une affaire très urgente touchant la santé d'Harold — il ne pouvait pas parler plus longtemps à l'appareil car Mme Portnoy elle-même n'était pas au courant de tous les détails. Au parc, il attira la blonde maigrichonne coiffée de sa babouchka sur le siège avant de la voiture et, toutes vitres remontées, lui expliqua que son fils était atteint d'une incurable maladie du sang, maladie dont le pauvre garçon lui-même ignorait tout. Telle était son histoire, un sang mauvais... Faites-en ce que vous voudrez... Le docteur avait été formel, il ne devrait jamais se marier avec personne. Combien de temps restait-il à vivre à Harold? On ne le savait pas exactement, mais en ce qui concernait M. Portnoy, il ne voulait pas infliger toutes ces souffrances futures à une innocente jeune personne comme elle. Pour amortir le choc, il voulait offrir à la jeune fille un cadeau, un petit quelque chose qu'elle pourrait utiliser selon ses vœux, qui l'aiderait peut-être même à trouver quelqu'un d'autre. Il tira de sa poche une enveloppe contenant cinq billets de vingt dollars. Et la stupide Alice Dembovsky, affolée, l'accepta. Fournissant ainsi la preuve d'une machination dont tout le monde sauf Heshie (et moi) avait soupçonné cette Polak depuis le début : que son plan était d'annexer Heshie pour tout l'argent de son père et ensuite de lui ruiner l'existence. Lorsque Heshie fut tué à la guerre, tout ce que les gens trouvèrent à dire à ma tante Clara et à mon oncle Hymie pour atténuer quelque peu l'horreur de la chose, pour les consoler quelque peu dans leur chagrin, ce fut, « Enfin, au moins, il ne vous a pas laissé une femme *shikse*..., au moins il ne vous a pas laissé des enfants *goyische*. »

Fin d'Heshie et de son histoire.

Même si je me considère comme un bien trop important personnage pour mettre le pied dans une synagogue pendant un quart d'heure — et il n'en demande pas plus —, du moins pourrais-je montrer un minimum de respect en me changeant et en mettant une tenue correcte pour la journée et m'abstenir de tourner en dérision à la fois moi-même, ma famille et ma religion.

« Désolé », je marmonne, ne consentant à lui montrer (comme d'habitude) que mon dos tout en parlant, « mais simplement parce que c'est ta religion ça ne signifie pas que ce soit la mienne ».

« Qu'est-ce que tu dis? Tournez-vous, monsieur. J'aimerais assez que tu aies la politesse de me regarder pour me répondre. »

« Je n'ai pas de religion », je réplique et obligeamment je pivote dans sa direction d'une fraction de degré.

« Ah oui vraiment? »

« Je ne peux pas. »

« Et pourquoi? Tu es si spécial? Regarde-moi! Tu es quelqu'un de trop spécial? »

« Je ne crois pas en Dieu. »

« Ôte-moi cette salopette, Alex, et habille-toi convenablement. »

« C'est pas une salopette, c'est des Levis. »

« Aujourd'hui, c'est Rosh Hashanah, Alex, et pour moi tu es en bleu de travail. Rentre là-dedans et va mettre une cravate, un veston, un pantalon et une chemise propre, et ressors avec l'air d'un être humain. Et des souliers, monsieur, des *vrais* souliers! »

« Ma chemise *est* propre. »

« Oh toi, tu glisses sur la mauvaise pente, monsieur le Crâneur. Tu as quatorze ans et, crois-moi, tu ne connais rien à rien. Otemoi ces mocassins! Pour qui te prends-tu, nom de nom, pour un Indien? »

« Écoute, je ne crois pas en Dieu et je ne crois pas à la religion juive ou à n'importe quelle autre. Tout ça, c'est que des mensonges. »

« Ah oui? Ah vraiment? »

« Je ne veux pas me conduire comme si ces fêtes avaient un sens quand elles n'en ont justement aucun! Et c'est tout ce que j'ai à dire! »

« Elles n'ont peut-être pas de sens pour toi parce que tu n'en connais pas le premier mot, Monsieur l'Affranchi. Qu'est-ce que tu sais de l'histoire de Rosh Hashanah? Un petit détail? Deux peut-être? Qu'est-ce que tu sais de l'histoire du peuple juif pour avoir le droit de traiter leur religion dont se sont contentés un tas de gens beaucoup plus malins que toi et beaucoup plus âgés que toi depuis deux mille ans — de traiter tant de peines et tant d'angoisses de mensonges? »

« Dieu, ça n'existe pas, ça n'a jamais existé, et je regrette bien mais dans mon vocabulaire, c'est un mensonge. »

« Alors qui a créé le monde, Alex? » demande-t-il avec mépris. « Il est arrivé comme ça, tout seul, je suppose, d'après toi. »

« Alex », intervient ma sœur, « tout ce que veut dire papa, c'est que même si tu n'as pas envie d'aller avec lui, tu pourrais simplement te changer... »

« Mais pourquoi? » je braille. « Pour quelque chose qui n'a jamais existé? Pourquoi est-ce que vous ne me dites pas de sortir et de me changer pour un chat de gouttière ou un arbre... *parce qu'eux au moins ils existent!* »

« Mais tu ne m'as pas répondu, Monsieur la Forte Tête », dit mon père, « n'essaie pas de changer de sujet. Qui a créé le monde et ceux qui l'habitent? Personne? »

« Exactement! Personne! »

« Mais bien sûr, voyons », dit mon père. « Ah, c'est génial! Je suis bien content de ne pas avoir mis les pieds au lycée si on vous y rend aussi génial! »

« Alex », dit ma sœur, et doucement — à sa façon — doucement parce que déjà elle est également un peu brisée, « si tu mettais seulement des souliers... »

« Mais tu ne vaux pas mieux que lui, Hannah! S'il n'y a pas de Dieu, qu'est-ce que des souliers ont à voir là-dedans? »

« Un jour par an on lui demande de faire quelque chose pour vous et il s'en croit trop pour le faire. Et voilà, Hannah, toute l'histoire de ton frère, de son respect et de son amour... »

« Papa, c'est un bon gosse, il te respecte, il t'aime. »

« Et le peuple juif? » Il s'est mis à crier maintenant et agite les bras avec l'espoir que cette gymnastique l'empêchera de fondre en larmes — parce qu'il suffit de chuchoter le mot amour chez nous pour qu'aussitôt tous les yeux se transforment en fontaines. « Est-ce qu'il le respecte? Autant qu'il me respecte, moi, tout autant que... » Subitement, il se met à bouillir et se tourne vers moi avec une nouvelle et brillante idée en tête. « Dis-moi un peu, tu connais le Talmud, mon jeune savant? Tu connais l'histoire? Un, deux, trois, te voilà *bar mitzvah* et pour toi ç'a été la fin de ton éducation religieuse. Sais-tu qu'il y a des hommes qui étudient toute leur vie la religion juive et à leur mort ils n'en ont pas encore fini? Dis-moi donc, maintenant que tu as fini, toi, d'être un Juif à quatorze ans, sais-tu un traître mot de la merveilleuse histoire et de l'héritage de la saga de ton peuple? »

Mais déjà des larmes apparaissent sur ses joues et d'autres en renfort, prêtes à lui déborder des yeux. « Toujours " A " en classe, mais dans la vie il est toujours aussi ignorant que le jour où il est né. »

Ma foi, il semble bien que le moment soit venu, donc je le dis. C'est quelque chose que je sais maintenant depuis quelque temps. « C'est toi l'ignorant! Toi! »

« Alex! » s'écrie ma sœur en me saisissant vivement la main comme si elle craignait vraiment que je ne la lève sur lui.

« Mais c'est vrai ! Avec toutes ces conneries de saga ! »

« Tais-toi ! Assez ! ça suffit ! » crie Hannah. « Va dans ta chambre. »

Pendant que mon père se traîne jusqu'à la table de la cuisine, la tête tombante, le buste plié en deux comme s'il venait d'encaisser une grenade dans l'estomac. Et c'est le cas. Et je le sais. « Tu peux te mettre des loques sur le dos, pour le cas que j'en fais ! Tu peux t'habiller comme un va-nu-pieds ! Tu peux causer toute la gêne, toute la honte que tu veux, m'insulter, Alexander, me défier, me frapper, me détester...

Selon l'évolution habituelle de la situation, ma mère pleure dans la cuisine, mon père pleure dans le salon, en se cachant les yeux derrière le *Newark News* — Hannah pleure dans la salle de bains et moi je pleure tout en faisant à la course le trajet qui sépare la maison du billard électrique au coin de la rue. Mais, en cette journée particulière de Rosh Hashanah, tout est désorganisé et si mon père pleure dans la cuisine au lieu de ma mère, s'il sanglote sans la protection du journal et avec un si pitoyable emportement — c'est que ma mère est dans un lit d'hôpital où elle se remet d'une intervention chirurgicale; cette situation explique, il est vrai, son douloureux esseulement en ce jour de Rosh Hashanah et le besoin tout spécial qu'il ressent de mon affection et de ma soumission. Mais en ce moment précis de l'histoire de notre famille, s'il en a besoin, vous pouvez parier gros en toute tranquillité qu'il ne l'obtiendra pas de moi. Parce que le besoin que j'éprouve, moi, c'est de ne pas les lui accorder ! Oh oui, on va lui mettre l'épée dans les reins, n'est-ce pas, Alex, espèce de petit salopard ! Oui Alex le petit salopard découvre que la vulnérabilité banale au jour le jour de son père est relativement aggravée par le fait que la femme de cet homme (c'est du moins ce qu'on dit) a bien failli rendre le dernier soupir, ainsi Alex le petit salopard profite de l'occasion pour enfoncer le poignard de son animosité de quelques centimètres de plus dans un cœur déjà saignant. Alexandre le Grand !

Non! Il ne s'agit pas là d'un simple antagonisme d'adolescent et d'une fureur œdipienne — il s'agit de mon intégrité! Je ne ferai pas ce qu'a fait Heshie! Car je traverse l'enfance *convaincu* que si seulement il avait voulu, mon puissant cousin Heshie, le troisième lanceur de javelot de tout New Jersey (un honneur, dirais-je, riche de symboles pour ce garçon en pleine croissance, avec des visions de suspensoir valsant dans sa tête) aurait aisément pu basculer mon quinquagénaire d'oncle sur les deux épaules et le clouer au sol de la cave. Donc (conclus-je) c'est à dessein qu'il a dû perdre. Mais pourquoi? Car il savait — je le savais moi avec certitude déjà étant enfant — que son père avait commis une action déshonorante. Alors avait-il *peur* de gagner? Mais pourquoi, quand son propre père s'était rendu coupable d'une telle bassesse, et encore au nom d'Heshie! Était-ce de la lâcheté? De la crainte? Ou peut-être la marque de la sagesse d'Heshie? Chaque fois que j'entends raconter ce que mon oncle a été contraint de faire pour ouvrir les yeux de mon cousin mort, chaque fois que j'ai un motif de ruminer l'événement moi-même, je pressens une sorte d'énigme au cœur de l'affaire, une profonde vérité morale qui, si seulement j'étais capable de la percevoir, pourrait nous sauver mon père et moi de quelque ultime et inimaginable confrontation. *Pourquoi Heshie a-t-il capitulé? Et pourquoi devrais-je en faire autant?* Mais comment m'y prendre et rester pourtant « fidèle à moi-même »! Oh, mais pourquoi ne ferais-je pas simplement une tentative! Essaie un peu, petit salopard! Alors cesse donc d'être tellement fidèle à toi-même pendant une demi-heure.

Oui, je dois céder, je le *dois*, particulièrement quand je sais tout ce que mon père a enduré, ce qu'a été minute par minute pour lui l'angoisse durant ces dizaines de milliers de minutes qu'il a fallu au docteur pour établir, primo que quelque chose se développait dans l'utérus de ma mère et, secundo, si cette grosseur qu'ils avaient fini par détecter était maligne... Si ce qu'elle avait était... oh ce mot que nous ne pouvons même pas prononcer en présence d'un autre! Le mot que nous ne pourrons pas même épeler dans toute son atroce intégralité! Le mot auquel nous ne faisons allusion que par l'euphémique abréviation, qu'elle nous a elle-même suggérée avant d'entrer à l'hôpital pour ses examens : C — A. Et *genug!* L'*n*, le *c*, le *e*, le *r* que nous n'avons pas besoin d'entendre pour nous sentir terrifiés jusqu'au jugement dernier! Comme elle est brave, tous nos parents en tombent d'accord, d'émettre simplement ces deux lettres. N'y a-t-il pas assez de mots entiers comme ça à se chuchoter derrière des portes closes? Il y en a! il y en a! Des petits mots hideux et froids qui empestent l'éther et l'alcool des couloirs d'hôpital, des mots empreints de toute la séduction des instruments chirurgicaux stérilisés, des mots comme *frottis* et *biopsie...* et puis il y a les mots que furtivement, seul à la maison, je cherchais souvent dans le dictionnaire, rien que pour les y voir imprimés, la preuve tangible de cette réalité la plus lointaine de toutes, des mots comme vulve et vagin et col de l'utérus, des mots dont les définitions ne me resserviront plus jamais comme source de plaisir illicite... Et puis il y a ce mot que nous attendons, attendons, attendons d'entendre, le mot dont l'énonciation rendra à notre famille ce qui nous paraît maintenant avoir été la plus merveilleuse et la plus satisfaisante des existences, ce mot qui résonne à mon oreille comme de l'hébreu, comme *b'nai* ou *boruch* — bénigne! *Bénigne! Boruch atoh Adonaï, qu'elle soit bénigne!* Béni sois-tu, ô Seigneur notre Dieu, qu'elle soit bénigne! Écoute, ô Israël et inonde-nous de ta lumière, et le Seigneur est Un, et honore ton père, et honore ta mère, et je le ferai, et je le ferai, je promets de le faire... *seulement qu'elle soit bénigne!*

Et elle l'était. Un exemplaire de *Dragon Seed* de Pearl S. Buck est ouvert sur la table près du lit où se trouve également un verre à moitié vide de ginger ale éventé. Il fait très chaud et j'ai soif et ma mère, mon extra-lucide, me dit « allez, vas-y », que je peux boire ce qui reste dans son verre, j'en ai plus besoin qu'elle. Mais aussi déshydraté que je sois, je ne veux pas boire dans un verre que ses lèvres ont touché. Pour la première fois de ma vie, cette idée me remplit de dégoût! « Prends. » « J'ai pas soif. » « Regarde comme tu transpires. » « J'ai pas soif. » « Ne sois pas poli, tout à coup. » « Mais j'aime pas le ginger ale. » « Toi, tu n'aimes pas le ginger ale? » « Non. » « Depuis quand? » Oh Seigneur! Elle est vivante et du coup voilà que ça recommence — elle est vivante et d'emblée nous remettons ça!

Elle me raconte comment le rabbin Warshaw est venu s'asseoir et parler avec elle pendant une grande demi-heure avant — comme elle le formule maintenant de façon si imagée — qu'elle passe sous la lame du couteau. Est-ce que ce n'était pas gentil? Est-ce que ce n'était pas attentionné? (Vingt-quatre heures seulement qu'elle a émergé de l'anesthésie et elle sait, figurez-vous, que j'ai refusé d'ôter mon Levis et de me changer pour la fête!) La femme qui partage sa chambre, dont je m'efforce d'esquiver le regard dévorant de tendresse et dont personne, si je me souviens bien, n'a demandé l'avis, prend sur elle d'annoncer que le rabbin Warshaw est l'un des hommes les plus révérés de Newark. Ré-vé-ré, trois syllabes comme le rabbin lui-même l'énoncerait dans son puissant style anglo-sibyllin. Je commence à tapoter légèrement le creux de mon gant de base-ball, signal indiquant que je suis prêt à partir si seulement on veut bien me laisser aller. « Il aime tant le base-ball. Il pourrait jouer au base-ball douze mois par an », confie ma mère à Mme Ré-vé-ré. Je marmonne que j'ai « un match inter-clubs ». « C'est les finales. Pour le championnat. » « Très bien », dit ma mère, et avec amour elle ajoute : « Tu es venu, tu as fait ton devoir, maintenant sauve-toi, cours à ton match. » Je perçois dans sa voix comme elle est heureuse et soulagée de se retrouver vivante par ce bel après-midi de septembre. Et n'est-ce pas un soulagement pour moi aussi? N'est-ce pas pour cela que j'ai prié, prié un Dieu à l'existence duquel je ne crois même pas? La chose impensable n'était-ce pas la vie sans elle pour nous faire la cuisine, le ménage, pour... pour *tout* faire pour nous! Voilà pourquoi j'ai prié et pleuré : pour qu'elle s'en sorte à l'autre bout de son opération et conserve la vie, et ensuite qu'elle revienne à la maison pour y être notre seule et unique mère. « File, mon bébé », me roucoule ma mère avec douceur — oh, elle peut se montrer si douce et bonne à mon égard, si maternelle! Elle passera des heures à jouer à la canasta avec moi quand je suis malade et couché comme elle l'est maintenant. Rendez-vous compte, le ginger ale que l'infirmière lui a apporté parce qu'elle a subi une opération sérieuse, elle me l'offre, à *moi*, parce que je meurs de chaud! Oui, elle ôtera la nourriture de sa bouche pour me la donner, c'est un fait prouvé! Et pourtant je ne resterai pas cinq minutes pleines à son chevet. « Allez, cours », dit ma mère tandis que Mme Ré-vé-ré qui en un rien de temps a réussi à se faire de moi un ennemi, et pour le reste de mon existence, Mme Ré-vé-ré déclare, « Bientôt maman va rentrer à la maison, bientôt tout sera comme d'habitude... mais oui, allez, cours, cours, ils courent tous de nos jours », dit cette dame aimable et compréhensive — oh, elles sont toutes si aimables et compréhensives, je voudrais les étrangler! « Marcher, ils ne savent même pas ce que ça veut dire, que Dieu les bénisse. »

Donc je cours. Si je cours! Ayant passé peut-être deux irritantes minutes avec elle, deux minutes de mon précieux temps, même si la veille seulement les docteurs ont enfoncé droit sous sa robe (ainsi l'imaginais-je avant que ma mère m'ait rappelé le « couteau », notre couteau) une sorte d'horrible pelle pour extirper les parties pourries de l'intérieur de son corps. Ils sont allés farfouiller là-dedans et en ont arraché exactement ce qu'elle allait en farfouillant arracher de l'intérieur des poulets morts, et jeter ensuite dans la poubelle. Où j'ai été conçu et porté, il n'y a plus *rien,* le vide! Pauvre mère! Comment puis-je la planter là avec cette précipitation après tout ce qu'elle a enduré, après tout ce qu'elle m'a donné — ma vie même. Comment puis-je être aussi cruel? « Est-ce que tu me quitteras mon bébé? Est-ce qu'un jour tu quitteras maman? » « Jamais » je répondais, « jamais, jamais, jamais... » Et pourtant, maintenant qu'on l'a évidée je ne peux même pas la regarder dans les yeux! Et j'ai toujours évité de le faire depuis! Oh, il y a ses pâles cheveux roux étalés sur l'oreiller en longues mèches entortillées comme des ressorts, *que j'aurais pu ne jamais revoir.* Il y a les lunules de taches de rousseur qui, dit-elle, lui couvraient entièrement la figure quand elle était petite et *que je n'aurais jamais revues.* Et il y a ses yeux d'un marron rougeâtre, des yeux de la couleur de la croûte du gâteau au miel, *qui sont toujours ouverts, qui m'aiment toujours!* Il y avait son ginger ale et, assoiffé comme je l'étais, je n'aurais pas pu me forcer à le boire!

Je pris donc bel et bien ma course pour sortir de l'hôpital, monter jusqu'au terrain de sport et là, piquer droit au centre-champ, le poste que j'occupe dans l'équipe de *softball* [1] dont les joueurs arborent des blousons soyeux bleu et or avec le nom du club qui s'étale en grosses lettres de feutre blanc d'une épaule à l'autre : « SEABEES, A. C.! » Merci mon Dieu, pour les Seabees A. C.! Merci mon Dieu pour la place de centre-champ! Docteur, vous ne pouvez pas vous imaginer à quel point il est vraiment glorieux de se trouver là, tout seul au milieu de tout cet espace... Connaissez-vous un peu le base-ball? Parce que le centre est comme un poste d'observation, une sorte de tour de contrôle d'où l'on peut observer tout et tous, comprendre ce qui se passe à l'instant précis où la chose se passe, non seulement au bruit de la batte qui frappe, mais par la rafale de mouvements qui se propage parmi les servants de base à la seconde même où la balle

1. Balle d'entraînement grosse et molle, par opposition à la balle normale, dure et plus petite. *(N. d. T.)*

vole dans leur direction, et dès qu'elle les a dépassés. « C'est à moi », vous criez, « c'est à moi », et vous vous ruez à sa poursuite. Car, au centre-champ, si vous pouvez l'atteindre, elle *est* à vous. Ah, quelle différence avec la maison d'être au centre-champ où nul ne s'appropriera ce que j'ai déclaré *mien!* Malheureusement j'étais un batteur trop nerveux pour être admis dans l'équipe du lycée. J'avais essayé de reprendre et manqué des mauvais lancers si souvent pendant les épreuves d'admission en équipe de première année que l'entraîneur, ironique, avait fini par me prendre à part pour me demander, « Dis donc, fiston, tu es bien sûr que tu ne portes pas de lunettes? » et m'avait ensuite renvoyé. Mais quelle forme je tenais! quel style j'avais! Et dans ma catégorie promotion de *softball* où la balle est simplement un peu plus lente et un peu plus grosse, je suis l'étoile que je rêvais de devenir pour l'école entière. Bien entendu, toujours dans mon ardent désir de perfection, je manque trop fréquemment mes coups; mais quand je touche la balle, elle part à des distances incommensurables, Docteur, elle s'envole par-dessus les grillages et on appelle ça un « complet ». Oh, et il n'y a vraiment rien dans l'existence, rien du tout, qui puisse se comparer au plaisir de doubler la deuxième base au petit trot, parce que ce n'est plus la peine de se presser, parce que cette balle que vous venez de frapper a filé hors de vue dans les airs... Et je pourrais jouer dans la défense aussi, et plus loin je dois courir, mieux c'est. « Je l'ai! Je l'ai! Je l'ai! » et me ruer sur la seconde base pour capter au creux de mon gant — et à peine à deux centimètres du sol — une balle boulet de canon, basse et d'une trajectoire parfaite, un coup sur base, penserait-on, ou encore je me replierais, « Je l'ai, je l'ai... » je me replierais sans effort, gracieusement, vers ce grillage, d'une foulée pour ainsi dire lente, et puis j'aurais cette délicieuse sensation à la Di Maggio de cueillir la balle comme un don du ciel lancé par-dessus l'épaule... ou alors en galopant! pivotant! bondissant! comme le petit Al Gionfriddo

— un joueur de base-ball, Docteur, qui un jour a fait une très grande chose... ou encore je serais campé, très calme, détendu — sans un frémissement, d'une sérénité totale, je me tiendrais là sous le soleil (comme si je me trouvais au milieu d'un terrain vide ou si je tuais le temps au coin de la rue) je me tiendrais sans l'ombre d'un souci au monde en plein soleil, comme mon roi des rois, le Seigneur mon Dieu, le Duke lui-même (Snider, Docteur, il se peut que ce nom revienne dans mon récit) debout, aussi tranquille et décontracté, aussi heureux que je ne le serai jamais, attendant tout seul sous une fulgurante balle haute (*une étoile filante*, j'entends dire à Red Barber qui suit la partie derrière son microphone) expédiée vers Portnoy (Alex, *dessous, dessous*) et j'attends là simplement que la balle tombe dans le gant que je tend vers elle et vlan, la voilà, *floc!* le troisième joueur sorti! *(Alex à la réception pour le troisième et, chers amis, voilà notre vieux C. D., le porte-parole des tabacs P. Lorillard and C°)* et puis, d'un seul mouvement, pendant que ce vieux Connie nous apporte un message des Old Golds, je démarre vers le banc, tenant cette fois la balle des cinq doigts de la main gauche, nue, et quand j'arrive au carré, — après avoir écrasé du pied le sac qui marque la deuxième base — je la lance en douceur d'une simple secousse du poignet à l'intercepteur de l'équipe adverse qui s'amène au pas de course sur le terrain et toujours sans rompre la cadence, je fais tout le trajet d'une longue foulée élastique, les épaules effacées, la tête pendante, les pieds un tantinet en dedans, les genoux montant et descendant au ralenti dans une imitation en tout point parfaite du Duke. Oh, l'inaltérable nonchalance de ce jeu! Il n'y a pas un mouvement que je ne connaisse jusqu'au tréfonds de mon tissu musculaire et de mes articulations. Comment me pencher pour ramasser mon gant et comment le rejeter de côté, comment soupeser la batte, comment la tenir, la porter et la balancer en arc de cercle, comment élever cette batte au-dessus de ma tête, fléchir et décontracter les épaules et le cou avant de prendre position et de planter les deux pieds exactement à la place qui leur est dévolue sur la plaque de but — et comment, lorsque je reprends une bonne balle (ce que j'ai tendance à faire, elle se balance si joliment sur les mauvais lancers) de sortir et de manifester ne fût-ce qu'en tapotant légèrement le sol du bout de la batte, la dose adéquate d'exaspération vis-à-vis des autorités... oui, chaque petit détail si minutieusement étudié et possédé sur le bout du doigt qu'il est tout simplement hors du domaine des possibilités que puisse surgir une quelconque situation dans laquelle je ne saurais pas ce qu'il faut faire, et où, ce qu'il faut dire ou taire. Et il est vrai, n'est-ce pas? — incroyable mais apparemment vrai — qu'il y a des gens qui connaissent dans la vie cette aisance, cette sûreté de soi, cette adhésion simple et totale à l'événement en cours que je ressentais, moi, au poste de centre-champ pour les Seabees? Parce que ce n'était pas, voyez-vous, qu'on était le meilleur centre-champ imaginable mais seulement qu'on savait très exactement jusqu'à la moindre particularité quel devait être le comportement d'un centre-champ, et il y a des gens comme ça qui circulent dans les rues des E.-U. d'A.? Je vous le demande, pourquoi ne puis-je être l'un de ceux-là? Pourquoi ne puis-je exister aujourd'hui comme j'existais là-bas pour les Seabees, à mon poste de centre-champ? Oh, être un centre-champ, un centre-champ et rien de plus!

Mais je suis quelque chose de plus, ou du moins c'est ce qu'on me dit. Un Juif. Non! non! Un *athée*, je proclame. En fait de religion, je ne suis rien et je refuse de faire semblant d'être ce que je ne suis pas! Peu m'importe le degré de solitude ou de détresse atteint par mon père, ma vérité c'est ma vérité et je le regrette bien mais il faudra qu'il avale mon apostasie en bloc! Et peu m'importe également à quel point nous avons failli faire une *shiva* autour de ma mère — pour tout dire je me demande aujourd'hui si peut-être toute cette histoire d'hystérectomie n'a pas été dramatisée en C-A et dédramatisée ensuite dans le seul but de me flanquer une C-H intense! Dans le seul but de m'humilier, de m'effrayer et de me retransformer en petit garçon docile et sans défense. Je ne puise pas d'arguments en faveur de l'existence de Dieu ou de la générosité et de la vertu des Juifs dans le fait que l'homme le plus ré-vé-ré de tout Newark est venu s'asseoir pendant « une grande demi-heure » au chevet de ma mère. S'il lui avait vidé son bassin, fait manger ses repas, cela aurait pu constituer un commencement. Mais venir s'asseoir une demi-heure à côté d'un lit? Qu'a-t-il d'autre à faire, maman? Pour lui, proférer de superbes banalités à des gens paralysés de trouille — pour lui, c'est comme de jouer au base-ball pour moi! Il adore ça! Et qui n'aimerait pas ça? Maman, le rabbin Warshaw est un imposteur pompeux, adipeux, impatient, avec un complexe de supériorité absolument grotesque, un personnage sorti tout droit de Dickens, voilà ce qu'il est. Un individu dont, si l'on se trouvait à côté de lui dans un autobus sans savoir qu'il est si révéré, on dirait « ce type pue atrocement le tabac », et voilà rigoureusement *tout* ce qu'on dirait. Voilà un homme à qui l'idée est venue un jour que l'élément de base de la pensée dans le langage était la syllabe. Aussi, pas un mot qu'il prononce qui ne soit composé de moins de trois de celles-ci, pas même le mot Dieu. Si vous pouviez entendre ce qu'il arrive à tirer d'Israël. Pour lui, c'est aussi long que réfrigérateur. Et te souviens-tu de lui à mon *bar mitzvah*, comme il s'est régalé avec Alexander Portnoy? Pourquoi, maman, persistait-il à m'appeler par mon nom entier? Pourquoi, sinon pour vous impressionner, vous, tous les idiots de l'assistance, avec cette collection de syllabes! Et ça marchait, ça marchait comme sur des roulettes! Tu ne comprends pas, c'est avec la synagogue qu'il gagne sa vie, et *voilà tout*. S'amener à l'hôpital et pérorer brillamment sur l'idée de la vie (syllabe par syllabe) pour des gens que fait trembler dans leur pyjama l'idée de la mort, c'est son boulot, tout comme c'est celui de mon père de placer des assurances! C'est ce qu'ils font l'un et l'autre pour gagner leur croûte! Et si tu veux montrer de la vénération à l'égard de quelqu'un, montres-en à l'égard de mon père, nom de Dieu, et incline-toi devant lui comme tu t'inclines devant ce gros fumier grotesque, parce que mon père, lui, se casse vraiment les couilles à travailler, et il ne songe pas à se prendre pour l'assistant spécial de Dieu par-dessus le marché. Et il ne parle pas en détaillant ces enculées de syllabes! « Jeee-e — suiiis — he-eu-reux — de-e-eu vous acc-e-u-il-ir euh-aaaa la-eeuh — siy-naa-goo-geuh. » Oh Seigneur, oh Seii-gnieur-euh, si tu es là-haut à nous inonder de ta lumière, pourquoi ne pas nous épargner à partir de maintenant la diction des rabbins? Pourquoi ne pas nous épargner les rabbins eux-mêmes! Écoutez, pourquoi ne pas nous épargner la religion, ne serait-ce qu'au nom de notre dignité humaine! Seigneur Dieu, maman, le monde entier le sait déjà, *pourquoi ne le sais-tu pas, toi? La religion est l'opium du peuple* et si le fait de croire ça fait de moi un communiste de quatorze ans, alors c'est ce que je le suis et je suis fier de l'être. Je préférerais en toute circonstance être un communiste en Russie plutôt qu'un Juif dans une synagogue — voilà ce que je lance aussi à mon père en pleine figure. Encore une grenade dans les tripes, voilà le résultat obtenu (je m'en doutais d'ailleurs assez) mais je regrette, il se trouve que je crois aux droits de l'homme... droits tels qu'ils sont étendus en Union soviétique à *tous* les hommes sans considération de race, de religion ou de couleur. Mon communisme, en fait, explique pourquoi je tiens maintenant à manger avec la femme de ménage quand je rentre à la maison pour déjeuner le lundi et veille à ce qu'elle soit là — je vais manger avec elle, maman, à la même table, et *la même nourriture*, est-ce clair? Si on me donne un reste de ragoût réchauffé, on lui donnera un reste de ragoût réchauffé et pas du Munster coulant ou du thon servi sur une assiette de verre spécial qui n'absorbe pas ses microbes! Mais non, non, maman ne saisit pas mon idée apparemment, trop bizarre apparemment. Manger avec la *shvartze?* Qu'est-ce que je peux bien raconter? Elle me chuchote dans l'entrée à l'instant où je rentre de classe, « Attends, la fille va avoir fini dans quelques minutes... » *Mais je ne traiterai aucun être humain* (en dehors de ma famille) *comme un inférieur!* Tu ne peux pas piger une parcelle des principes de l'égalité, bon sang! Et je te préviens, s'il se ressert jamais devant moi du mot de négro, je lui enfoncerai une vraie lame dans son cœur embigoté de mes deux! *Est-ce bien clair pour tout le monde?* Je me fous que ses vêtements puent tellement quand il rentre d'une tournée de recouvrement de dettes chez les Noirs, qu'il faille les pendre dans la cave pour les aérer — je me fous qu'ils le rendent à moitié dingue en laissant passer leurs échéances d'assurances. Ce n'est qu'une raison de plus de compatir, nom de Dieu, de faire preuve de sympathie et de compréhension et de cesser de traiter la femme de ménage comme si elle était une espèce de mule dépourvue de cette passion pour la dignité dont d'autres font preuve! J'en ai autant au service des *goyim!* Nous n'avons pas tous eu la chance de naître juifs, figure-toi. Alors, un peu de *rachmones* pour les moins favorisés, d'accord? Parce que j'en ai jusque-là, j'en ai ma claque des *goyische* par-ci et des *goyische* par-là! Si c'est mal, c'est les *goyim,* si c'est bien, c'est les Juifs! Vous ne voyez donc pas, mes chers parents, des lombes desquels j'ai tant bien que mal jailli, qu'une telle façon de penser est légèrement barbare! Que tout ce que vous exprimez, c'est votre peur? La première distinction que vous m'ayez appris à faire, j'en suis certain, n'était pas entre le jour et la nuit ou le chaud et le froid, mais entre les *goyische* et les Juifs! Mais maintenant il se trouve, mes chers parents, alliés et amis assemblés qui se sont réunis ici pour célébrer mon *bar mitzvah*, il se trouve, bande de *ploucs*, bande de *ploucs* étriqués! — oh combien je vous hais pour vos cervelles juives étriquées! y compris toi, rabbin Syllabe qui pour la dernière fois de ta vie m'a envoyé chercher au coin de la rue un autre paquet de Pall Mall dont tu empestes l'odeur au cas où personne ne te l'aurait encore dit — il se trouve que l'existence ne se borne pas tout à fait au contenu de ces écœurantes et stériles catégories! Et au lieu de pleurer sur celui qui refuse à l'âge de quatorze ans de jamais remettre les pieds dans une synagogue, au lieu de gémir sur celui qui a tourné le dos à la *Saga* de son peuple, versez des larmes sur vous-mêmes, créatures pathétiques — qu'attendez-vous — toujours à sucer, sucer ces aigres raisins de la religion! Juifs, Juifs, Juifs, Juifs, Juifs! Elle me sort déjà des oreilles, la *Saga* douloureuse des Juifs! Rends-moi un service, mon peuple, et ton douloureux héritage, fous-le-toi dans ton cul douloureux — *Il se trouve que je suis également un être humain!*

Mais tu *es* juif, me dit ma sœur, tu es un garçon juif plus que tu ne le crois, et tout ce que tu fais, c'est de te rendre malheureux, tout ce que tu fais, c'est de hurler dans le désert... A travers mes larmes, je la vois qui m'explique avec patience ma triste situation du bout de mon lit. Si j'ai quatorze ans, elle en a dix-huit; elle est en première année au Newark State Teacher's College, grosse fille au visage blême, transpirant la mélancolie par tous les pores. Quelquefois, avec une autre grosse fille sans beauté nommée Elvina Tepper (qui possède, toutefois, il faut l'inscrire à son actif, des nichons du volume de ma tête), elle se rend à une réunion de danses folkloriques au Club des jeunes de Newark. Cet été, elle va être monitrice de travaux manuels au Centre de Plein Air de la Communauté juive.

Je l'ai vue en train de lire un bouquin à couverture verdâtre dont le titre était *Portrait de l'artiste par lui-même*. Tout ce qu'il me semble savoir d'elle se résume à ces quelques détails, plus bien entendu la taille et l'odeur de ses soutiens-gorge et de ses culottes. Quelles années de confusion! Et quand seront-elles finies? Pouvez-vous, s'il vous plaît, me donner une date approximative? Quand serai-je guéri de ce que j'ai!

Sais-tu, me demande-t-elle, où tu serais aujourd'hui si tu étais né en Europe et pas en Amérique?

La question n'est pas là, Hannah.

Mort, dit-elle.

La question n'est pas là.

Mort, gazé ou abattu, ou incinéré, ou égorgé, ou enterré vivant. Sais-tu ça? Et tu aurais pu hurler autant que tu aurais voulu que tu n'étais pas un Juif, que tu étais un être humain et que tu n'avais absolument rien à voir avec leur stupide héritage de souffrances, on t'aurait quand même embarqué et liquidé. Tu serais mort et je serais morte aussi et...

Mais ce n'est pas de ça que je parle!

Et ta mère et ton père seraient morts!

Mais pourquoi te mets-tu de leur côté!

Je ne me mets du côté de personne, dit-elle, je t'explique simplement qu'il n'est pas si ignorant que tu le crois.

Elle ne l'est pas non plus, je suppose! Je suppose qu'à cause des nazis, tout ce qu'elle dit et tout ce qu'elle fait devient intelligent et génial! Je suppose que les nazis sont une excuse à tout ce qui se passe dans cette maison!

Oh, je ne sais pas, dit ma sœur, peut-être que oui, et maintenant voilà qu'elle se met à pleurer aussi et combien je me sens monstrueux car elle verse ses larmes sur six millions d'êtres, ou du moins je l'imagine, alors que je verse les miennes uniquement sur moi-même.

Du moins je l'imagine.

Fou de la chatte

Ai-je mentionné que lorsque j'avais quinze ans je l'avais sortie de mon pantalon et j'avais déchargé dans l'autobus 107 en revenant de New York?

J'avais passé une journée parfaite, invité par ma sœur et Morty Feibish, son fiancé — qui a joué deux matches à Ebbets Field — suivie d'un dîner de fruits de mer au Sheepshead Bay. Une journée délicieuse. Hannah et Morty devaient passer la nuit à Flatbush avec la famille de Morty et je fus donc embarqué vers dix heures dans le métro pour Manhattan où je pris à destination de New Jersey l'autobus à bord duquel j'empoignai à pleine main non seulement ma bite mais ma vie entière — si l'on y réfléchit bien. Les passagers étaient pour la plupart en train de somnoler avant même que nous ayons émergé du Lincoln Tunnel — y compris la fille sur la banquette à côté de moi contre la jupe écossaise plissée de laquelle j'avais commencé par presser le velours à côtes de mon pantalon — et je l'avais sortie et la tenais au poing au moment où nous remontions sur le Pulaski Skyway. Vous auriez pu penser qu'étant donné les vives satisfactions de la journée, j'avais été rassasié de plaisir et que ma pine aurait pu être la dernière chose à me travailler l'esprit durant le trajet de retour ce soir-là. Bruce Edwards, un nouvel attrapeur sorti de l'équipe des juniors — et juste l'élément dont nous avions besoin (nous étant, Morty, moi-même et Burt Shotton, le directeur des Dodger) — avait repris six frappes sur huit dans ses deux premières parties avec les seniors, (ou était-ce Furillo? en tout cas c'était vraiment de la démence de se taper la colonne de cette façon! Imaginez ce qui se serait passé si j'avais été pris sur le fait! Imaginez que j'aie poussé l'opération jusqu'au bout et que j'aie déflaqué sur le bras doré de cette *shikse* endormie) et puis pour le dîner Morty m'avait commandé un homard, le premier de mon existence.

Au fait, peut-être le responsable était-il le homard. Une fois ce tabou si facilement et si simplement transgressé, du coup le côté visqueux, dionysiaque et suicidaire de ma nature avait pris de l'assurance; peut-être avais-je appris que pour passer outre à la loi il suffit de... — simplement vas-y carrément et passe outre! Il suffit de cesser de frémir et de trembler et de trouver ça inconcevable et hors de portée, il suffit de *le faire!* Pourquoi, je vous le demande, toutes ces règles et ces interdictions alimentaires sinon pour nous exercer, nous petits enfants juifs, à subir la répression? Exerce-toi, chéri, exerce-toi, exerce-toi, exerce-toi. L'inhibition ne pousse pas sur les arbres, vous savez — il faut de la patience, il faut de la concentration, il faut des parents dévoués et prêts à se sacrifier et un enfant attentif et appliqué pour fabriquer en l'espace de quelques années seulement un être humain vraiment ligoté et trouillotant. Pourquoi les deux espèces de vaisselle? Pourquoi le savon kasher et le sel? Pourquoi, je vous le demande, sinon pour nous rappeler trois fois par jour que la vie n'est que contrainte et restriction, centaines de milliers de petites règles établies par personne d'autre que Personne d'Autre, règles que vous observez sans discussion, si stupides puissent-elles sembler (et vous restez ainsi, en obéissant, dans Ses bonnes grâces) ou que vous transgressez sans doute au nom du bon sens outragé — que vous transgressez parce que même un enfant n'aime pas se sentir un minus ou un demeuré total — oui, que vous transgressez, mais avec de fortes probabilités (mon père me l'assure) pour que le prochain Yom Kippour venu, lorsque les noms seront inscrits dans le grand livre où Il inscrit les noms de tous ceux auxquels il sera accordé de vivre jusqu'au mois de septembre suivant (un tableau qui, d'une façon ou d'une autre, réussit à se graver dans mon imagination) et, regardez, votre précieux nom n'y est pas. Alors, qui c'est le minus, hein? Et avec ça, peu importe (ceci, je le comprends depuis le début d'après la façon dont ce Dieu qui régit tout raisonne) le degré d'importance de la règle transgressée, c'est la transgression seule qui Lui hérisse le poil — c'est le simple fait de l'infraction et ce fait seul qu'Il ne peut absolument pas supporter et qu'Il n'oublie pas non plus lorsqu'Il s'assied (irrité sans doute, fou de rage, et sûrement la proie d'un mal de crâne épouvantable, comme mon père au plus fort de sa constipation) et commence à omettre d'inscrire les noms dans ce livre.

Lorsque le devoir, la discipline et l'obéissance se désagrègent — ah, voici, *voici* le message que j'absorbe à chaque Pâque avec le *matzoh brei* de ma mère — ce qui s'inscrit, on ne peut le prédire. Le Renoncement est tout, s'écrie la pièce de bœuf kasher exsangue autour de laquelle nous nous attablons, ma famille et moi, pour le dîner. Maîtrise de soi, sobriété, sanctions — telles sont les clés d'une vie humaine, proclament toutes les innombrables règles diététiques. Que les *goyim* plantent *leurs* dents dans ces viles créatures qui rampent et grognent à la surface du sol malpropre, nous ne contaminerons pas ainsi notre humanité. *Ils* (vous voyez à qui je fais allusion) se gavent de tout ce qui bouge, si ignoble ou abject soit l'animal, si grotesque ou *shmutzig* ou stupide, puisse être la créature en question. Qu'ils mangent des anguilles, des grenouilles, des cochons, des crabes et des homards! Qu'ils mangent des vautours et de la chair de singe ou du skunks si ça leur plaît — un régime à base de bêtes abominables convient parfaitement à une branche de l'humanité assez incurablement frivole et écervelée pour boire, divorcer et se battre à coups de poing. Tout ce qu'ils savent faire, ces mangeurs imbéciles de l'exécrable, c'est plastronner, insulter, ricaner et tôt ou tard cogner. Oh, ils savent également comment s'enfoncer dans les bois avec un fusil, ces génies, et tuer d'innocents chevreuils, des chevreuils qui eux-mêmes *nosh* tranquillement des baies et de l'herbe et vivent leur vie sans déranger personne. Stupides *goyim!* empestant la bière et, à bout de munitions, vous reprenez la route, un animal mort (auparavant *vivant*) ficelé sur chaque aile de votre voiture pour que tous les automobilistes le long du trajet puissent voir comme vous êtes fort et viril; et puis, dans vos maisons, vous amenez ces chevreuils — qui vous ont fait... qui ne vous ont absolument rien fait, pas le moindre mal — vous amenez ces chevreuils, vous les découpez en morceaux et vous les faites cuire dans une marmite. Il n'y a pas assez à manger dans ce bas monde, il faut encore qu'ils mangent *aussi* les chevreuils! Ils mangeront *n'importe quoi*, tout ce qu'ils peuvent saisir de leurs grosses pattes *goy*! Et le terrifiant corollaire, *ils feront également n'importe quoi*. Les chevreuils mangent ce que mangent les chevreuils et les Juifs mangent ce que mangent les Juifs, mais pas ces *goyim*, les animaux rampants et grouillants, les animaux angéliques et bondissants — pour eux, nulle différence — ce qu'ils veulent, ils le prennent, et tant pis pour les sentiments des autres créatures (ne parlons pas de bonté et de compassion). Oui, tout cela est consigné dans l'histoire, ce qu'ils ont fait, nos illustres voisins qui possèdent le monde et ne savent absolument rien des frontières et des limites humaines.

... Ainsi le déclaraient les lois kasher, du moins à l'enfant que j'étais, grandissant sous la tutelle de Sophie et Jack P., et dans un secteur scolaire de Newark où, sur tous les élèves de ma classe, il n'y a que deux petits chrétiens, et ils vivent dans des maisons où je n'entre pas, à la lisière extrême de notre quartier. Ainsi le déclarent les lois kasher et qui suis-je pour les discuter et leur donner tort? Car enfin, considérez Alex lui-même, le sujet de chacune des syllabes émises par *nous* — âge quinze ans, il suce un soir une pince de homard et dans l'heure qui suit il a la bite à l'air braquée sur une *shikse* dans un autobus des Services Publics. Et son supérieur cerveau juif pourrait être aussi bien fait de *matzoh brei!*

Un tel monstre, cela va sans dire, n'a jamais été plongé vivant dans l'eau bouillante chez nous — le homard, j'entends. Une *shikse* n'a jamais mis les pieds chez nous, point final; on ne peut donc que faire des suppositions sur l'état dans lequel elle risquerait de sortir de la cuisine de ma mère. La femme de ménage est, manifestement, une *shikse* mais elle ne compte pas puisqu'elle est noire.

Ha ha! Une *shikse* n'a jamais mis les pieds chez nous, amenée par *moi*, entendons-nous bien. Je me souviens d'une que mon propre père ramena avec lui un soir pour le dîner quand j'étais encore enfant : une caissière employée à son bureau, légèrement sur le retour, mince, tendue, timide, douce, déférente, du nom d'Anne McCaffery.

Docteur, se pouvait-il qu'il l'ait tringlée? Je n'arrive pas à le croire! Mais tout à coup cette idée me traverse l'esprit. Mon père tringlait-il cette dame en douce? Je me souviens encore comment elle s'assit à côté de moi sur le divan et, dans sa nervosité, fit tout un tas de chichis pour épeler son petit nom en nous faisant remarquer qu'il finissait avec un *e*, ce qui n'était pas toujours le cas pour les personnes qui s'appelaient Anne — et patati et patata... et pendant ce temps-là, bien qu'elle eût des bras longs, blancs, maigrichons et constellés de taches de rousseur (des bras irlandais, pensais-je) sous sa soyeuse blouse blanche je pouvais voir qu'elle avait de jolis seins et d'un volume substantiel — et je coulais aussi des coups d'œil répétés à ses jambes. Je n'avais que huit ou neuf ans mais elle avait vraiment une paire de guibolles tellement fantastiques que je ne pouvais pas en détacher mes regards, de ce genre de jambes sur lesquelles de temps à autre on voit avec surprise se déplacer une vieille fille blafarde au visage pincé... avec ces jambes-là — et comment, ça ne faisait pas un pli, il la *shtuppait*... vous ne croyez pas? S'il l'avait ramenée chez nous, c'était, disait-il, pour « un véritable repas juif ». Durant des semaines il avait débloqué à propos de la nouvelle caissière *goyische* (une bonne femme très quelconque, disait-il, qui s'habille en *shmattas*) qui l'avait tanné — tel était le thème de l'histoire qu'il ne se lassait pas de nous répéter — pour goûter un vrai repas juif depuis le jour où elle avait commencé à travailler au bureau de la Boston and Northeastern. Finalement, ma mère en avait eu jusque-là. « Bon, ça va, ramène-la ici — si elle en a tellement envie, je lui en préparerai un. » Fut-il un peu pris au dépourvu? Qui le saura jamais?

En tout cas, un repas juif, c'est bien ce à quoi elle eut droit... Je ne crois pas avoir jamais entendu de toute ma vie le mot « juif » prononcé un aussi grand nombre de fois en une soirée et permettez-moi de vous le dire, je suis quelqu'un qui a souvent entendu le mot « juif ».

« Voilà notre véritable foie haché juif, Anne. Avez-vous déjà goûté du vrai foie haché juif? Eh bien, ma femme le prépare comme personne, ça je vous le garantis. Tenez, vous mangez ça avec une tranche de pain. Voilà du véritable pain de seigle juif, avec des graines. C'est ça, Anne, vous vous débrouillez très bien, n'est-ce pas qu'elle se débrouille bien, Sophie, pour la première fois? C'est bien ça, prenez une belle tranche de vrai pain juif, maintenant, prenez une fourchette bien garnie de vrai foie haché juif... » — et ainsi de suite jusqu'à la gelée — « mais oui, c'est juste, Anne, la gelée est kasher aussi, bien sûr, naturellement, il le faut bien — oh non, oh non, pas de lait dans votre café, pas après la viande, ha ha! tu entends ce qu'Anne voulait, Alex? »

Mais barjaque, barjaque tant que tu voudras, cher papa, une question me vient tout juste à l'esprit, vingt-cinq ans plus tard (non pas que je dispose de la moindre ombre de preuve, non pas que jusqu'à cet instant j'aie jamais imaginé mon père capable de la moindre infraction à la loi domestique... mais puisque l'infraction semble exercer sur moi une certaine fascination), une question se lève dans le public : pourquoi a-t-il fallu que tu ramènes une *shikse* à la maison? Parce que tu ne pouvais pas supporter l'idée qu'une femme de la race des Gentils traverse l'existence sans avoir connu le goût d'un entremets en gelée juif? Ou parce que tu ne pouvais plus toi-même continuer à vivre sans faire une confession juive? Sans confronter ton épouse avec ton crime, en sorte qu'elle puisse t'accuser, te stigmatiser, t'humilier, te punir et t'extirper ainsi à jamais tes désirs défendus! Oui, un véritable desperado juif, mon père. Je reconnais parfaitement le syndrome. Alors que vienne quelqu'un, n'importe qui, pour me démasquer et me condamner. J'ai commis l'action la plus terrible que vous puissiez concevoir : j'ai pris ce que je ne suis pas censé posséder! J'ai choisi le plaisir pour moi-même au mépris de mes devoirs envers les êtres que j'aime. Je vous en prie, saisissez-vous de moi, incarcérez-moi avant que, à Dieu ne plaise, j'échappe au châtiment — et que je m'égare pour faire à nouveau ce qui me tente vraiment! Et ma mère, se fit-elle complice? Sophie découvrit-elle que deux tétons et deux jambes additionnés faisaient quatre? Moi, il me semble qu'il m'a fallu deux décades et demie pour effectuer un calcul aussi scabreux. Oh, je suis probablement en train d'inventer ça de toutes pièces. Mon père... et une *shikse?* Impossible. C'était au-delà de son entendement. Mon propre père — baiser des *shikse?* Je reconnaîtrais sous la torture qu'il a baisé ma mère... mais des *shikse?* Je ne peux pas plus l'imaginer se tapant une pompe à essence.

Mais alors, pourquoi l'invective-t-elle de cette façon? Quelle est cette scène d'accusations et de démentis, de blâmes, de menaces et de larmes sans fin... à quoi rime toute cette histoire si ce n'est qu'il a fait quelque chose de très répréhensible et peut-être d'impardonnable? Cette scène même est comme une sorte de meuble pesant qui trône dans mon esprit, inamovible — qui me conduit à penser que, oui, en effet, la chose se passa réellement. Ma sœur, je vois, se cache derrière ma mère : Hannah se cramponne à elle au niveau de la taille et gémit tandis que ma mère pleure comme une fontaine des larmes qui dégoulinent jusqu'au linoléum. En même temps qu'elle sanglote, elle lui hurle à la figure sur un tel diapason qu'on voit saillir ses veines — et elle s'en prend aussi à moi parce que, examinant la situation plus à fond, je constate que, tandis qu'Hannah se cache derrière ma mère, j'ai cherché refuge, moi, *derrière le coupable lui-même*. Oh, tout ça n'est que pur fantasme, sorti tout droit du traité d'analyse. Non, non, c'est bien mon propre père et non celui d'un autre qui maintenant abat le poing sur la table de la cuisine et rétorque à ma mère en vociférant, « Je n'ai rien fait de pareil! C'est un mensonge et une énormité! » Mais attendez une minute, c'est moi qui glapis, « Je n'ai pas fait ça! » *Le coupable, c'est moi!* Et si ma mère pleure à chaudes larmes, c'est parce que mon père refuse de me *potcher* le derrière qui, elle me l'a promis, sera potché « et pour de bon » quand il découvrira la chose terrible que j'ai faite.

Quand je ne suis pas sage et que je fais la forte tête sur des points mineurs, elle sait comment venir à bout de moi : elle n'a qu'à, vous vous le rappelez — je sais que *je* me le rappelle! — qu'à me mettre mon manteau et mes caoutchoucs aux pieds — oh, charmant détail, maman, ces caoutchoucs! — m'enfermer en dehors de la maison *(m'enfermer en dehors de la maison!)* et m'annoncer à travers la porte que jamais plus elle ne me laissera entrer, que je n'ai donc plus qu'à m'en aller pour commencer une nouvelle existence; elle n'a qu'à recourir à ce procédé simple et rapide pour obtenir instantanément une confession, un auto-anéantissement et, si elle en a envie, une attestation signée assurant que je resterai cent pour cent pur et bon durant tout le reste de ma vie — tout cela si seulement je suis autorisé à me retrouver de l'autre côté de cette porte où il se trouve qu'ils détiennent mon lit, mes vêtements et *le réfrigérateur*. Mais quand je suis vraiment mauvais, si détestable qu'elle peut seulement lever les bras vers le Dieu tout-puissant pour lui demander ce qu'elle a fait pour mériter un enfant pareil, dans ces cas-là mon père est appelé pour rendre la justice; ma mère est elle-même trop sensible, une trop vertueuse créature, se révèle-t-il, pour administrer un châtiment corporel. « Ça me fait mal », je l'entends expliquer à ma tante Clara, « plus que ça lui fait mal à lui. C'est dans ma nature d'être comme ça, je ne peux pas le faire, et voilà tout. » Oh, pauvre mère!

Mais, voyons un peu, de quoi s'agit-il au juste après tout. Nous pouvons certainement trouver une explication, Docteur, deux Juifs astucieux comme nous... Une action terrible a été commise et elle a été commise soit par mon père, soit par moi. Le coupable, en d'autres termes, est l'un des deux membres de la famille à posséder un pénis. Bon, très bien. Jusqu'ici ça colle. Et maintenant, a-t-il enfilé, baisé entre ses jambes excitantes la caissière « gentil » du bureau ou bien ai-je mangé le pudding au chocolat de ma sœur? Elle n'en voulait *pas* au dîner, voyez-vous, mais apparemment désirait le mettre de côté pour pouvoir le déguster avant de se coucher. Et alors, Seigneur Jésus, comment étais-je censé savoir tout cela, Hannah? Qui considère les légers points de détail lorsqu'il a faim? J'ai huit ans et il se trouve que le pudding au chocolat me fait un effet foudroyant. Il suffit que cette luisante surface chocolatée accroche mon regard du fond du réfrigérateur et je ne me contrôle plus. En plus de ça, je *croyais* que c'était un *laissé-pour-compte!* Et c'est la vérité même! Nom de nom, est-ce là la raison de tous ces cris et de tous ces glapissements, parce que j'ai mangé le pudding au chocolat de cette rabat-joie? Et même si je l'ai fait, c'était sans mauvaise intention! Je croyais qu'il s'agissait d'autre chose! Je le jure, je le jure, je ne l'avais pas prémédité!... Mais est-ce moi — ou mon père qui plaide sa cause à pleine voix devant le jury? Et comment que c'est lui! Il l'a fait! Ça va, ça va, Sophie, fiche-moi la paix, je l'ai fait, *mais sans mauvaise intention*. Merde, le prochain bobard qu'il va lui servir, c'est qu'il faut lui pardonner parce qu'il n'a pas aimé ça par-dessus le marché. Comment ça, tu l'as fait sans mauvaise intention, salopard — tu la lui as bien mis où je pense, non? Alors maintenant, sois un homme! N'essaie pas de te défiler, dis-le-lui, dis-le-lui. « C'est exact, Sophie, je l'ai enfilée, cette *shikse*, et tu peux bien en penser ce que tu veux, je t'emmerde. Parce que c'est comme ça et pas autrement, au cas où tu ne le saurais pas, c'est moi le mâle ici et c'est *moi qui annonce la couleur!* » Et cogne-lui dessus s'il le faut! Envoie-la au tapis, Jack! Pas de doute, c'est bien ça que ferait un *goy*, non? Est-ce que tu te figures qu'un de ces caïds, chasseur de chevreuils avec son fusil, s'écroulerait au fond de son fauteuil s'il était surpris à enfreindre le septième commandement et qu'il se mettrait à pleurnicher et à implorer le *pardon* de sa femme? Le pardon de *quoi?* Tu as foutu ta bite dans un certain endroit, tu l'as fait aller et venir et le foutre a giclé au bout. Et alors, Jack, pourquoi faire un tel foin? Combien de temps a duré l'ensemble de la séance pour que tu subisses de tels anathèmes de sa bouche — une telle culpabilité, de telles récriminations et un tel dégoût de soi-même! Papa, pourquoi faut-il que nous manifestions vis-à-vis des femmes une déférence si chargée de culpabilité quand rien ne nous y oblige! Il ne faut pas! Ceux qui devraient tirer les ficelles, papa, c'est *nous!* « Papa a fait une chose terrible, terrible », crie ma mère — ou bien est-ce mon imagination? Ce qu'elle dit ne ressemble-t-il pas plutôt à, « Oh, ce petit Alex a encore fait une chose terrible, papa. » Toujours est-il qu'elle soulève Hannah du sol (Hannah, je vous demande un peu!) que, jusqu'à cet instant, je n'avais jamais considérée sérieusement comme propre à inspirer une réelle affection à qui que ce soit, la prend dans ses bras et se met à couvrir de baisers sa face ingrate et triste en déclarant que sa petite fille est le seul être en ce bas monde digne de sa confiance. Mais, si j'ai huit ans, Hannah en a douze, et personne ne la prend dans ses bras, je vous le garantis, parce que le grand problème de la pauvre gosse, c'est qu'elle est énorme, « et comment », dit ma mère. Elle n'est même pas censée manger du pudding au chocolat. Ouais, c'est justement pour ça que je l'ai pris! Une vraie vacherie, Hannah, mais c'est le docteur qui l'a dit, pas moi, je n'y peux rien si tu es grosse et mollasse et si je suis maigrichon et brillant, je n'y peux rien si je suis tellement beau, s'ils arrêtent ma mère quand elle me pousse dans mon landau pour admirer mon superbe *punim.* — tu l'entends raconter cette histoire, c'est quelque chose à quoi je n'ai jamais été pour rien, un simple fait de la nature si je suis né beau et si tu es née peut-être pas laide mais certainement pas avec un physique susceptible d'attirer particulièrement les regards. Et cela, est-ce aussi ma faute? Que tu sois née quatre grandes années avant même que je fasse mon entrée en ce monde? Apparemment, c'est comme ça que Dieu l'a voulu, Hannah! Dans le grand livre!

Mais le nœud du problème, c'est qu'elle ne semble pas me tenir responsable de quoi que ce soit; elle continue tout simplement à se montrer aussi bonne pour son bébé chéri de petit frère et ne me frappe jamais, et ne m'injurie jamais. J'avale son pudding au chocolat et elle avale mes horreurs, elle n'émet jamais la moindre protestation. Simplement, elle m'embrasse avant que j'aille au lit et veille à me faire traverser la rue quand je pars pour l'école, et elle s'efface avec obligeance jusqu'à se fondre dans le mur (c'est du moins ce que j'imagine) lorsque j'imite pour mes parents radieux toutes les voix de l'émission *Allen's Alley* ou lorsqu'on chante mes louanges devant des parents d'un bout du North Jersey à l'autre pour mon inégalable bulletin scolaire. Car, quand je ne suis pas puni, Docteur, on me porte en triomphe dans cette maison comme le pape dans les rues de Rome.

Voyez-vous, je n'arrive guère à faire surgir de ma mémoire plus d'une douzaine de souvenirs concernant ma sœur au cours de ces premières années de mon enfance. Jusqu'à ce qu'elle émerge dans mon adolescence comme le seul être sensé à qui je puisse parler dans cet asile de fous; je la considère avant tout comme une de ces personnes que nous voyons peut-être une ou deux fois par an — un soir ou deux elle vient nous rendre visite, mange un potage, couche dans l'un de nos lits, puis, pauvre chose adipeuse, disparaît tout simplement, bénie soit-elle.

Même au restaurant chinois où le Seigneur a levé l'interdit sur les plats à base de porc pour les fils obéissants d'Israël, Dieu (dont le porte-parole sur la terre pour les questions d'ordre alimentaire est maman) considère l'absorption de homard cantonais comme totalement hors de question. Pourquoi nous pouvons manger du porc dans Pell Street et pas à la maison, c'est que... franchement je n'ai pas encore bien tiré au clair ce problème, mais à l'époque je crois que cela tient pour une bonne part à ce que le vieil homme qui tient la boîte et qu'entre nous nous appelons *shmendrick* n'est pas de ceux dont l'opinion qu'il entretient à notre égard puisse être un sujet de souci. Oui, les seuls êtres au monde dont, me semble-t-il, les Juifs n'ont pas peur sont les Chinois parce que, un, la façon dont ils parlent l'anglais fait de mon père l'égal de lord Chesterfield; deux, ils n'ont de toute façon à l'intérieur du crâne qu'une poignée de riz bouilli; et trois, pour eux nous ne sommes pas des Juifs mais des *Blancs* — et peut-être même des Anglo-Saxons. Vous vous rendez compte! Pas étonnant que les serveurs ne puissent nous intimider. Pour eux, nous ne sommes qu'une quelconque variété de Wasp [1] à grand nez! Ah la la! Qu'est-ce qu'on peut bâfrer! Subitement, même le cochon n'est plus une menace — bien qu'à vrai dire il nous arrive tellement haché et disséqué et présenté sur nos assiettes flottant dans de tels océans de sauce au soja qu'il n'a plus l'ombre d'une ressemblance avec une côtelette de porc, un jambonneau ou, le plus répugnant de tout, une saucisse (pouououah!)... mais alors pourquoi ne pouvons-nous pas aussi bien manger un homard déguisé en autre chose? Accordons à ma mère une explication logique. Le syllogisme, Docteur, tel qu'en use Sophie Portnoy. Paré? Pourquoi nous ne pouvons pas manger de homard? « Parce que ça peut vous tuer. Parce qu'une fois j'en ai mangé et j'ai failli mourir! »

Oui, elle aussi s'est rendue coupable de transgression, elle a été durement punie. Dans sa jeunesse agitée (qui s'est entièrement déroulée avant qu'il me soit donné de la connaître) elle s'est laissé berner (ce qui signifie à la fois cajoler et mettre au défi) et persuader de manger un homard Newburg par un malicieux et séduisant agent d'assurances qui travaillait avec mon père pour la Boston and Northeastern, un ivrogne nommé (pouvait-on trouver mieux?) Doyle [2].

Ce fut lors d'un congrès tenu par la compagnie à Atlantic City, au cours d'un bruyant banquet d'adieu que Doyle fit croire à ma mère que, bien qu'il s'en élevât une tout autre odeur, l'assiette que le serveur avait posée devant le bouquet dont s'ornait son corsage ne contenait que du poulet « à la Royale ». Pour tout dire, elle pressentit sur-le-champ qu'il y avait du louche, soupçonna même tandis que le beau Doyle

1. W.A.S.P. : White Anglo-Saxon Protestant équivalent approximatif de la H.S.P. *(N. d. T.)*
2. Nom irlandais. *(N. d. T.)*

éméché essayait de la faire manger avec sa propre fourchette, que la tragédie, selon ses termes, rôdait dans les parages. Mais elle-même grisée par les fumées de deux whisky-sour, détourna, téméraire, son long nez juif de l'authentique pressentiment d'une quelconque perfidie et, oh, garce déchaînée! créature dépravée! imprévoyante aventurière! — elle se livra sans réserves au climat de licence effrénée qui s'était, semble-t-il, emparé de cette salle remplie d'agents d'assurances flanqués de leurs épouses. Ce ne fut qu'à l'arrivée du sorbet que Doyle — aussi décrit par ma mère comme « un deuxième Errol Flynn pour son physique, et pas seulement pour son physique », que Doyle lui révéla ce qu'elle avait effectivement ingéré. A la suite de quoi, elle passa toute la nuit à vomir, penchée sur la cuvette des cabinets. « J'en ai eu les *kishkas* retournées! Tu parles d'une sale plaisanterie! Voilà pourquoi, encore aujourd'hui, je te dis, Alex, de ne jamais faire de mauvaises farces aux gens — parce que les conséquences peuvent être tragiques! J'étais si malade, Alex », aimait-elle à rappeler aussi bien pour elle-même que pour moi et aussi pour mon père, cinq, dix, quinze ans après le cataclysme, « que ton père, ce Héros ici présent, a dû arracher au plus profond sommeil le docteur de l'hôtel pour l'amener près de moi. Tu vois comment je tiens mes doigts? Je vomissais si fort qu'ils étaient devenus tout raides, juste comme ça, comme si j'étais *paralysée*, et *demande* à ton père — Jack, dis-lui, dis-lui ce que tu as pensé quand tu as vu ce que le homard Newburg avait fait à mes doigts. » « Quel homard Newburg? » « Celui que ton ami Doyle m'a forcée à avaler. » « Doyle? Quel Doyle? » « Doyle, Le *Shicker Goy* Qu'il A Fallu Transférer Au Fin Fond du South Jersey Tellement Il Était Cavaleur. Doyle! Qui Ressemblait A Errol Flynn! Dis à Alex ce qui est arrivé à mes doigts, ce que tu avais cru qu'il leur arrivait... » « Écoute, je ne sais même pas de quoi tu parles. » — Ce qui est vraisemblablement le cas : tout le monde n'est pas en mesure de ressentir pleinement l'intensité du drame que constitue pour ma mère son existence — en outre il subsiste toujours la possibilité que cette histoire relève plus de l'imaginaire que de la réalité (qu'elle concerne plus, est-il besoin de le préciser, le redoutable Doyle que le homard interdit). Et puis naturellement, mon père est un homme qui doit se faire une certaine somme de soucis chaque jour et parfois il lui faut bien renoncer à écouter les conversations qui se déroulent autour de lui en vue de faire le plein requis d'anxiété. Il se peut bien qu'il n'ait vraiment pas entendu un traître mot de ce qu'elle disait. Mais il va son train, le monologue de ma mère. Comme les autres enfants entendent chaque année l'histoire de Scrooge ou ont droit le soir à la lecture de quelque livre favori, je suis en permanence saturé des épisodes riches en suspense de sa vie périlleuse. Voilà en vérité la littérature de mon enfance, ces histoires de ma mère — les seuls bouquins reliés dans la maison, mis à part les livres scolaires, sont ceux qui ont été offerts à mes parents quand l'un ou l'autre était en convalescence à l'hôpital. Un tiers de notre bibliothèque se compose de *Dragon Seed* (son hystérectomie) (moralité : rien ne manque jamais d'ironie, il y a toujours un sourire qui se cache quelque part) et les deux autres tiers sont *Le Journal d'Argentine* de William L. Shirer et (même morale) les Mémoires de Casanova (son appendicite à lui). Autrement, nos livres sont écrits par Sophie Portnoy, chacun venant en supplément de la fameuse série dont elle est l'auteur intitulée : *Vous Me Connaissez, Je Suis Prête A Tout Essayer!* Car l'idée qui semble engendrer et nourrir son œuvre, c'est qu'elle est une sorte de risque-tout qui fonce allégrement dans la vie à la recherche de tout ce qui est nouveau et palpitant, mais vouée à se faire malmener en raison même de son esprit aventureux. Elle semble véritablement se considérer comme une femme toujours aux avant-postes de l'expérience, une sorte d'éblouissante combinaison de Marie Curie, Anna Karénine et Amélia

Earhart. En tout cas, telle est l'espèce d'image romantique avec laquelle son petit garçon va se mettre au lit après qu'elle lui a boutonné son pyjama et l'a bordé sous ses draps en lui racontant comment elle a appris à conduire quand elle était enceinte de ma sœur et le jour même où elle avait obtenu son permis — à l'*heure* même — « une espèce de forcené » lui emboutit son pare-choc arrière, à la suite de quoi elle n'a plus jamais repris le volant d'une voiture. Ou en racontant comment elle cherchait le poisson rouge dans un étang à Saratoga Springs, New York, où on l'avait emmenée à l'âge de dix ans pour voir une vieille tante malade, et par accident elle était tombée dedans, droit au fond de l'étang fangeux, et elle n'avait jamais remis les pieds dans l'eau depuis, pas même tout au bord de la plage à marée basse quand un maître nageur est de service... Et puis il y a le homard que, même dans son ivresse, elle savait ne pas être du poulet à la Royale, mais seulement « pour faire taire cet animal de Doyle » qu'elle s'était obligée à avaler et ensuite la presque tragédie qui s'était déclenchée, et elle n'a bien entendu plus jamais mangé depuis quoi que ce soit qui ressemble même de loin à du homard, et elle ne veut pas que j'en mange non plus, jamais. Pas, dit-elle, si je sais ce qui est bon pour moi! « Il y a un tas de bonnes choses à manger en ce bas monde, Alex, sans toucher une horreur comme un homard avec le risque de garder les mains paralysées pour le reste de son existence. »

Oh là là! Combien j'ai accumulé de griefs! Combien j'abrite de haines dont j'ignorais jusqu'à la présence en moi! Est-ce le processus de l'analyse, Docteur, ou ce que nous appelons le « matériel »? Je ne fais que me plaindre, l'aversion semble sans fond chez moi, et je commence à me demander si par hasard assez n'est pas assez. Je me surprends moi-même à me livrer à ce genre de récriminations ritualisées qui vaut précisément dans le grand public leur fâcheuse réputation aux gens qui se font psychanalyser. Se peut-il que j'aie vraiment détesté cette enfance et honni mes pauvres parents avec la même virulence qui semble m'habiter aujourd'hui — lorsque je considère ce que j'étais dans le passé, de la position supérieure que j'occupe — et n'occupe pas? Est-ce la vérité que j'exprime ou n'est-ce que pur et simple *kvetching?* Ou encore le *kvetching* est-il pour des gens comme moi une sorte de vérité? Quoi qu'il en soit, ma conscience souhaite faire connaître, avant que je recommence à renâcler, qu'*à l'époque* mon enfance n'était pas le phénomène auquel je me sens si étranger et qui m'inspire tant d'aversion aujourd'hui. Si vaste que fût ma confusion, si profond que semble m'apparaître rétrospectivement mon tourment intérieur, je ne me souviens pas avoir été de ces gosses qui passaient leur temps à souhaiter vivre sous un autre toit, avec d'autres gens, quelles qu'aient pu être mes aspirations inconscientes en ce sens. Après tout, où pourrais-je trouver ailleurs un public comme ces deux-là pour mes imitations? Je les faisais tordre en général au cours des repas — une fois, ma mère a effectivement mouillé sa culotte, Docteur, et prise d'un fou rire hystérique elle a dû courir à la salle de bains sous l'effet de mon pastiche de Mister Kitzel dans le « Jack Benny Show ». Quoi d'autre? Des promenades, des promenades avec mon père dans Weequahic Park le dimanche, que je n'ai pas encore oubliées. Voyez-vous, je ne peux pas aller faire un tour à la campagne et trouver un gland par terre sans penser à lui et à ces promenades. Et ce n'est pas rien, près de trente ans après.

Et ai-je mentionné, à propos de ma mère, les conversations sans fin que nous entretenions tous les deux ces années-là avant même que je sois assez grand pour aller tout seul à l'école? Durant ces cinq ans, quand nous restions en tête à tête toute la journée, je crois que nous avons abordé tous les sujets connus de l'homme. « Quand je parle à Alex », disait-elle souvent à mon père lorsqu'il rentrait épuisé, le soir, « je peux rester tout l'après-midi à repasser et jamais je ne sens passer le temps ». Et attention, je n'ai que *quatre ans*...

Quant aux glapissements, aux terreurs, aux larmes, même cela se chargeait d'une vitalité, d'une exaltation positive; en outre, que rien ne fût jamais simplement rien, mais toujours QUELQUE CHOSE, que l'incident le plus banal puisse faire exploser sans avertissement une CRISE TERRIBLE, pour moi, *c'était ça la vie*. Le romancier, comment s'appelle-t-il déjà, Markfield a écrit quelque part dans une histoire que jusqu'à quatorze ans il croyait que « vexation » était un mot juif. Eh bien, c'était ce que je pensais de « tumulte » et de « pagaille », deux des termes favoris de ma mère. « Spatule » également. J'étais déjà le chouchou de la classe enfantine et, à chaque interrogation, présumé gagner haut la main quand un jour la maîtresse me demanda d'identifier l'image d'un objet que ma mère, je le savais parfaitement, désignait du nom de « spatule ». Mais la tête sur le billot, j'étais incapable de retrouver ce mot en anglais. Bafouillant, rougissant, je m'effondrai vaincu sur mon banc, pas aussi abasourdi que la maîtresse, certes, mais tout de même durement secoué... Et voilà jusqu'où dans le passé remonte mon destin, comment, tout au début de la partie, il était « normal » pour moi d'être dans un état similaire à l'angoisse — dans ce cas particulier à propos d'un objet aussi mémorable qu'un ustensile de cuisine.

Oh, maman, tout ce drame pour une spatule.

Imagine un peu mes sentiments pour toi!

Cette divertissante petite histoire me rappelle qu'à l'époque où nous vivions à Jersey City, en un passé lointain où j'étais encore essentiellement le petit marmot de ma mère, essentiellement le flaireur des parfums de son corps et l'esclave absolu de ses *kugel*, de ses *grieben* et de ses *ruggelech* — il y avait eu un suicide dans notre bâtiment. Un garçon de quinze ans nommé Ronald Nimkin auquel les femmes de l'immeuble avaient décerné le titre de « José Iturbi n° 2 » s'était pendu à la pomme de la douche dans sa salle de bains. « Avec ses mains d'or ! » gémissaient les femmes, faisant allusion bien entendu à sa façon de jouer du piano. « Avec ce talent ! » suivi de, « On n'aurait jamais pu trouver un garçon plus amoureux de sa mère que Ronald ! » Je vous jure, il ne s'agit pas là de foutaises ou de souvenirs refabriqués, ce sont les mots mêmes utilisés par ces femmes ! Les grands thèmes sombres et lyriques de la souffrance humaine et de la passion coulent de ces bouches comme les prix de l'Oxydol ou du maïs en boîte Del Monte ! Ma propre mère, permettez-moi de vous le rappeler, quand je suis rentré l'été dernier après mon aventure en Europe, m'accueille au téléphone avec la formule suivante, « Alors, comment va mon *amoureux ?* » Son *amoureux*, elle m'appelle, pendant que son mari écoute sur l'autre extension ! Et jamais elle ne se demande, si je suis son amoureux, qui il est, lui, le *schmegeggy* avec qui elle vit ? Non, ce n'est pas la peine de creuser loin quand il s'agit de ces gens-là — ils portent leur bon vieil inconscient *en bandoulière.*

Mme Nimkin pleurant dans notre cuisine, « Pourquoi ? Pourquoi ? Pourquoi nous a-t-il fait ça ? » Vous entendez ? Non pas : qu'avons-*nous* pu *lui* faire, oh non jamais ça — pourquoi *nous* a-t-il fait ça ? A nous ! qui aurions donné nos bras et nos jambes pour qu'il soit heureux, et un grand pianiste de concert par-dessus le marché ! Vraiment, peuvent-ils être aveugles à ce point ? Les gens peuvent-ils plonger dans de tels abîmes de stupidité et vivre ? *Croyez-vous* une chose pareille ? Peuvent-ils être réellement dotés de toute la machinerie complète, un cerveau, une moelle épinière et les quatre ouvertures pour les oreilles et les yeux — un équipement, Mme Nimkin, presque aussi spectaculaire que la T.V. en couleurs — et continuer à traverser l'existence sans que les effleure le moindre soupçon sur les sentiments et les aspirations de quiconque autre qu'eux-mêmes? Mme Nimkin, pauvre merde, je me souviens de vous, je n'avais que six ans mais je me souviens de vous et ce qui a tué votre Ronald, le futur-pianiste-de-concert, crève les yeux : VOTRE CHIERIE D'ÉGOÏSME ET DE STUPIDITÉ ! « Toutes les leçons que nous lui avons payées », pleurniche Mme Nimkin. Oh, écoutez, écoutez, pourquoi est-ce que j'insiste comme ça? Peut-être est-elle bien intentionnée, à coup sûr elle doit l'être — en des heures d'affliction, que peut-on attendre de ces gens simples? Ce n'est qu'à cause de sa détresse qu'elle profère ces énormités à propos de toutes les leçons qu'ils ont payées à quelqu'un qui est maintenant un cadavre. Que sont-elles après tout, ces femmes juives qui nous ont élevés? En Calabre, on voit leurs doubles souffrant tassés comme des pierres dans les églises, avalant toute cette monstrueuse connerie catholique; à Calcutta, elles mendient dans les rues ou, si elles ont de la chance, se traînent quelque part dans un champ poussiéreux attelées à une charrue. C'est en Amérique seulement, rabbin Golden, que ces paysannes, nos mères, se font teindre en blond platine à soixante ans et se promènent dans Collins Avenue en Floride, en jupe courte et étole de vison — et avec des opinions arrêtées sur tous les sujets existant sous le soleil. Ce n'est pas leur faute si on leur a fait don de la parole — entre nous, si les vaches pouvaient parler, elles diraient des choses aussi idiotes. Oui, oui, voilà peut-être alors la solution : penser à elles comme à des vaches auxquelles ont été dispensés les miracles jumeaux du verbe et du mah-jongg. Pourquoi ne pas être charitable dans ses pensées, d'accord, Docteur?

Mon détail favori concernant le suicide de Ronald Nimkin : tandis qu'il se balance à la pomme de la douche, un mot est épinglé à la chemise à manches courtes du jeune pianiste mort — c'est là mon souvenir le plus net de Ronald : cette grande perche adolescente, émaciée et catatonique nageant lamentablement dans ses chemises de sport à manches courtes trop grandes pour lui, avec les revers des cols amidonnés et repassés avec une telle énergie qu'ils en ont l'air blindés... Et Ronald lui-même, chaque membre si étroitement assujetti à sa colonne vertébrale que si on le touchait il se mettrait sans doute à vibrer... et les doigts, bien entendu, ces longs trucs blancs grotesques, à sept jointures au moins avant d'aboutir aux ongles parfaitement rongés, ces mains à la Lugosi dont ma mère me serinait — et me serinait — et *me serinait* — car rien n'est jamais dit qu'une seule fois — rien! — que c'était « les mains d'un pianiste-né ».

Pianiste! Oh, ça, c'est l'un des mots qu'ils adorent, presque autant que *docteur*, Docteur, et *résidence*, et par-dessus tout *son propre bureau*. Il a ouvert son propre bureau à Livingston. « Tu te rappelles Seymour Schnock, Alex? » me demande-t-elle ou Aaron Shpine ou Howard Zobz ou je ne sais quel connard que je suis censé avoir connu en classe il y a vingt-cinq ans et dont je n'ai pas l'ombre d'un souvenir. « Figure-toi que j'ai rencontré sa mère dans la rue aujourd'hui, et elle m'a dit que Seymour est actuellement le plus grand chirurgien du cerveau de tout l'hémisphère occidental... Il possède six différentes maisons basses de style ranch, toutes construites en pierres massives à Livingston; il appartient au conseil de onze synagogues, toutes flambant neuves et dessinées par Mark Kugel, et l'an dernier avec sa femme et ses deux petites filles qui sont si jolies qu'elles sont déjà sous contrat pour la Metro et si brillantes qu'elles devraient être au collège — il les a toutes emmenées en Europe pour un voyage de quatre-vingts millions de dollars dans sept mille pays différents, certains dont tu n'as jamais entendu parler, qu'ils ont créés uniquement en l'honneur de Seymour et, en plus de tout ça, il est tellement important, Seymour, que dans chacune des grandes villes d'Europe qu'ils ont traversées, le maire en personne lui a demandé de s'arrêter le temps d'effectuer des opérations du cerveau impossibles, dans des hôpitaux qu'ils avaient également construits pour lui sur place — et — écoute bien ça —, ils ont retransmis dans la salle d'opération tandis qu'il opérait le thème musical d'*Exodus*, pour que tout le monde sache quelle était sa religion, et voilà le grand homme qu'est devenu ton ami Seymour aujourd'hui! *Quel bonheur il donne à ses parents!*

Et toi, tel est le sous-entendu, quand vas-tu enfin te marier? A Newark et dans les faubourgs environnants, cette question est apparemment sur toutes les lèvres : QUAND ALEXANDER PORTNOY VA-T-IL ENFIN CESSER D'ÊTRE ÉGOÏSTE POUR DONNER A SES PARENTS QUI SONT DES GENS SI MERVEILLEUX DES PETITS-ENFANTS ? « Alors », me dit mon père, les larmes au bord des yeux, « alors », s'enquiert-il *absolument chaque fois que je le vois*, y a-t-il une fille sérieuse en perspective, Grand Chef? Excuse-moi de te poser la question, je ne suis que ton père, mais je ne vais pas vivre éternellement, et toi, au cas où tu l'oublierais, tu portes le nom de la famille, alors je me demande si tu ne pourrais peut-être pas me mettre dans le secret ».

Oui, honte, honte à Alex P., le seul représentant de sa promotion qui n'a pas fait des grands-parents de sa maman et de son papa. Alors que tous les autres ont épousé des gentilles filles juives, fait des enfants, acheté des maisons et (selon la phrase de mon père) se sont enracinés. Alors que tous les autres fils ont assuré leur postérité, eh bien voilà ce qu'il a fait, lui — il a chassé le con. Et le con *shikse*, qui plus est! Chassé, reniflé, lapé, *shtuppé*, mais par-dessus tout, *il y a pensé*. Jour et nuit, au travail et dans la rue — à trente-trois ans d'âge, et il rôde toujours dans les rues, avec les yeux hors de la tête. Un vrai miracle qu'il n'ait pas été réduit en bouillie par un taxi étant donné la façon dont il traverse les grandes artères de Manhattan à l'heure du déjeuner. Trente-trois ans, et toujours à mater et à se monter le bourrichon sur chaque fille qui croise les jambes en face de lui dans le métro. Toujours à se maudire de ne pas avoir adressé la parole à la succulente paire de nichons qui monta vingt-cinq étages seule avec lui dans l'ascenseur! Puis à se maudire aussi bien pour le motif inverse! Car il est bien connu qu'il a abordé dans la rue des filles d'aspect en tous points respectables et, en dépit du fait que depuis son apparition sur l'écran de la télé, un dimanche matin, son visage n'est pas totalement inconnu d'une fraction éclairée du public — en dépit du fait qu'il se rend peut-être à l'appartement de sa maîtresse du moment pour y dîner — il est bien connu qu'en telle ou telle occasion, il a murmuré, « Dites donc, vous ne voulez pas venir chez moi? » Bien entendu, elle va répondre, « Non. » Bien entendu, elle va hurler, « Fichez-moi le camp, espèce de...! » ou répondre d'un ton sec, « J'ai déjà un charmant chez moi, merci, avec un mari dedans. » Que fait-il de lui-même, cet imbécile! Ce crétin! Ce sournois! Cet obsédé sexuel! Tout simplement il ne peut pas — ne *veut* pas — réprimer le feu qui lui ronge le chibre, la fièvre qui lui délabre le cerveau, le désir qui le dévore en permanence, de l'inédit, du neuf, de l'extravagant, du jamais conçu et, si vous êtes capable d'imaginer une chose pareille, du *jamais rêvé*. En matière de con, il continue à vivre dans un état qui ne s'est jamais démenti et n'a subi aucun raffinement sensible depuis qu'il avait quinze ans et ne pouvait se lever de son banc en classe sans cacher sa trique derrière son cahier à trois anneaux. Chaque fille qu'il voit s'avère (tenez-vous bien) pourvue entre les jambes — d'un con véritable. Stupéfiant! Époustouflant! Il n'arrive pas encore à se débarrasser de l'idée fantastique que, lorsqu'on regarde une fille, on regarde quelqu'un qui possède, c'est absolument garanti — un con! *Elles ont toutes des cons!* Juste là sous leur robe! Des cons — pour baiser! Et, Docteur, Votre Honneur, quel que soit votre titre, peu importe semble-t-il ce que se tape en fait ce pauvre minable puisqu'il rêve déjà de la chatte de demain alors qu'il est en train de tringler celle d'aujourd'hui.

J'exagère? Cette façon de me noircir n'est-elle qu'un truc habile pour la ramener? Ou me vanter peut-être? Cette insatisfaction, cette trique permanente, est-ce que je les ressens vraiment comme une affliction — ou une performance? Les deux? Peut-être. Ou n'est-ce qu'un moyen d'évasion? Écoutez, au moins je ne me retrouve pas encore au début de la trentaine, bouclé dans un mariage avec une charmante créature dont le corps a cessé de présenter pour moi le moindre intérêt réel — au moins je ne suis pas contraint de me mettre au lit tous les soirs avec une bonne femme que dans l'ensemble je baise par obligation et non par désir. Je pense à cette dépression cauchemardesque qui accable certaines personnes à l'heure du coucher... D'autre part, même moi je dois admettre qu'il y a peut-être d'un certain point de vue quelque chose d'un peu déprimant dans ma situation aussi. Bien sûr, on ne peut pas tout avoir, c'est du moins ce que je comprends — mais la question à laquelle je suis prêt à faire face est celle-ci : ai-je quelque chose? Combien de temps vais-je encore poursuivre mes expériences féminines? Combien de temps vais-je encore continuer à coller ce machin dans les trous qui s'offrent à lui — d'abord ce trou, puis, comme j'en ai assez de ce trou, cet autre trou là-bas... et ainsi de suite! Quand cela finira-t-il? Seulement, *pourquoi* ça devrait-il finir? Pour faire plaisir à un père et à une mère? Pour se conformer à la norme? Pourquoi diable faudrait-il que je sois tellement sur la défensive pour être ce qu'on appelait honorablement il y a quelques années un célibataire? Après tout, ce n'est rien de plus, vous savez — le célibat. Alors quel est le crime? La liberté sexuelle? A l'époque où nous vivons? Pourquoi devrais-je me plier devant l'esprit bourgeois? Est-ce que je leur demande de plier devant moi? Peut-être ai-je légèrement subi l'empreinte du nomadisme — est-ce si terrible? A qui fais-je du tort avec mes convoitises? Je ne maltraite pas les dames, je ne leur tords pas les bras pour les mettre au lit avec moi. Je suis, si je puis dire, un homme sincère et compatissant. Permettez-moi de le déclarer, à côté des hommes d'aujourd'hui, je... Mais pourquoi faut-il que je m'explique moi-même? Que je *m'excuse* moi-même! Pourquoi dois-je justifier avec ma Sincérité et ma Compassion mes désirs! Donc, j'ai des désirs — oui, seulement ils sont sans fin, sans fin! Et ça, ce n'est peut-être pas une bénédiction en prenant pour la circonstance un point de vue psychanalytique.

... Mais enfin tout ce dont est capable l'inconscient en tout cas, si l'on en croit Freud, c'est de désirer. *Et* désirer! ET DÉSIRER ! Oh, Freud, si je connais! Celle-ci a un joli cul mais elle parle trop. D'autre part, celle-là ne parle pas du tout, du moins pas pour dire la moindre chose sensée — mais pour vous sucer, pardon! Quelle science de la bite! D'un autre côté, voilà une vraie crème de fille, avec les tétons les plus doux, les plus roses, les plus touchants que j'aie jamais tiraillés entre mes lèvres, mais elle ne veut rien savoir pour tailler une plume. N'est-ce pas étrange? Et pourtant — allez comprendre les gens — c'est son plaisir pendant que je la tronche d'avoir l'un ou l'autre de mes index douillettement logé au creux de son anus. La mystérieuse affaire que voilà! La fascination sans limite qu'exercent ces ouvertures et ces orifices! Voyez-vous, je suis tout bonnement incapable de m'arrêter! Ou de m'attacher à *aucune*. J'ai des histoires qui durent jusqu'à un an, un an et demi, des mois et des mois d'amour, à la fois tendre et voluptueux, mais à la fin — c'est aussi inéluctable que la mort — le temps poursuit sa marche et ce désir s'exténue. Et à la fin je ne peux vraiment pas franchir ce pas qui conduit au mariage. Mais pourquoi devrais-je le faire! *Pourquoi?* Existe-t-il une loi disant qu'Alex Portnoy doit être le mari et le père de quelqu'un? Docteur, elles peuvent grimper sur l'appui de la fenêtre et menacer d'aller s'aplatir sur le trottoir en dessous, elles peuvent empiler le Seconal jusqu'au plafond. Je serai peut-être contraint de vivre, pendant des semaines et de semaines d'affilée, dans la terreur de voir ces filles obsédées par le mariage se jeter sous une rame de métro, mais je ne peux pas, je ne *veux* tout bonnement pas m'engager par contrat en vue de coucher avec une seule et unique femme pour le reste de mes jours. Imaginez la chose : supposons que je me décide et que j'épouse A avec ses délicieux nichons et ainsi de suite, qu'arrivera-t-il lorsque B qui en possède d'encore plus délicieux — ou en tout cas de plus nouveaux — fera son apparition? Ou C qui a une façon spéciale de remuer son cul dont je n'ai encore jamais fait l'expérience; ou D, ou E, ou F. J'essaie d'être sincère vis-à-vis de vous, Docteur — parce qu'avec le sexe l'imagination humaine galope jusqu'à Z et ensuite au-delà! Nichons, cons, langues, lèvres, bouches, langues et trous du cul! Comment puis-je renoncer à ce que je n'ai même jamais connu pour une fille qui, si délicieuse et provocante qu'elle ait pu être un jour, me deviendra inévitablement aussi familière qu'une miche de pain? Pour l'amour? Quel amour? Est-ce ce qui lie tous ces couples que nous connaissons — ceux qui du moins se soucient de se laisser lier? N'est-ce pas quelque chose qui s'apparente à la faiblesse? N'est-ce pas plutôt la commodité, l'apathie et la culpabilité? N'est-ce pas plutôt la crainte, l'épuisement, l'inertie, la veulerie pure et simple, beaucoup, beaucoup plus que cet « amour » dont les conseillers matrimoniaux, les auteurs de chansons et les psychothérapeutes ne cessent de rêver? Je vous en prie, pas de foutaises entre nous sur l' « amour » et sa durée. Et voilà pourquoi je demande : comment puis-je épouser une femme que j' « aime » sachant pertinemment que d'ici cinq, six ou sept ans je vais me retrouver dans les rues en quête d'une nouvelle chatte toute fraîche — et pendant ce temps-là, ma fidèle moitié qui m'a créé un si charmant foyer, etc., supporte avec courage sa solitude et sa disgrâce? Comment pourrais-je affronter ses terribles larmes? Je ne pourrais pas. Comment pourrais-je affronter mes enfants qui m'adorent? Et ensuite, le divorce, c'est bien ça? L'entretien des *enfants*. La *pension alimentaire*. Les droits de *visite*. Merveilleuse perspective, vraiment merveilleuse. Quant à celle qui se tuerait parce que je préfère ne pas m'aveugler sur l'avenir, ma foi c'est son problème. Il le faut bien! Il n'y a certainement pour personne de nécessité et de justification à brandir la menace du suicide parce que je suis assez sage pour voir les frustrations et les récriminations en perspective... Mon chou, je t'en prie, ne braille pas comme ça, veux-tu? On va croire qu'on est en train de t'étrangler. Oh mon chou (je m'entends supplier moi-même, l'an dernier, cette année, chaque année de ma vie!) tout ça va s'arranger pour toi, je t'assure, c'est vrai; tu vas t'en tirer très bien, sans un pli, ça ira même bien mieux, alors je t'en prie, espèce de garce, rentre dans cette pièce et *laisse-moi partir!* « Toi, toi et ta saleté de bite! » crie la plus récemment désillusionnée (et autosélectionnée) des futures épouses. Cette étrange amie, efflanquée et parfaitement dingue, à qui il arrive de gagner autant en posant une heure pour des photos publicitaires de dessous féminins que son illettré de père en une semaine dans les mines de charbon de West Virginia. « Je croyais que tu étais en principe un être supérieur, cochon de dragueur, saloperie d'enfoiré! » Cette fille superbe, qui se méprend totalement sur mon compte, est appelée le Singe, surnom qui dérive d'une petite perversion à laquelle elle s'est adonnée peu de temps avant de me rencontrer et de se lancer dans des exercices plus ambitieux. Docteur, je n'ai jamais eu de fille pareille dans ma vie, elle a comblé mes rêves d'adolescence les plus lascifs — mais l'épouser, peut-elle y songer sérieusement? Voyez-vous, avec tout son côté sophistiqué et ses parfums, elle a une très basse opinion d'elle-même et simultanément — c'est bien là la source de la plupart de nos ennuis — une opinion ridiculement haute de moi. Et simultanément une très *basse* opinion de moi. C'est un Singe perturbé et, je crains, pas très intelligent. « Un intellectuel ! » hurle-t-elle. « Un type instruit, une lumière ! Espèce de salaud ! Pauvre con toujours à bander, tu te soucies bien plus des négros d'Harlem que tu connais même pas que de moi qui te pompe le nœud depuis une année entière ! » Perturbée, navrée et aussi dérangée... Car c'est du balcon de notre chambre d'hôtel à Athènes que m'arrive cette sortie, alors que debout sur le seuil, valise à la main, je l'adjure de rentrer dans la pièce de façon que je puisse sauter dans un avion pour filer de ce trou. Puis le petit directeur furieux, tout huile d'olive, moustache et respectabilité outragée, grimpe en courant l'escalier, gesticulant, les bras au ciel — et là-dessus prenant une profonde aspiration je déclare, « Écoute, tu veux sauter, saute ! » Et je sors — les dernières paroles qui me parviennent concernent le fait que c'est uniquement par amour (« *par amour* », glapit-elle) qu'elle s'est abaissée à ces choses dégradantes que je l'ai forcée, entre guillemets, à faire. Ce qui n'est pas le cas, Docteur ! Pas le cas du *tout !* Ce n'est qu'une tentative de la part de cette garce pleine d'astuce pour me disloquer sur le chevalet de la culpabilité — et aussi se procurer un mari. Parce qu'à vingt-neuf ans, c'est ça qu'elle veut, comprenez-vous — mais ça ne veut pas dire, n'est-ce pas, que je suis obligé de lui faire ce plaisir. « En septembre, sale con, je vais avoir trente ans ! » Exact, Singe, exact ! Et c'est précisément pourquoi c'est toi et non pas moi la responsable de tes aspirations et de tes rêves, est-ce bien clair ? *Toi !* « Je le crierai sur tous les toits, sale brute ! Je leur dirai quel vicieux dégueulasse tu es et les cochonneries que tu m'as fait faire ! »

La conasse ! J'ai vraiment de la chance de me tirer de cette histoire *vivant*. Et encore, c'est à voir !

Mais revenons-en à mes parents et à la façon dont, semble-t-il, en persistant dans mon célibat, je n'apporte également à ces gens qu'affliction. Qu'il se trouve, maman et papa, qu'il se trouve simplement que j'ai été récemment nomme par le maire au poste de Rapporteur Adjoint à la Commission de la Promotion de l'Homme de la ville de New York n'a pas l'ombre d'un sens pour vous sous l'angle de la réussite et de la considération — encore que ce ne soit pas absolument exact, je le sais, puisqu'en toute sincérité chaque fois que mon nom apparaît dans un article du *Times* ils bombardent chacun de nos parents vivants d'une copie de la coupure de presse. La moitié de la retraite de mon père s'envole en frais d'affranchissement et ma mère reste au téléphone des journées entières d'affilée et il faut l'alimenter par intra-veineuses tant son débit est vertigineux pour parler de son Alex. En fait, les choses se passent exactement comme elles se sont toujours passées : ils n'en reviennent pas de ma réussite et de mon génie, avec mon nom dans le journal, associé maintenant du sémillant nouveau maire, dans le clan de la Vérité et de la Justice, ennemi des exploiteurs de taudis, des fanatiques et des canailles (« pour promouvoir l'égalité des droits, pour faire obstacle à la discrimination, pour encourager la compréhension et le respect mutuels » — but social de ma commission tel que l'a décrété un arrêté du conseil municipal)... mais tout de même, si vous voyez ce que je veux dire, tout de même pas absolument parfait.

Voyons, en fait de vipère réchauffée dans leur sein, peut-on trouver mieux?

Tout ce qu'ils ont sacrifié pour moi et fait pour moi, leur façon de vanter mes mérites, de se considérer comme la meilleure agence de relations publiques (c'est ce qu'ils m'affirment) que puisse avoir un enfant, et il s'avère que je suis encore loin de la perfection. Avez-vous jamais entendu une chose pareille dans votre existence? Je refuse d'être parfait, voilà tout. Quel gosse infect. Ils viennent me rendre visite. « Où as-tu déniché un tapis pareil? », demande mon père en faisant la grimace. « Tu as trouvé ça chez un brocanteur ou on te l'a donné? »

« Moi, il me plaît, ce tapis. »

« Qu'est-ce que tu racontes », reprend mon père, « il est usé jusqu'à la corde, ton tapis. »

Ton dégagé, « Il est usé mais pas jusqu'à la corde. D'accord? Ça va comme ça? »

« Alex, je t'en prie », dit ma mère. « C'est un tapis très usé. »

« Tu vas te prendre les pieds dans ce machin », dit mon père, « et tu te déboîteras le genou, et alors là tu seras vraiment dans le pétrin. »

« Et avec ton genou », dit ma mère d'un ton lourd de signification, « ça ne serait pas une partie de plaisir. »

A ce train-là, ils vont d'une minute à l'autre se mettre à rouler l'objet à eux deux et ils le flanqueront par la fenêtre! *Après quoi, ils me ramèneront à la maison!*

« Il est très bien, ce tapis. Et mon genou va très bien aussi. »

« Il n'allait pas si bien que ça », ma mère est prompte à me rappeler, « quand tu étais dans le plâtre jusqu'à la hanche, mon chéri. Il avait une façon de *shlepper* ce truc! Ce qu'il était malheureux avec ça! »

« J'avais quatorze ans, maman. »

« Ouais, et quand tu es sorti de là-dedans », remarque mon père, « tu ne pouvais pas plier la jambe. Je croyais que tu resterais infirme jusqu'à la fin de tes jours. Je lui disais « plie-la, plie-la! », je le suppliais pratiquement matin et soir, veux-tu être infirme à vie? Plie cette jambe! »

« Tu nous as fait mourir de peur avec ce genou. »

« Mais c'était en 1947 et nous sommes en 1966. Il y a à peu près vingt ans qu'on m'a enlevé ce plâtre! »

La réponse péremptoire de ma mère? « Tu verras, un jour, tu seras père, et tu comprendras, et alors peut-être que tu ne te moqueras plus de ta famille. »

La légende gravée sur le côté face de la pièce de 5 *cents* juive, sur le corps de chaque enfant juif! — non pas IN GOD WE

TRUST[1] — mais UN JOUR TU SERAS PÈRE ET TU COMPRENDRAS.

« Tu crois », demande mon père l'ironiste, « que ce sera de nôtre vivant, Alex! Tu crois que ça arrivera avant que je descende dans la tombe? Non, il préfère prendre des risques avec un vieux tapis râpé! » Ironiste — et logicien! — « et s'ouvrir le crâne! Et tu permets que je te pose une autre question, mon indépendant de fils — qui saurait seulement que tu es ici si tu étais couché par terre en train de saigner à mort? La moitié du temps tu ne réponds pas au téléphone. Je te vois là étendu avec Dieu sait quoi d'esquinté — et qui est là pour s'occuper de toi? Qui est là, ne serait-ce que pour t'apporter un bol de soupe si, à Dieu ne plaise, quelque chose de terrible arrivait? »

« Je me débrouille très bien tout seul! Je ne passe pas mon temps comme certaines personnes » — mince, toujours vachard avec le vieux, hein, Al? — « certaines personnes de ma connaissance à attendre la catastrophe complète. »

« Tu verras », dit-il avec un haussement de tête pitoyable. « Tu tomberas malade. » — et soudain un long cri de fureur, une plainte surgie du néant, chargée d'une haine absolue pour moi! — « Tu deviendras vieux, et alors tu ne seras plus un monsieur aussi indépendant! »

« Alex, Alex », commence ma mère tandis que mon père va jusqu'à la fenêtre pour se ressaisir et, en passant, glisse un commentaire méprisant sur « ce quartier où il vit ». Je travaille *pour* New York et il voudrait encore que j'habite dans cet admirable Newark!

« Maman, j'ai trente-trois ans. Je suis rapporteur adjoint à la Promotion de l'Homme pour la ville de New York. J'ai été reçu premier à la fin de mes études de droit! Tu te souviens? J'ai été reçu premier à *tous* les examens que j'ai passés! A vingt-cinq ans, j'étais déjà conseiller spécial d'une sous-commission parlementaire du Congrès des États-Unis, maman! D'Amérique! Si je

1. En Dieu, notre confiance. *(N. d. T.)*

voulais un poste à Wall Street, maman, je pourrais être Street! Je suis un homme éminemment respecté dans ma profession, ça devrait crever les yeux! En cet instant même, maman, je mène une quête sur les manœuvres discriminatoires illégales dans les opérations immobilières à New York — *la discrimination raciale!* J'essaie d'obtenir du syndicat de la métallurgie qu'ils me racontent leurs petits secrets. Voilà ce que j'ai fait *aujourd'hui même!* Écoute, j'ai contribué à tirer au clair le scandale des jeux télévisés, tu te *souviens?* » — Oh, pourquoi continuer comme ça? Pourquoi continuer avec ma voix étranglée et haut perchée d'adolescent? Seigneur Jésus, un Juif dont les parents sont vivants est un gamin de quinze ans et restera un gamin de quinze ans jusqu'à *leur mort!*

Toujours est-il que Sophie m'a maintenant pris la main et, le regard voilé, attend que j'aie énoncé en bredouillant le dernier titre de gloire qui me vienne à l'esprit, la dernière action édifiante que j'ai accomplie, puis elle prend la parole, « Mais pour nous, pour nous, tu es toujours un bébé, chéri. » Ensuite vient le chuchotement, le fameux chuchotement de Sophie que tous les gens présents dans la pièce peuvent entendre sans même tendre l'oreille, elle est si attentionnée, « Dis-lui que tu regrettes! Donne-lui un baiser! Un baiser de toi changerait le monde. »

Un baiser de moi *changerait le monde!* Docteur! Docteur! Ai-je dit quinze ans! Excusez-moi, je voulais dire dix, je voulais dire cinq! Je voulais dire zéro! Un Juif dont les parents sont vivants est la moitié du temps un *bébé* sans défense. Écoutez, venez à mon aide! Et vite! Libérez-moi de ce rôle que je joue dans la farce juive du gosse étouffé! Parce qu'elle commence à perdre un peu de son charme à trente-trois ans! Et puis ça *fait mal* aussi, tout ça ne va pas sans *douleur*, sans qu'on éprouve une légère souffrance humaine, si je peux me permettre de m'exprimer ainsi. — Seulement ça, c'est le côté que Sam Levenson a escamoté! Bien sûr, ils sont installés au casino du Concord, les femmes dans leurs visons et les hommes dans leurs complets phosphorescents, et pardon, ce qu'ils rigolent, rigolent, rigolent — « Au secours, au secours, mon fils le docteur se noie! » et la *souffrance* dans tout ça, Myron Cohen! Et le type qui est vraiment en train de se noyer! Qui coule vraiment dans un océan d'inflexibilité parentale! Et lui alors — qui se trouve, Myron Cohen, être *moi!* Docteur, je vous en prie, je ne peux plus vivre dans un monde dont un vulgaire gugusse de boîte de nuit a défini le sens et les dimensions — un champion d'*humour noir!* Parce que les voilà, les champions de l'humour noir — bien entendu — les Henny Youngman, et les Milton Berle qui les font se tenir les côtes, là-bas au Fontainebleau, et avec quoi? Des histoires de meurtres et de mutilations! « Au secours! » crie la bonne femme qui court le long de la plage à Miami Beach, « au secours, mon fils le docteur se noie! » Ha ha ha — seulement, c'est *mon fils le patient*, ma petite dame! Et comment, qu'il se noie! Docteur, débarrassez-moi de ces zèbres, je vous en prie! Le macabre est hilarant sur la scène, mais pas à vivre, merci! Alors expliquez-moi donc la marche à suivre et je me débrouillerai. Expliquez-moi simplement ce qu'il faut dire et je leur enverrai ça dans les gencives! Barre-toi, Sophie, va te faire foutre Jack, foutez-moi le camp illico! Tenez, en voilà une bien bonne pour vous, par exemple. Trois Juifs marchent dans la rue, ma mère, mon père et moi. Ça se passe l'été dernier, juste avant mon départ en vacances. Nous venons de dîner (« Vous auriez un morceau de poisson? » demande mon père au garçon dans le restaurant français tape-à-l'œil où je les ai emmenés *pour prouver que je suis un adulte!* — « *Oui, monsieur* [1], nous avons... » « Très bien, donnez-moi un morceau de poisson, dit mon père, et surtout qu'il soit bien chaud, hein? »), nous venons de dîner et ensuite, mâchonnant mon Titralac (pour calmer mon hyperaci-

1. En français dans le texte.

dité gastrique) je fais quelques pas avec eux avant de les mettre dans un taxi jusqu'à la gare d'autobus de Port Authority. Aussitôt mon père m'attaque parce que je n'ai pas été le voir une fois en cinq semaines (sujet que je croyais avoir épuisé avec eux au restaurant, pendant que ma mère chuchotait au garçon pour s'assurer que le poisson de son « grand garçon » — c'est moi, bonnes gens — était bien cuit) et maintenant je m'en vais pour un mois entier. Et avec tout ça, quand arriveront-ils jamais à voir leur propre fils? Ils voient leur fille, et les enfants de leur fille, et relativement souvent, mais là non plus ce n'est pas une réussite. « Avec un beau-fils comme ça », remarque mon père, « si on ne dit pas juste le truc psychologique qu'il faut à ses gosses, si je ne dégote pas la bonne psychologie pour parler à mes petites-filles, il veut me coller en prison! Je me fiche bien de ce qu'il prétend être! Toujours est-il que pour moi, il pense comme un communiste. Mes propres petits-enfants, et tout ce que je dis doit passer par lui, Monsieur le Censeur! » Non, leur fille est maintenant Mme Feibish et ses petites-filles sont des Feibish aussi. Où sont les Portnoy dont il rêvait? Dans mes burnes. « Écoute », je m'exclame d'une voix étranglée, « tu es en train de me voir *maintenant!* Tu es avec moi *en cet instant même!* » Mais une fois démarré il est en pleine foulée et maintenant qu'il n'a plus à s'inquiéter des arêtes de poisson qui risqueraient de l'étouffer, il n'est pas question de lui raidir le mors. — M. et Mme Plouck, eux, Seymour et sa femme si belle et leurs sept mille enfants si beaux et intelligents viennent les voir *tous les vendredis soir sans faute.* « Écoute, je suis toujours très occupé! J'ai une serviette bourrée de questions importantes à régler! » « Allons, allons », réplique-t-il, « il faut que tu manges. Tu peux bien venir prendre un repas une fois par semaine, parce qu'enfin il faut bien que tu manges quand six heures viennent — alors, c'est pas vrai? » Là-dessus, qui se met à piailler sinon Sophie pour lui signaler que, quand elle était petite fille, sa famille lui disait toujours de faire ci et ça et à quel point elle en était quelquefois malheureuse et pleine de rancune, et que mon père ne devrait pas insister avec moi parce que, pense-t-elle, « Alexander est un grand garçon, Jack, il a le droit de prendre ses décisions tout seul, c'est quelque chose que je lui ai toujours dit. » Tu lui as toujours dit *quoi ?* Qu'est-ce qu'elle a dit ?

Oh, pourquoi insister ? Pourquoi être à ce point obsédé ? Pourquoi se montrer si mesquin ? Pourquoi ne pas être beau joueur comme Sam Levenson et prendre tout ça à la rigolade — d'accord ? Seulement, laissez-moi finir. Ils montent donc dans leur taxi. « Embrasse-le, chuchote ma mère, tu pars si loin, en Europe. » Naturellement, mon père l'a entendue — c'est pour ça qu'elle baisse la voix, pour que nous l'écoutions tous — et une vague de panique le submerge. Tous les ans à partir de septembre, il me demande perpétuellement quels sont mes projets pour le mois d'août suivant — et maintenant il se rend compte qu'il a été blousé. C'est déjà assez que je prenne un avion partant à minuit pour un autre continent mais, pire que ça, il n'a pas la moindre idée de mon itinéraire. Eh oui, j'ai gagné la partie ! J'ai réussi !

« Mais où en Europe ? L'Europe représente la moitié du globe », s'écrie-t-il tandis que je commence à fermer la portière du taxi de l'extérieur.

« Je t'ai dit : je ne sais pas. »

« Qu'est-ce que tu racontes, tu *dois* savoir ! Comment est-ce que tu arriveras là-bas si tu ne sais pas... »

« Je regrette, je regrette. »

Désespérément, son corps bascule en travers de celui de ma mère — juste au moment où je claque la portière — *oy*, pas sur ses doigts, par pitié ! Seigneur, ce père ! Que j'ai depuis toujours ! Que je trouvais souvent le matin profondément endormi sur le siège des cabinets, son pantalon de pyjama aux genoux et le menton pendant sur sa poitrine. Debout à six heures moins le quart du matin pour s'offrir une heure de séance ininterrompue sur la chiotte dans le fervent espoir que, s'il est si bon et si prévenant pour ses boyaux, ils s'amadoueront, ils céderont, ils finiront par dire, « Bon ça va, Jack, t'as gagné » et feront à cette pauvre cloche l'aumône de cinq ou six dérisoires grumeaux de merde. « Bon Dieu! » gémit-il lorsque je le réveille pour faire ma toilette avant l'école, et il se rend compte qu'il est près de sept heures et demie et au fond de la cuvette au-dessus de laquelle il a dormi pendant une heure repose, s'il a de la chance, une petite boulette brune que l'on pourrait imaginer sortie du rectum d'un lapin mais non de l'arrière-train d'un homme qui doit maintenant sortir, complètement engorgé, pour faire sa journée de douze heures. « Sept heures *et demie?* Pourquoi tu ne m'as rien dit? » Crac, le voilà habillé, chapeau et manteau et, avec son gros registre noir à la main, il enfourne debout ses pruneaux cuits et son « Bran » et bourre une de ses poches d'une poignée de fruits secs qui, chez tout être humain normal, déclencherait un état très voisin de la dysenterie. « Je devrais m'enfoncer une grenade explosive dans le cul, si tu veux mon avis », me murmure-t-il en confidence pendant que ma mère occupe la salle de bains et que ma sœur s'habille pour aller en classe dans sa « chambre », la véranda. « Je suis bourré d'assez d'All Bran pour lancer un cuirassé, ça me remonte jusqu'à la gorge, nom d'un chien. » A ce point, parce qu'il a réussi à me faire ricaner et s'amuse lui-même aussi à sa façon caustique, il ouvre la bouche et, du pouce, désigne le fond de sa gorge. « Regarde bien, tu vois où ça devient tout noir? C'est pas seulement noir — c'est tous ces pruneaux empilés jusqu'où se trouvaient mes amygdales. Dieu merci, on me les a enlevées, sinon il n'y aurait pas de place. »

« Ah c'est du joli de raconter des histoires comme ça », lance ma mère de la salle de bains, « c'est joli de raconter des histoires comme ça à un enfant. »

« Des histoires? » il s'écrie, « c'est la *vérité!* » et dans la seconde même qui suit il se met à trépigner dans tout l'appartement en vociférant, « Mon chapeau, je suis en retard, où est mon chapeau? Qui a vu mon chapeau? » Et ma mère rentre dans la cuisine, me coule son regard de sphinx, patient, éternel, qui sait tout.. et attend... et bientôt le voilà revenu dans l'entrée, apopleptique et gémissant, pratiquement au désespoir. « Où est mon chapeau? *Où est ce chapeau?* » jusqu'à ce que, doucement, des profondeurs de son âme omnisciente, elle lui réponde, « Sur ta tête, bêta. » Momentanément ses yeux semblent se vider des moindres signes de perception et de compréhension humaine; il reste planté là, un néant, une chose inerte, un sac plein de merde et rien de plus. Et puis, la conscience lui revient — oui, il va falloir qu'il affronte le monde extérieur, après tout, puisque son chapeau a été retrouvé, et, le plus fort, sur sa tête. « Hein... ah oui...! » dit-il en levant la main avec stupeur — puis il sort de la maison, monte dans la Kaiser, et voilà Superman parti jusqu'à la nuit.

La Kaiser, il est temps que je place mon histoire à propos de la Kaiser : comment il m'emmena fièrement lorsque après la guerre il alla échanger la Dodge 39 pour une nouvelle automobile, une nouvelle marque, un nouveau modèle, tout nouveau — quel parfait moyen pour un papa américain d'impressionner son fils américain! — et comment le vendeur volubile réagissait comme s'il n'en croyait absolument pas ses oreilles chaque fois que mon père disait « non » à chacun des mille petits accessoires que, l'un après l'autre, cet enfoiré voulait nous vendre pour les accrocher à la voiture. « Écoutez, je vais vous donner mon avis pour ce qu'il vaut », dit ce fumier qui, lui, ne vaut pas un pet, « elle ferait deux cents pour cent plus d'effet avec des flancs blancs — vous ne croyez pas, jeune homme? ça ne vous plairait pas que votre papa prenne au moins les flancs blancs? » Au moins. Ah, le vérolé! qui fait comme ça appel à moi pour essayer d'entôler mon vieux — espèce de larve, petit malfrat de mes deux! Mais pour qui te prends-tu, sale con, j'aimerais le savoir, pour nous la faire ainsi à l'influence, — un pauvre minable vendeur de Kaiser-Fraser! Où est-ce que tu es maintenant esbroufeur de merde? « Non, pas de flancs blancs », marmonne mon père humilié, et je me contente de hausser les épaules dans l'embarras que j'éprouve devant son inaptitude à nous fournir, à moi et à ma famille, les belles choses qui agrémentent l'existence.

En tout cas, en tout cas, en route pour le boulot dans la Kaiser sans radio ni flancs blancs, pour être accueilli là-bas dans le bureau par la femme de ménage. Maintenant, je vous le demande, pourquoi faut-il que ce soit lui qui remonte les stores le matin dans le bureau? Pourquoi faut-il qu'il se tape une journée de travail plus longue que n'importe quel agent d'assurances de l'histoire? Pour qui? *Moi?* Oh, si c'est ça, si c'est ça, si telle est sa raison, alors, bordel, c'est vraiment trop tragique à supporter, le malentendu est trop grand! Pour *moi?* Rends-moi service, *ne le fais pas pour moi!* Je t'en prie, ne cherche pas toujours la raison pour laquelle ta vie est ce qu'elle est pour en conclure que c'est Alex! Parce que je ne constitue pas le but essentiel de l'existence des autres! Je refuse de *shlepper* ces boulets jusqu'à la fin de mes jours! Tu m'entends? Je refuse! Cesse de trouver incompréhensible que je puisse m'envoler pour l'Europe à des milliers et des milliers de kilomètres juste quand tu viens de passer le cap des soixante-six ans et que tu es prêt à couler à pic d'une minute à l'autre, comme tu le lis chaque matin avant toute chose dans le *Times*. Des hommes de ton âge, et plus jeunes, *ils meurent* — un instant ils sont vivants, l'instant d'après ils sont morts et apparemment, ce qu'il pense, c'est que si je suis seulement au-delà de l'Hudson au lieu de l'Atlantique... voyons, que pense-t-il au juste? Qu'avec moi dans les parages, ça n'arrivera pas — voilà tout, que je me précipiterai à côté de lui, lui prendrai la main et du même coup e rendrai à la vie? Croit-il vraiment que je détienne d'une façon ou d'une autre le pouvoir de détruire la mort? Que je sois la résurrection et la vie? Mon pauvre père, un enchristifié convaincu! Et il ne le sait même pas!

Sa mort. Sa mort et ses boyaux. La vérité est que je suis à peine moins préoccupé par l'une et les autres qu'il ne l'est lui-même. Je ne reçois jamais un télégramme, ne reçois jamais un coup de fil après minuit sans éprouver la sensation que mon estomac se vide comme un lavabo et déclare à voix haute — à voix haute! — « Il est mort », parce qu'apparemment je le crois aussi, je crois que je peux d'une façon ou de l'autre l'arracher à l'anéantissement — que je peux et que je dois! mais où avons-nous tous pris cette idée ridicule et absurde que je suis si — puissant, si précieux, si nécessaire à la survie de tout un chacun! Mais qu'avaient-ils donc, ces parents juifs — parce que je ne suis pas seul sur ce bateau, oh non, je me trouve sur le plus vaste transport de troupes en service... Jetez simplement un coup d'œil par les hublots et voyez-nous là, empilés jusqu'au plafond sur nos couchettes, dans un concert de plaintes et de gémissements, nous apitoyant tellement sur nous-mêmes, les tristes fils aux yeux noyés de parents juifs, malades à crever à force de rouler dans cette mer houleuse de culpabilité — c'est ainsi parfois que je nous imagine moi et mes frères en jérémiades, les mélancoliques, les fortes têtes, encore à la barre comme nos ancêtres — et oh, malades, malades comme des chiens, nous nous écrions par intermittence, tantôt l'un tantôt l'autre, « Papa, comment as-tu pu faire ça? » « Maman, pourquoi as-tu fait ça? » Et les histoires que nous racontons pendant que l'énorme navire roule et tangue, la surenchère à laquelle nous nous livrons — qui a eu la mère la plus castratrice, qui le père le plus ignare! Je peux te faire la pige, salaud, humiliation pour humiliation, honte pour honte... Les vomissements dans la cuvette des waters après les repas, le rire hystérique d'agonie tombant des couchettes et les larmes — ici une mare née de la contrition, là de l'indignation — en un clin d'œil, le corps d'un homme (avec le cerveau d'un enfant) se soulève dans sa rage impuissante pour brandir le poing vers la paillasse au-dessus et retombe aussitôt en arrière, s'accablant de reproches. Oh, mes amis juifs! Mes frères de race à la bouche ordurière ployant sous la culpabilité! Mes chéris! Mes copains! Cet enculé de bateau cessera-t-il jamais de tanguer? Quand? *Quand?* Que nous puissions cesser de nous plaindre d'être si malades — et nous retrouver à l'air libre, libres, et vivre!

Docteur Spielvogel, accuser ne soulage en rien, — accuser, c'est encore être malade, bien sûr, bien sûr — mais néanmoins, qu'avaient-ils donc ces parents juifs, qu'avaient-ils pour être capables de nous faire croire, à nous petits garçons juifs, que nous étions d'une part des princes, uniques comme la licorne, géniaux et brillants comme personne ne fut jamais brillant et beau dans toute l'histoire de l'enfance — jeunes sauveurs et pures perfections d'une part, et de tels petits merdeux, turbulents, incapables, étourdis, ineptes, égoïstes, de tels petits *ingrats* de l'autre!

« Mais en Europe où?... » me lance-t-il tandis que le taxi s'écarte du trottoir.

« Je ne sais pas où », je réplique de même en faisant d'allègres gestes d'adieu. J'ai trente-trois ans et je suis enfin libéré de ma mère et de mon père! Pour un mois.

« Mais comment saurons-nous ton adresse? »

Joie! Pure joie! « Vous ne la saurez pas! »

« Mais si jamais entre-temps!... »

« Si jamais quoi? », dis-je en riant. « Si jamais, qu'est-ce qui te tracasse maintenant?... »

« Si jamais » — oh mon Dieu, est-ce qu'il ne se met pas véritablement à le crier en propres termes par la portière du taxi? sa crainte, son avidité, sa détresse, sa foi en moi, sont-elles assez grandes pour qu'il se mette effectivement à hurler ces mots en plein milieu des rues de New York? — « et si je meurs? »

Car c'est cela que j'entends, Docteur, les dernières paroles que j'entends avant de m'envoler pour l'Europe — et avec le Singe, personne sur l'existence de qui j'ai vis-à-vis d'eux gardé un secret total. « Et si je meurs? » puis me voilà parti pour mes orgiaques vacances à l'étranger.

... Maintenant, que les mots que j'ai entendus soient bien les mots prononcés, c'est encore autre chose. Et que ce soit dans ma compassion pour lui, dans l'anxiété que m'inspire l'inéluctabilité de cette horrifiante issue, sa mort, ou dans mon impatiente attente de cet événement que j'entends ce que j'entends, c'est encore autre chose également. Mais ceci bien entendu, vous le comprenez, ceci bien entendu c'est votre gagne-pain.

Je disais que le détail du suicide de Ronald Nimkin qui me séduit le plus est la note que sa mère trouva épinglée à cette camisole de force démesurée, sa chemise de sport si rigidement empesée. Savez-vous ce qu'elle disait? Devinez le dernier message de Ronald pour sa maman. Devinez.

Mme Blumenthal a téléphoné. Apporte s'il te plaît le règlement du mah-jongg pour la partie de ce soir.

Ronald.

Comme exemple de vertu jusqu'au saut final, qu'est-ce que vous en dites? Comme exemple de bon garçon, de garçon attentionné, courtois et bien élevé, de gentil garçon juif dont personne ne risquera jamais d'avoir honte, qu'est-ce que vous en dites? Dis merci, chéri, dis à votre service, chéri. Demande pardon, Alex, demande pardon! *Excuse-toi!* Ah ouais, et de quoi? Qu'est-ce que j'ai encore fait? Eh, dites donc, je me cache sous mon lit, le dos au mur, refusant de demander pardon, refusant aussi de sortir et d'assumer les conséquences, *refusant!* Et la voilà après moi avec un balai, essayant de pousser ma carcasse pourrie en terrain découvert. Ah, mânes de Gregor Samsa. Salut Alex. Adieu Franz! « Tu ferais mieux de me demander pardon toi, sinon! Et je ne plaisante pas! » J'ai cinq ans, peut-être six, et elle m'abreuve de sinon et de je-plaisante-pas, comme si le peloton d'exécution était déjà là dehors, étalant des journaux dans la rue en prévision de mon exécution.

Et maintenant arrive le père : après une charmante journée passée à essayer de vendre des assurances sur la vie à des Noirs qui ne sont même pas tout à fait sûrs de vivre, il retrouve chez lui une femme hystérique et un enfant métamorphosé — parce que qu'ai-je fait, moi, la perfection incarnée? Incroyable, ça dépasse l'imagination, mais j'ai lancé à ma mère un coup de pied dans les tibias ou je l'ai mordue. Je ne veux pas avoir l'air de me vanter, mais je crois bien que c'était *les deux.*

« Pourquoi? » exige-t-elle de savoir, agenouillée sur le sol, en me braquant le faisceau d'une torche électrique dans les yeux. « Pourquoi fais-tu des choses pareilles? » Oh, c'est bien simple. Pourquoi Ronald Nimkin a-t-il renoncé à l'existence et au piano? PARCE QUE NOUS EN AVONS JUSQUE-LA ! PARCE QUE VOUS AUTRES, LES MÈRES JUIVES, VOUS ÊTES TELLEMENT CHIANTES QU'ON NE PEUT PAS VOUS SUPPORTER ! J'ai lu le bouquin de Freud sur Léonard, Docteur, et pardon pour ma présomption, mais ce sont mes fantasmes, exactement : ce grand oiseau qui me suffoque en battant frénétiquement des ailes devant mon visage et ma bouche, si bien *que je ne peux même pas reprendre ma respiration.* Que voulons-nous moi, Ronald et Léonard? Qu'on nous foute la paix! Ne serait-ce qu'une demi-heure d'affilée! Cessez donc de nous *tanner* pour nous exhorter à *être sage!* Nous exhorter à *être gentil!* Fichez-nous la paix, nom de Dieu, et laissez-nous nous tripoter tranquillement nos petites quéquettes et ruminer nos petites pensées égoïstes — arrêtez donc de vouloir respectabiliser nos mains, nos zizis et nos bouches! Aux chiottes les vitamines et l'huile de foie de morue! Donnez-nous simplement chaque jour notre chair quotidienne! Et pardonnez-nous nos infractions — qui entre nous ne sont même pas des infractions!

« ...un petit garçon qui donne à sa mère des coups de pied dans les tibias, c'est ça que tu veux être? » Mon père a la parole... et jetez un coup d'œil sur ses bras, voulez-vous? Je n'ai encore jamais remarqué jusqu'ici le format des avant-bras dont est doté ce bonhomme. Il n'a peut-être pas de pneus à flancs blancs, une instruction très poussée, mais il possède des bras qui ne sont pas une rigolade. Avec ça, bon sang, il est dans une de ces rognes. Mais pourquoi? Si je lui ai flanqué un coup de pied, espèce de connard, c'est en partie pour *toi.*

« ...la morsure d'un homme est plus mauvaise que celle d'un chien, tu sais ça, toi? Sors de dessous ce lit! Tu m'entends, ce que tu as fait à ta mère est pire que ce qu'aurait pu faire un chien! » Et si puissants sont ses rugissements, et si convaincants, que ma sœur, ordinairement placide se précipite dans la cuisine en crachotant une bouillie de gémissements affolés et, dans ce que nous appelons maintenant la position fœtale, s'accroupit entre le réfrigérateur et le mur. Ou du moins c'est ce qu'il me semble me rappeler — encore qu'il serait logique, j'imagine, de demander comment je sais ce qui se passe dans la cuisine si je suis toujours planqué sous mon lit. « La morsure, passe encore, les mollets, passe encore » — son balai s'efforce sans répit de m'extirper de mon réduit — « mais qu'est-ce que je vais faire avec un enfant qui ne veut même pas demander pardon? Qui refuse de demander pardon à sa propre mère et de lui dire qu'il ne recommencera jamais, *jamais!* Qu'est-ce que nous allons faire, papa, avec un petit garçon comme ça chez nous! »

Est-elle en train de plaisanter? Est-elle sérieuse? Pourquoi n'appelle-t-elle pas les flics pour me faire expédier à la prison pour enfants si je suis à ce point incorrigible? « Alexander Portnoy, âgé de cinq ans, vous êtes en conséquence condamné à être pendu jusqu'à ce que mort s'ensuive pour avoir refusé de demander pardon à votre mère. » On aurait pu penser que le gamin qui lape leur lait et barbote avec son canard et son bateau dans leur baignoire était le criminel le plus recherché d'Amérique alors qu'en fait ce que nous jouons dans cette maison c'est une sorte de version bouffonne du *Roi Lear* avec moi dans le rôle de Cordelia! Au téléphone, elle répète inlassablement à X, Y ou Z, qui ne l'écoute pas au bout de la ligne, que son plus grand défaut est d'être trop bonne. Parce que, *à coup sûr*, ils n'écoutent pas — *à coup sûr* ils ne sont pas assis là à hocher la tête et à griffonner sur leur bloc-notes ces conneries autoglorifiantes et insanes, si transparentes que même un moutard en bas âge verrait à travers. « Sais-tu mon plus grand défaut, Rose? J'ai horreur de dire ça de moi, mais je suis trop bonne! » Ce sont des paroles authentiques, Docteur, enregistrées sur bande depuis de si nombreuses années dans ma cervelle. Et qui me tuent encore! Ce sont les authentiques messages que ces Rose, ces Sophie, ces Goldie, ces Pearl se transmettent les unes aux autres chaque jour! « Je donne tout de moi aux autres », reconnaît-elle avec un soupir, « et en échange je me fais cracher à la figure — et mon défaut c'est qu'avec toutes les avanies qu'on me fait, je peux pas m'empêcher d'être bonne. »

Merde, Sophie, *essaie* un peu, tout simplement, pourquoi pas? Pourquoi n'essayons-nous pas *tous?* Parce que être *mauvais*, maman, c'est là le vrai combat : être mauvais et s'en délecter! Voilà ce qui fait des hommes de nous autres petits garçons, maman. Mais qu'a fait ma soi-disant conscience à ma sexualité, à ma spontanéité, à mon courage! Peu importe certaines des choses que je m'efforce tant de surmonter, car le fait demeure, *je n'y arrive pas*. Ainsi qu'une carte routière, je suis marqué de la tête aux pieds par mes refoulements. Vous pouvez voyager sur mon corps en long, en large et en travers par les autoroutes de la honte, de l'inhibition et de la peur. Tu vois, je suis trop bon moi aussi, maman, moi aussi je suis moral à en éclater tout comme toi. Est-ce que tu m'as jamais vu essayer de fumer une cigarette? On dirait Bette Davis. Aujourd'hui, les garçons et les filles, pas même en âge de passer le *bar mitzvah*, tètent les cigarettes de marijuana comme des sucettes à la menthe et moi je suis encore complètement godiche avec une Lucky Strike. Oui, voilà à quel point je suis bon, maman. Peut pas fumer, boit à peine, pas de drogues, n'emprunte pas d'argent, ne joue pas aux cartes, ne peut pas proférer un mensonge sans me mettre à transpirer comme si je passais sous l'Équateur. D'accord, je suis mal embouché, mais je vous assure, c'est là, à peu de chose près, que se borne la somme de mes transgressions. Regarde ce que j'ai fait avec le Singe — je l'ai laissée tomber, je l'ai plaquée par trouille, la fille dont j'avais rêvé de brouter le minou toute ma vie. Pourquoi la plus modeste excentricité est-elle à ce point au-delà de mes moyens? Pourquoi la moindre entorse aux conventions respectables déclenche-t-elle en moi de tels tourments intérieurs? Alors que je *hais* ces putains de conventions! Alors que j'ai parfaitement conscience de la stupidité de ces tabous! Docteur, mon docteur, qu'est-ce que vous en dites, REMETTEZ LE ID DANS YID ! Libérez la libido de ce gentil petit Juif, je vous en prie! Montez vos prix s'il le faut — je paierais n'importe quoi! Assez tremblé de peur devant ces sombres et profonds plaisirs! Maman, maman, mais en quoi donc voulais-tu me transformer, en zombie ambulant comme Ronald Nimkin? Où as-tu pris que le mieux dans la vie c'était d'être *obéissant?* De devenir un petit *gentleman?* Vous parlez d'une aspiration pour un individu dévoré de désirs et de convoitises! « Alex », dis-tu tandis que nous quittons le *Weequahic Diner* et, ne vous y trompez pas, j'avale ça comme du petit lait : les louanges sont les louanges et je les apprécie d'où qu'elles viennent — « Alex », me dis-tu à moi qui suis sur mon trente et un avec ma cravate toute faite et mon blazer deux tons, cette façon de couper ta viande ! Ta façon de manger ta pomme de terre au four sans en laisser une miette ! Je t'embrasserais, tiens, jamais je n'ai *vu* un gentil petit monsieur avec sa petite serviette sur les genoux comme ça ! » Une tapette, maman. Une petite tapette. C'est ça ce que tu as vu et très exactement ce que le programme d'éducation était destiné à engendrer. Bien sûr ! Bien sûr ! Le vrai mystère, ce n'est pas que je ne sois pas mort comme Ronald Nimkin mais que je ne sois pas comme tous ces charmants jeunes gens que je vois déambuler main dans la main chez Bloomingdale le samedi matin. Maman, la plage de Fire Island est jonchée de corps de charmants garçons juifs en bikini et *bain de soleil* [1] qui se conduisent aussi comme des petits messieurs au restaurant, j'en suis bien certain, et qui aident aussi leur maman à ranger les pions du mah-jongg quand les dames viennent faire leur partie le lundi soir. Dieu puissant ! Après tant d'années passées à aligner ces dominos — un paf ! deux bing ! mah-jongg ! — comment ai-je réussi à m'introduire dans le monde de la chagatte, c'est *ça* le mystère. Je ferme les yeux — et ce n'est pas si difficile — de me voir partageant une bicoque à Ocean Beach avec un type aux yeux faits du nom de Sheldon. « Oh, tu me fais chier, Shelly, c'est *tes* copains ! Alors, fais-les toi-même, tes croûtons à l'ail ! » Maman, tes petits messieurs sont tous adultes maintenant, ils sont là étalés sur leur serviette de plage lavande, dans tout leur furieux narcissisme. Et *oy Gut*, l'un d'entre eux lance à quelqu'un — moi ! « Alex? roi Alexandre? Mon petit chou, as-tu vu où je mettais mon estragon? » Le voilà, m'man, ton petit mon-

1. En français dans le texte.

sieur, en train d'embrasser sur la bouche un certain Sheldon! A cause de sa sauce aux aromates! « Sais-tu ce que j'ai lu dans *Cosmopolitan?* » dit ma mère à mon père, « il y a des femmes qui sont homosexuelles. » « Allons, voyons », grommelle Papa Gros Ours, « qu'est-ce que c'est que ces foutaises, qu'est-ce que c'est que ces conneries? » « Jack, je t'en prie, je n'invente rien, je l'ai *lu* dans *Cosmo!* Je te montrerai l'article! » « Allons donc, ils impriment ça pour augmenter le tirage. » Maman! papa! Il y a même bien pire que ça — il y a des gens qui enculent des poulets! Il y a des hommes qui baisent les cadavres! Vous ne pouvez tout bonnement pas vous imaginer les réactions auxquelles peuvent être sujets des gens qui ont purgé des peines de quinze à vingt ans à respecter l'idée du « bien » tel que l'a conçu un quelconque salopard à la cervelle tordue! Donc, si je t'ai lancé des coups de pied dans les tibias, maman, si j'ai planté mes dents dans ton poignet jusqu'à l'os, estime-toi heureuse! Car si j'avais gardé *tout ça* enfermé en moi-même, toi aussi il aurait pu t'arriver en rentrant à la maison d'y trouver un cadavre d'adolescent boutonneux se balançant au-dessus de la baignoire, pendu avec la ceinture de son père. Pire encore, l'été dernier, au lieu de faire une *Shiva* pour un fils filant vers la lointaine Europe, nous aurions pu nous retrouver en train de dîner sur ma « jetée » de Fire Island, vous deux, moi et Sheldon. Et si tu te souviens de l'effet qu'avait eu sur tes *kishkas* ce homard *goyische*, imagine ce que ça aurait donné si tu avais essayé de ne pas rejeter la *sauce béarnaise* [1] de Shelly.

Alors, hein?

A quelle pantomime ne dus-je pas me livrer pour ôter de mes épaules mon blouson de zylon et le disposer sur mon giron, his-

1. En français dans le texte.

toire de cacher mon zob ce soir-là où je l'exposai à l'air libre, le tout à cause du chauffeur qui, fort de son pouvoir Polak, n'avait qu'à allumer le plafonnier pour détruire en un seul instant quinze ans de carnets de notes irréprochables, de places d'honneur, de brossages de dents bi-quotidiens, d'abstention totale de fruits frais sans les avoir soigneusement lavés au préalable. Quelle chaleur là-dedans! Pouh! On crève! Ah là là je ferais mieux d'enlever mon blouson et de le poser bien plié sur mes genoux... Mais qu'est-ce que je *fabrique?* Pour un Polak, m'a laissé entendre mon père, la journée n'est vraiment bien remplie que s'il a piétiné sous ses gros panards stupides la carcasse d'un Juif. Pourquoi donc est-ce que je prends ce risque en présence de mon pire ennemi? Qu'adviendra-t-il de moi si je me fais prendre! Il me faut la moitié du tunnel pour tirer sans bruit ma fermeture à glissière — et le voilà une fois de plus qui pointe en l'air, gonflé comme toujours, explosant d'exigence, comme un jeune crétin macrocéphale qui fait de la vie de ses parents un martyre avec ses insatiables besoins de simple d'esprit. « Fais-moi cracher », je m'entends intimer par le monstre soyeux. «*Ici? Tout de suite?*» « Bien entendu, ici et tout de suite. Quand te figures-tu qu'une occasion pareille se représentera une deuxième fois? Tu ne sais donc pas ce qu'est cette fille endormie à côté de toi? Regarde simplement son nez. » « Quel nez? » «Le fait est qu'il est presque inexistant. Regarde ses cheveux, comme filés par un rouet. Souviens-toi du " lin " que tu as étudié à l'école! Eh bien ça, c'est du lin humain! Merde, c'est vraiment le fin du fin. Une *shikse!* Et endormie! A moins qu'elle ne fasse semblant, peut-être, c'est aussi une sérieuse possibilité. Elle fait semblant mais elle dit tout bas, " Vas-y, mon grand, fais-moi toutes les cochonneries que tu as toujours eu envie de faire. " » « Est-ce une chose *possible?* » « Chéri, susurre ma bite, laisse-moi donc faire la liste de toutes les cochonneries par lesquelles elle aimerait que tu commences. Elle veut que tu prennes dans tes mains ses durs petits nénés de *shikse* d'abord. » « Tu crois? » « Elle veut que tu lui astiques sa motte *shikse* avec ton doigt jusqu'à ce qu'elle tourne de l'œil. » « Oh, mon Dieu, jusqu'à ce qu'elle tourne de l'œil! » « C'est une occasion qui ne se reproduira peut-être jamais aussi longtemps que tu vivras. » Ah mais tout est là, combien de temps est-ce que ça risque de durer? Le nom du chauffeur est tout en *x* et en *y*, si mon père est dans le vrai, ces Polonais descendent en droite ligne du yak!

Mais qui l'emporte dans une discussion s'il a la trique? *Ven der putz shteht, ligt der sechel in drerd.* Vous connaissez le fameux proverbe? Quand la pine est raide, la cervelle rentre sous terre! Quand la pine est raide, la cervelle est morte ou peu s'en faut! Et c'est la vérité! Hop, elle saute comme un chien à travers un cerceau, juste dans l'anneau du medius, de l'index et du pouce que je lui fournis pour la circonstance. Un boulot à trois doigts avec un va-et-vient en staccato d'un centimètre à la base — c'est la meilleure solution en autobus, ça provoquera (espérons-le) le minimum de tressautements sous mon blouson de zylon. Une telle technique, il est vrai, signifie qu'on néglige le bout sensible; mais que l'existence soit avant tout sacrifice et contrôle de soi est un fait auquel même un obsédé sexuel ne peut se permettre de rester aveugle. Le boulot à trois doigts est le truc que j'ai mis au point pour flaquer dans les lieux publics — je l'ai déjà utilisé dans la salle de l' « Empire Burlesque » dans le bas de Newark. Un dimanche matin — suivant l'exemple de Smolka, mon Tom Sawyer — je quitte la maison pour le terrain de jeu de l'école en sifflant, avec un gant de base-ball, et quand personne ne regarde (conjoncture à laquelle j'ai manifestement peine à croire) je saute à bord d'un autobus vide et me rencogne sur la banquette pour la durée du voyage. Vous pouvez imaginer la foule devant la salle de music-hall un dimanche matin; le bas de Newark est aussi exempt de vie et de mouvement que le Sahara, à l'exception de ces gens devant l'Empire qui donnent l'impression de l'équipage débarqué d'un bateau ravagé par le scorbut. Suis-je maboul d'entrer là-dedans? Dieu sait quelle espèce de maladie je vais ramasser sur ces sièges! « Allez, vas-y quand même, aux chiottes les maladies », dit le maniaque qui parle dans le microphone de mon caleçon. « Tu ne comprends donc pas ce que tu vas voir là-dedans? Une cramouille de femme. » « Une *cramouille?* » « Le fourbi au grand complet, parfaitement, tout brûlant et dégoulinant et prêt à l'action. » « Mais je vais en sortir avec la vérole rien qu'à toucher le billet d'entrée. Je vais la récolter à la semelle de mes sandales, la ramener dans ma propre maison. Et un dingue va perdre les pédales et me poignarder pour me piquer la capote que j'ai dans mon portefeuille. Et si les flics s'amènent? Brandissant des pistolets — un type se met à cavaler — et ils *me* descendent par erreur! Parce que je n'ai pas l'âge. Supposons que je me fasse tuer — ou même pire, arrêter! Et mes parents!» « Écoute, tu veux voir une chagatte ou tu ne veux pas voir une chagatte?» « Je le veux, je le veux! » « Ils ont une pute là-dedans, gamin, qui baise le rideau avec sa cramouille à l'air. » Bon, ça va — je risquerai la vérole, je risquerai d'avoir la cervelle transformée en lait caillé et de passer le reste de mes jours dans un asile à jouer au ballon avec ma merde — oui mais, si ma photo paraît dans le *Newark Evening News!* Quand les flics allument partout et crient, « Allez, hop, les tordus, descente de police! » Et si les flashes se mettent à crépiter! Et si je suis mitraillé, *moi*, déjà président du Club des Relations Internationales dans ma seconde année de lycée! Moi qui ai sauté deux ans d'école primaire! Pensez qu'en 1946, parce qu'on ne voulait pas laisser chanter Maria Anderson au Convention Hall, j'ai pris la tête de toute ma classe pour refuser de participer au concours annuel de dissertation patriotique patronné par les Filles de la Révolution. J'étais et suis encore le petit garçon de douze ans qui, en hommage à son attitude courageuse devant le fanatisme et la haine, a été invité à l'Essex House de Newark pour assister au congrès du Comité d'Action politique de la C.I.O.[1] — à monter sur l'estrade et à serrer la main du docteur Kingdon, le journaliste réputé dont je lis l'éditorial chaque jour dans le *PM*. Comment puis-je envisager d'entrer dans une salle de music-hall avec tous ces dégénérés pour voir une bonne femme de soixante ans faire semblant de baiser avec un bout d'amiante, alors que sur l'estrade de la salle de bal de l'Essex House, le docteur Frank Kingdon lui-même a pris ma main et, tandis que le C.A.P. entier se levait pour applaudir mon opposition aux Filles de la Révolution, m'a dit, « Jeune homme, vous allez voir ici même ce matin la démocratie en action. » Et avec mon futur beau-frère Morty Feibish, j'ai déjà assisté à des assemblées de l'association des anciens combattants, j'ai aidé Morty, qui est membre du comité directeur, à installer les chaises pliantes pour une réunion d'étude... j'ai lu *Citizen Tom Paine* de Howard Fast, j'ai lu *Looking Backward* de Bellamy et *Finnley Wren* de Philip Wylie. Avec ma sœur et Morty, j'ai écouté des enregistrements de chansons de marche des glorieux chœurs de l'Armée rouge. Rankin, Bilbo et Martin Dies, Gerald L. K. Smith et le Père Coughlin, tous ces fumiers de fascistes, sont mes ennemis mortels. Alors, au nom du ciel, qu'est-ce que je fabrique sur un strapontin de music-hall à me branlocher au creux de mon gant de base-ball? Et s'il y a du grabuge! S'il y a des microbes! Oui, mais si plus tard, après le spectacle, la fille là-bas avec ses énormes tétasses *si*... En soixante secondes, j'ai imaginé l'existence comblée et merveilleuse de pure dégradation que nous menons ensemble sur un dessus de lit dans une chambre d'hôtel miteux, moi (l'ennemi d'*America First*) et Pearl Finn qui est le nom dont j'ai baptisé la poufiasse la plus poufiasse de la troupe des danseuses. Et ça se pose là, notre existence, sous notre ampoule nue (avec l'enseigne HOTEL jetant ses éclats juste sous notre

1. *Council of Industrial Organizations. (N. d. T.)*

fenêtre). Elle fait coulisser des *Drake's Daredevil Cupcakes* (espèce de bouchée au chocolat avec un cœur blanc crémeux) le long de ma queue et me les bouffe dessus flocon par flocon. Elle me verse dessus du sirop d'érable directement du bidon de Log Cabin et puis le lèche sur mes tendres couilles jusqu'à ce qu'elles soient à nouveau aussi propres que celles d'un bébé. Sa réplique favorite en prose courante est un chef-d'œuvre ! « Baise ma chatte, mon baiseur, jusqu'à ce que je tombe dans les pommes. » Quand je lâche un pet dans la baignoire, elle s'agenouille, nue, sur le carrelage, se plie en deux par-dessus le bord et embrasse les bulles. Elle s'assied sur ma bite pendant que je pose ma pêche, plongeant dans ma bouche un téton de la taille d'une brioche, tout en n'arrêtant pas de me glisser vicieusement à l'oreille tous les mots les plus dégueulasses qu'elle connaît. Elle se met des cubes de glace dans la bouche jusqu'à ce qu'elle ne sente plus sa langue et ses lèvres, puis me pompe le nœud et ensuite passe au thé brûlant ! Tout, tout ce que j'ai imaginé, elle l'a imaginé aussi, et *elle le fera*. La plus grande putain de toute la création. Et elle est à moi ! « Oh, Pearl Finn, ça vient, ça vient, sale pute », et je deviens du coup le seul individu qui ait jamais éjaculé au creux d'un gant de base-ball à l'Empire Burlesque de Newark... Enfin, peut-être.

Le grand truc à l'Empire, c'est les chapeaux. Pas très loin de moi, dans une travée d'en face, un confrère en astiquage de cinquante ans mon aîné se fait reluire dans son chapeau. *Son chapeau*, Docteur ! *Oy*, j'en suis malade. J'en pleurerais. Pas dans ton chapeau, hé, *Shvantz*, quand il va falloir que tu mettes ce machin sur ta tête ! Il va falloir que tu le mettes maintenant et que tu te balades dans Newark avec le foutre qui te dégouline sur le front. Comment pourras-tu bouffer ton déjeuner dans ce galurin ! Quelle désolation s'abat sur moi tandis que la dernière goutte s'écoule au fond de mon gant. Je sombre dans la dépression; ma bite elle-même a honte et n'a pas le moindre mot de protestation tandis que je sors du music-hall en me morigénant sans pitié, et en gémissant à haute voix, « Oh non, non », un peu comme quelqu'un qui vient de sentir sa semelle glisser dans un caca de chien — la semelle de son soulier... mais ça porte bonheur après tout... Ach, écœurant! Dans son chapeau, merde alors! *Ven der putz shteht! Ven der putz shtet!* Dans le chapeau qu'il porte sur sa *tête!*

Je me souviens tout d'un coup de la façon dont ma mère m'a appris à pisser debout! Écoutez, voilà ce qui peut être l'élément d'information que nous attendions, la clé de ce qui a décidé de mon tempérament, de ce qui m'a amené à vivre cette épreuve, déchiré par des désirs qui répugnent à ma conscience, avec une conscience qui répugne à mes désirs. Voici comment j'ai appris à pisser dans la cuvette comme un homme. Écoutez seulement!

Je me tiens debout au-dessus du niveau liquide circulaire, ma quéquette de bébé gentiment pointée en avant, pendant que ma maman, assise à côté de la cuvette des cabinets, sur le bord de la baignoire, règle d'une main le débit du robinet (d'où s'écoule un filet d'eau que je suis censé imiter) et de l'autre me titille le dessous de la queue. Je répète : *me titille la queue!* Elle s'imagine, je suppose, que c'est le bon moyen pour amorcer le jet au bout de ce machin, et, je ne vous le cache pas, cette dame n'a pas tort. « Fais-moi un joli pissou, *Bubala,* fais un joli petit pissou pour ta maman », me roucoule maman alors qu'en vérité ce que je suis en train de faire là debout avec sa main sur mon zob représente selon toute probabilité mon avenir! Rendez-vous compte! Le grotesque de la chose! Un tempérament d'homme est en train de se forger, une destinée se modèle... Oh, peut-être pas... En tout cas, pour ce que vaut cette information, en présence d'un autre homme je suis tout simplement incapable de lâcher une goutte d'eau. Même aujourd'hui. Ma vessie distendue peut atteindre les proportions d'une pastèque, mais interrompu par une présence étrangère avant que l'opération se soit déclenchée... (vous voulez tout savoir, d'accord, eh bien je dis tout) bref, à Rome, docteur, le Singe et moi avons ramassé une vulgaire putain dans la rue et l'avons emmenée pour coucher avec nous. Enfin voilà, ça y est, c'est sorti. Il m'a fallu pas mal de temps, on dirait.

L'autobus, l'autobus, ce qui s'est passé dans l'autobus pour m'empêcher d'arroser de mon foutre le bras de la *shikse* endormie — je n'en sais trop rien. Le bon sens, croyez-vous? La simple décence? Ma raison, comme on dit, prenant le dessus? Eh bien, où donc est passée cette raison en cet après-midi où je reviens de l'école pour trouver ma mère absente et notre réfrigérateur garni d'un superbe morceau violacé de foie cru? Je crois avoir déjà parlé de cette tranche de foie que j'avais achetée dans une boucherie puis tronchée derrière un panneau d'affichage en me rendant à une leçon de *bar mitzvah.* Eh bien, Votre Sainteté, je désire à ce sujet passer des aveux complets. Qu'elle — que ce — n'était pas mon premier morceau. Mon premier morceau, je me l'étais farci dans l'intimité de ma propre maison, enroulé autour de ma bite dans la salle de bains à trois heures et demie — et je me l'étais farci à nouveau au bout d'une fourchette à cinq heures et demie en compagnie des autres membres de cette pauvre et innocente famille qu'est la mienne.

Et voilà. Maintenant vous connaissez la pire action que j'aie jamais commise. J'ai baisé le dîner de ma propre famille.

A moins que vous ne partagiez avec le Singe sa conviction que le crime le plus atroce de ma carrière ait été de l'abandonner en Grèce. Le second en atrocité : l'avoir entraînée dans ce triumvirat à Rome. Selon son opinion — et quelle opinion, parlons-en! — je suis l'unique artisan responsable de ce *ménage*[1], parce que ma nature est la plus forte et la plus morale. « Le Grand Huma-

1. En français dans le texte.

nitaire! » s'écrie-t-elle, « le type dont le boulot est de protéger les pauvres, pauvres gens contre leur propriétaire! Toi qui m'as donné ce bouquin à lire, *U.S.A.!* C'est à cause de toi que j'ai rempli cette demande d'inscription à Hunter! C'est à cause de toi que je me tue à essayer de devenir un peu plus qu'une pauvre conasse tout juste bonne à baiser! Et maintenant tu veux me traiter comme si je n'étais qu'une morue dont tu te sers, dont tu te sers pour les sales trucs vicelards qui te passent par la tête — toi qui es soi-disant un intellectuel supérieur —, toi qui passes à cette merde de télé éducative! »

Voyez-vous, selon l'opinion de ce Singe, c'était ma mission de l'arracher à ces purs abîmes de frivolité et de galvaudage, de perversité, d'égarement et de luxure, dans lesquels j'ai si vainement tenté toute ma vie de sombrer — je suis censé l'arracher à toutes ces tentations mêmes auxquelles je me suis efforcé toutes ces années de *céder!* Et cela ne tire pour elle à aucune conséquence qu'au lit elle ait laissé son imagination divaguer à propos de cette combinaison avec une fièvre au moins égale à la mienne. Docteur, je vous le demande, qui a été le premier à formuler cette suggestion? Depuis le soir où nous nous sommes rencontrés, lequel des deux a tenté l'autre avec la perspective de fourrer une autre femme dans notre lit? Croyez-moi, je n'essaie pas d'émerger de ma fange — j'essaie en fait de m'y immerger! — mais il faut bien préciser très clairement, pour vous et moi sinon pour elle, que cette bonne femme névrosée sans recours, cette pécore timbrée, cette conasse pathétique n'est guère ce qu'on pourrait appeler ma victime. Pas question que je coupe dans ses foutaises de « victime »! Maintenant, elle a trente ans, elle veut se marier et devenir mère, elle veut être respectable et vivre dans une maison avec un mari (surtout maintenant que la période à haut salaire de son éblouissante carrière semble à peu près révolue) mais il ne s'ensuit pas que, pour la simple raison qu'elle s'imagine persécutée, grugée et exploitée (elle l'est peut-être si on considère sa vie avec assez de recul) que c'est à moi qu'on va faire endosser la responsabilité. Je n'y suis pour rien si elle a trente ans et si elle est célibataire. Je ne l'ai pas enlevée aux houillères de la West Virginia pour la prendre personnellement en charge — et je ne l'ai pas non plus fourrée dans un lit avec cette tapineuse! Le fait est que c'est le Singe elle-même, parlant dans son italien de haute couture, qui, penchée à la portière de notre voiture de location, a expliqué à cette putain ce que nous voulions et combien nous étions prêts à la payer. Je me suis contenté de rester assis au volant, un pied sur la pédale de l'accélérateur, comme le chauffeur toujours prêt à prendre la tangente que je suis... Et croyez-moi, quand cette putain est montée sur le siège arrière, je me suis dit non; et une fois à l'hôtel où nous nous sommes débrouillés pour la faire monter seule dans notre chambre en passant par le bar, j'ai pensé de nouveau non. Non! Non! Non!

Elle n'était pas vilaine, cette putain, un peu ronde et courte sur pattes, mais n'ayant guère dépassé vingt ans, avec une face large aux traits agréables et à l'expression ouverte — et des nichons proprement fabuleux. C'était pour eux que nous l'avions choisie, après avoir parcouru lentement en voiture dans les deux sens la via Veneto à examiner la marchandise en montre. Cette putain, qui s'appelait Lina, ôta sa robe debout au milieu de la pièce; au-dessous, elle portait une guêpière d'où saillaient vers le haut les globes rebondis de ses seins et débordaient vers le bas les bourrelets de ses cuisses plus que plantureuses. Ce vêtement et son aspect théâtral m'étonnèrent — mais il faut dire que je m'étonnais de n'importe quoi et par-dessus tout de nous être décidés, après en avoir parlé tant de mois, à passer enfin à l'action.

Le Singe sortit de la salle de bains dans sa chemise courte (tableau qui d'ordinaire avait le don de m'exciter, cette chemise de soie de couleur crème avec un joli Singe dedans) et entre-temps je me débarrassai de tous mes vêtements et m'assis nu au pied du lit. Que Lina ne parlât pas un mot d'anglais ne faisait qu'accentuer ce sentiment qui avait commencé à sourdre et à s'infiltrer entre le Singe et moi-même, une sorte de sadisme larvé: nous pouvions nous parler l'un à l'autre, échanger des plans et des secrets sans que cette putain y comprît quoi que ce soit — de même qu'elle et le Singe pouvaient chuchoter en italien sans que j'eusse la moindre notion de ce qu'elles pouvaient dire ou comploter...

Lina prit la première la parole et le Singe se tourna vers moi pour traduire. « Elle dit que tu en as une très grosse. » « Je veux bien parier qu'elle répète ça à tous les bonshommes. » Puis elles s'immobilisèrent debout dans leurs dessous, regardant vers moi — *attendant*. Mais moi aussi j'attendais. Et comme mon cœur battait. Il fallait que ça arrive un jour, deux femmes et moi... Et maintenant qu'est-ce qui se passe? Et pourtant, voyez-vous, je me dis encore à moi-même *non!*

« Elle veut savoir reprit le Singe après que Lina eut parlé une seconde fois, « par où le *signore* aimerait qu'elle commence. » « Le signore, dis-je, souhaiterait qu'elle commence par le commencement... » Oh, pleine d'esprit, cette réplique, pleine de nonchalance en vérité, mais nous n'en continuons pas moins à rester assis là immobiles, moi et ma pine bandante, nu comme un ver et sans aucune possibilité de repli. Finalement, c'est le Singe qui déclenche le signal de la partouze. Elle s'approche de Lina qu'elle domine de la tête (oh bon Dieu, n'est-elle pas assez pour moi? Ne suffit-elle pas vraiment à mes besoins? Combien de bites ai-je donc?) et glisse la main entre les jambes de la putain. Nous avions déjà imaginé la chose d'avance sous tous ses angles possibles, nous en avions rêvé à voix haute pendant des mois et des mois, et pourtant me voilà pétrifié à la vue du medius du Singe qui disparaît dans le con de Lina.

Je ne peux mieux décrire l'état dans lequel je suis plongé là-dessus que comme une sorte de *sur-menage* épuisant. Parlez d'un surmenage! Je veux dire tout bonnement qu'il y avait tant à faire. Tu te mets ici et je me mets là — bon très bien, maintenant je me mets ici et tu vas te mettre là — parfait, maintenant elle se baisse comme ça, pendant que je me redresse comme ci et toi tu te tournes à moitié de ce côté... et ainsi de suite, docteur, jusqu'à ce que j'en fusse arrivé à mon troisième et ultime coup. C'était alors le Singe qui se trouvait le dos au lit, et moi le cul tourné vers le lustre (et sous les caméras, pensai-je fugitivement) — et au milieu, enfonçant ses tétons dans la bouche de mon Singe, c'était notre putain. En quel trou, en quelle *sorte* de trou, déposai-je ma dose finale relève entièrement de la pure conjecture. Peut-être au bout du compte finis-je en me tapant quelque humide et odoriférante combinaison de fourrure pubienne italienne, de fesses américaines gluantes et de toile à drap absolument infecte. Puis je me levai, me rendis à la salle de bains et, vous serez sans doute content de l'apprendre, régurgitai mon dîner. Mes *kishkas* maman — je les expédiai droit dans la cuvette des cabinets. Quel bon petit garçon je fais, non?

Quand je sortis de la salle de bains, le Singe et Lina étaient endormies étendues dans les bras l'une de l'autre.

Les sanglots pathétiques du Singe, ses récriminations et ses accusations commencèrent aussitôt que Lina, une fois rhabillée, se fut en allée. Je l'avais livrée au mal. « *Moi?* C'est toi qui lui as fourré le doigt dans la chatte et qui as ouvert la séance! Tu l'as embrassée sur ses lèvres de pute! » « Eh ben c'est parce que », glapit-elle, « si je dois faire quelque chose alors pardon, moi je le fais! Mais ça ne veut pas dire que j'en aie *envie!* » Là-dessus, docteur, elle s'est mise à m'asticoter à propos des nichons de Lina, sous prétexte que je n'avais pas assez *joué* avec. « Tu ne parles que de ça, tu ne penses qu'à ça, les nichons! Les nichons des *autres*, les miens sont si petits, et ceux de toutes les autres bonnes femmes que tu vois partout sont tellement gros — alors finalement tu t'en déniches une paire de fantastiques, et qu'est-ce que tu fais? *Rien!* » « Rien est un peu exagéré, Singe — la vérité dans tout ça, c'est que j'ai eu souvent du mal à te pousser pour prendre la place. » « Je ne suis pas lesbienne! Je te défends de me traiter de lesbienne! Parce que si j'en suis une, en tout cas, c'est bien par ta faute! » « Ah! Seigneur, non vraiment! » « Je l'ai fait pour toi, *oui*, et maintenant tu me détestes à cause de ça! » « Alors nous ne recommencerons pas *pour moi*, d'accord? Pas si ça doit donner ce résultat grotesque, merde! »

A part que le lendemain soir nous nous émoustillâmes beaucoup l'un l'autre pendant le dîner — comme aux premiers jours de notre liaison. Le Singe à un moment donné partit pour s'isoler aux toilettes des dames chez Ranieri et revint à la table avec un doigt imprégné d'odeur de chatte que je tins sous mon nez pour le renifler et l'embrasser jusqu'à l'arrivée du plat de résistance — et après deux ou trois cognacs chez Doney, nous accostâmes Lina une fois de plus à son poste attitré et l'emmenâmes avec nous à l'hôtel pour le deuxième round. Seulement, cette fois, je débarrassai Lina de ses sous-vêtements moi-même et entrepris de la grimper avant même que le Singe fût revenue des chiottes dans la chambre. Si je dois le faire, pensai-je, je dois le faire! De A à Z! Toute la gamme! Et sans vomir avec ça! Tu n'es plus dans ton bahut de Weequahic! Tu n'es plus dans les environs de New Jersey!

Quand le Singe sortit de la salle de bains et constata que la petite fête était déjà en train, elle ne fut que médiocrement satisfaite. Elle s'assit sur le bord du lit, ses traits déjà menus plus petits que je ne les avais jamais vus, et, déclinant une invitation à participer, observa la scène en silence jusqu'à ce que j'eusse atteint mon orgasme et que Lina eût fini de simuler le sien. Obligeamment alors — en vérité très gentiment — Lina fit mine de se placer entre les longues jambes de ma maîtresse, mais le Singe la repoussa et alla s'asseoir pour bouder dans un fauteuil près de la fenêtre. Alors Lina — personne modérément réceptive aux démêlés domestiques des autres — s'allongea sur l'oreiller à côté de moi et se mit à tout nous raconter d'elle-même. Le fléau de son existence, c'étaient les avortements. Elle avait un enfant, un petit garçon avec qui elle habitait à Monte Mario (« dans un bel immeuble neuf », traduisit le Singe). Malheureusement, dans sa situation, elle ne pouvait s'offrir le luxe d'en avoir plus d'un — « et pourtant elle adore les enfants » — aussi était-elle toujours fourrée chez la faiseuse d'anges. Son unique système préventif semblait se limiter à un bock à injections spermicides d'une sécurité douteuse.

Je ne pouvais pas croire qu'elle n'avait jamais entendu parler ni du pessaire ni de la pilule. Et je dis au Singe de lui fournir quelques explications sur les moyens modernes de contraception qu'elle pouvait certainement se procurer en se contentant de faire preuve sans doute d'un minimum d'ingéniosité. Je reçus de ma maîtresse un regard extrêmement torve. La putain écouta mais elle était sceptique. Cela me déprimait au plus haut point de la voir tellement ignorante d'un problème qui touchait de si près à son bien-être (étalée là sur le lit avec ses doigts qui se promenaient dans les poils de mon pubis) : cette chierie d'Église catholique, pensais-je...

Ainsi, quand elle nous quitta ce soir-là, elle avait non seulement quinze mille de mes lires dans son sac à main mais une provision d'Enovid du Singe pour un mois — que je lui avais donnée.

« Ah, tu te poses là dans le genre sauveur toi ! » glapit le Singe après le départ de Lina.

« Qu'est-ce que tu veux qu'elle fasse? Qu'elle se fasse mettre en cloque toutes les semaines? A quoi ça rime?

« Je m'en fous de ce qui peut *lui* arriver ! » répliqua le Singe avec un accent rustre et fielleux dans la voix. « C'est *elle* la putain ! Et tout ce que tu voulais *toi* c'était la baiser, *elle!* Tu n'as même pas été fichu d'attendre que je sois sortie du gogue pour lui sauter dessus ! Et avec ça maintenant tu lui refiles mes pilules ! »

« Et qu'est-ce que ça signifie, hein? Qu'est-ce que tu veux dire, au juste? Tu sais, il y a une chose dont tu n'as pas l'air de déborder, Singe, c'est du don de la logique. Celui de la franchise, d'accord — mais de la logique, non! »

« Alors laisse-moi tomber! Tu as eu ce que tu voulais! Fiche le camp!

« Ça m'arrivera peut-être un jour! »

« Pour toi je ne suis qu'une autre fille comme elle de toute façon! Toi avec tous tes grands mots, et tes sacro-saints idéals de merde... Tout ce que je suis à tes yeux ce n'est qu'un con — et une lesbienne! — et une putain! »

Passons sur les chamailleries. C'est fastidieux. Dimanche : nous émergeons de l'ascenseur et, qui est là, franchissant la porte d'entrée de l'hôtel, notre Lina elle-même, et avec elle un gosse d'environ sept ou huit ans, un petit garçon grassouillet, au teint d'albâtre, tout harnaché de volants, de velours et de cuir verni. Lina a rabattu ses cheveux, et ses yeux sombres — elle vient de sortir de l'église — ont une expression lugubre typiquement italienne. C'est vraiment une fille mignonne. Une gentille fille (cette idée me poursuit et je n'y peux rien). Elle est venue nous montrer son *bambino!* Ou du moins ça m'en a tout l'air. Désignant le petit garçon, elle chuchote au Singe : « *Molto elegante, no?* » Mais elle nous accompagne ensuite jusqu'à notre voiture, et pendant que le gamin s'absorbe dans la contemplation de l'uniforme du portier, suggère que ça nous plairait peut-être d'aller chez elle à son appartement de Monte Mario cet après-midi pour nous amuser tous ensemble avec un autre homme. Elle a un ami qui, dit-elle — attention, tout ça, je l'apprend par mon interprète —, elle a un ami qui, elle en est sûre, serait très content de baiser la signorina. J'aperçois les larmes qui coulent derrière les lunettes noire du Singe tandis qu'elle me demande, « Alors, qu'est-ce que je lui dis, oui ou non? » « Non, bien entendu. Pas question. » Le Singe échange quelques mots avec Lina puis se tourne à nouveau vers moi, « Elle dit que ce ne serait pas pour de l'argent, ce serait simplement pour... »

« Non! Non! »

Tout le long du trajet jusqu'à la villa Adriana, elle continue à pleurer, « Je veux un enfant, moi aussi! Et un foyer! Et un mari! Je ne suis pas une lesbienne! Je ne suis pas une putain! » Elle me rappelle la soirée du printemps précédent où je l'ai amenée au Bronx avec moi pour assister à ce qu'à la commission de la Promotion de l'Homme nous appelons « la soirée de l'Égalité des Chances ». « Tous ces pauvres Porto-Ricains qui se font écorcher par les commerçants au supermarché! En espagnol, tu parlais, et ce que j'étais impressionnée! Parlez-moi donc un peu de votre installation sanitaire défectueuse, parlez-moi des rats et de la vermine que vous avez chez vous, parlez-moi de la protection de la police! Parce que la discrimination, c'est contre la loi! Un an de prison ou cinq cents dollars d'amende! Et ce malheureux Porto-Ricain qui s'est levé et qui s'est mis à crier : « les deux! », oh, espèce de faux jeton, Alex! Hypocrite, espèce de faisan! Tu sers des bobards de merde à une bande d'Espingouins stupides, mais moi je sais la vérité, Alex! *Tu obliges les femmes à coucher avec des putains!*

« Je n'oblige personne à faire quoi que ce soit contre son gré. »

« Promotion de l'Homme! *L'homme!* Ah tu l'aimes, ce mot-là! Mais est-ce que tu sais ce que ça veut dire, sale fumier de maquereau! Je t'apprendrai, moi, ce que ça veut dire! Arrête la voiture, Alex!

« Je regrette, non! »

« Si, si, parce que moi je descends! Je vais trouver un téléphone! Je vais appeler John Lindsay par l'inter et lui dire ce que tu m'as obligée à faire. »

« Tu le feras mon cul! »

« Je te dénoncerai, Alex — j'appellerai Jimmy Breslin! »

Et puis à Athènes elle menace de sauter du balcon à moins que je ne l'épouse. Alors, je m'en vais.

Shikses! En hiver, quand les microbes de la polio sont en hibernation et que je peux miser sur mes chances de survivre hors d'un poumon d'acier jusqu'à la fin de l'année scolaire, je fais du patin à glace sur le lac d'Irvington Park. Dans la lumière déclinante des fins d'après-midi pendant la semaine, puis toute la journée, les samedis et les dimanches lumineux et piquants, je décris des cercles et des cercles sur mes patins derrière les *shikses* qui habitent Irvington, l'agglomération qui s'étend au-delà de la limite où s'arrêtent les rues et les maisons de mon amical et rassurant quartier juif. Je sais où habitent les *shikses* d'après le genre de rideaux que leurs mères pendent aux fenêtres. En plus de cela, les *goyim* suspendent un petit bout de tissu blanc avec une étoile à leur fenêtre principale en l'honneur d'eux-mêmes et de leurs fils partis pour l'armée — une étoile bleue si ce fils est vivant, une étoile d'or s'il est mort. « Une Mère à l'Étoile d'Or », dit Ralph Edwards, présentant avec solennité une candidate au jeu « La Vérité ou Ses Conséquences » qui dans tout juste deux minutes va recevoir le jet d'une bouteille d'eau de Seltz dirigé vers le con, suivi d'un réfrigérateur flambant neuf pour sa cuisine... Une Mère à l'Étoile d'Or, c'est ce qu'est aussi ma tante Clara à l'étage au-dessus, sauf qu'ici c'est différent — elle n'arbore pas d'étoile d'or à sa fenêtre car la mort de son fils ne lui a apporté aucun sentiment de fierté ou de gloriole, ou à vrai dire aucun sentiment tout court. Il semble au contraire que, selon les termes de mon père, cela lui ait valu une « dépression nerveuse » à vie. Il ne s'est pas écoulé une journée depuis que Heshie a été tué au cours du débarquement en Normandie que tante Clara n'ait passée presque entièrement au lit, et prise de crises de sanglots si graves que le docteur Izzie doit parfois venir lui faire une piqûre pour calmer son chagrin hystérique...

Mais les rideaux — les rideaux sont brodés de dentelle, ou rehaussés de façon ou d'autre de motifs « fantaisie » que ma mère qualifie avec dérision de « goût *goyische* ». A l'époque de Noël, quand je ne vais pas en classe et peux aller patiner le soir sous les lumières, j'aperçois les arbres qui clignotent derrière les rideaux des « Gentils ». Pas dans notre rue — à Dieu ne plaise! — ni dans Leslie Street ou Schley Street ou même à Fabian Place, mais comme je m'approche de la frontière d'Irvington voici un *goy*, et là un autre, et puis un troisième — puis je me trouve alors dans Irvington et c'est simplement abominable : non seulement il y a dans chaque salon un arbre qui flamboie outrageusement mais les maisons elles-mêmes sont festonnées d'ampoules électriques multicolores qui vantent les mérites du christianisme, et des phonographes déversent dans la rue le cantique *Silent Night* comme si — comme si? — s'il s'agissait de l'hymne national, et sur les pelouses enneigées sont disposées de petites figurines découpées évoquant la scène dans la crèche — de quoi sincèrement vous donner la nausée. Comment est-il possible qu'ils *croient* à cette merde? Pas seulement les enfants mais des adultes aussi se tiennent là plantés dans la neige et se penchent en souriant vers ces bouts de bois de quinze centimètres de haut qu'on appelle Marie, Joseph et le petit Jésus — et les petites vaches et les chevaux découpés sourient aussi! Bon Dieu! L'idiotie des Juifs tout au long de l'année, et puis l'idiotie des *goyim* en ces jours de vacances! Quel pays! Comment s'étonner que nous soyons tous tant que nous sommes à moitié dingues!

Mais les *shikses*, ah les *shikses*, c'est encore autre chose. Entre les odeurs de la sciure mouillée et de la laine humide dans le ponton surchauffé et la vue de leurs mousseuses chevelures blondes cascadant sous leurs fichus et leurs bonnets, je reste en extase. Au milieu de ces filles gloussantes aux joues rosies, je boucle mes patins avec des doigts faibles et tremblants puis sors dans le froid et, à leur suite, descends sur les pointes la passerelle de bois inclinée et m'élance sur la glace derrière leur troupe virevoltante — un bouquet de *shikses*, une guirlande de filles de « Gentils ». Je suis à ce point subjugué que mon état de désir est *au-delà de l'érection*. Ma petite bite circoncise se ratatine tout bonnement de vénération. A moins que ce ne soit de crainte. Comment peuvent-elles être si somptueuses, si éclatantes de santé, si blondes? Le mépris que m'inspirent leurs croyances est plus que neutralisé par mon adoration pour leur aspect extérieur, pour leurs gestes, leurs façons de rire et de parler — les vies qu'elles doivent mener derrière ces rideaux *goyische!* Peut-être l'explication tient-elle à leur orgueil de *shikses* — à moins qu'il ne s'agisse d'un orgueil de *shkotzim?* Car ce sont elles dont les frères aînés sont les demis de mêlée, affables, bons garçons, sûrs d'eux, propres, rapides et puissants, des équipes universitaires qui s'appellent *Northwestern* et *Texas Christian* et U.C.L.A. [1]. Leurs pères sont des hommes aux cheveux blancs avec des voix profondes, qui n'utilisent jamais de double négation, et leurs mères des dames aux sourires gracieux et aux manières exquises qui disent des choses comme, « Je crois bien, Mary, que nous avons vendu trente-cinq gâteaux à la vente de charité. » « Ne rentre pas trop tard, ma chérie », susurrent-elles suavement à leurs petites filles en fleurs qui s'en vont en sautant de joie dans leurs robes de taffetas bouffantes au bal de promotion des juniors avec des garçons dont les noms sortent tout droit du manuel de classe, non pas Aaron, ou Arnold ou Marvin, mais Johnny et Billy, et Jimmy ou Tod. Non pas Portnoy ou Pincus, mais Smith et Jones et Brown! Ces gens-là sont les

1. University California Los Angeles. *(N. d. T.)*

Américains, docteur, comme Henri Aldrich et Homer, comme le grand Gildersleeve et son neveu LeRoy, comme Corliss et Veronica, comme « Oogie Pringle » qui a le privilège de chanter sous la fenêtre de Jane Powell dans *Rendez-vous avec Judy*, — ce sont les gens pour qui Nat King Cole chante à chaque Noël. « Les marrons grillent dans l'âtre, Le Bonhomme Hiver vous pince le nez... » Un âtre dans *ma* maison? Non, non, les nez dont il parle, ce sont les leurs. Ni le sien, large et noir, ni le mien, long et crochu, mais ces minuscules merveilles rectilignes dont les narines pointent automatiquement vers le nord dès la naissance. Et restent ainsi pour toute l'existence! Ce sont les enfants sortis tout droit des albums d'histoires en couleurs, les enfants dont il est question sur les pancartes devant lesquelles nous passons dans Union, New Jersey et qui disent « ATTENTION, ENFANTS » et « AUTOMOBILISTES SOYEZ PRUDENTS, NOUS AIMONS NOS ENFANTS » — ce sont les garçons et les filles qui habitent « la porte à côté », les gosses qui demandent toujours s'ils peuvent prendre « la bagnole » et qui ont toujours des « pépins » mais qui sont toujours tirés d'affaire à temps pour être rentrés à l'heure de la dernière émission publicitaire — des gosses dont les voisins ne sont pas les Silverstein ou les Landau, mais Fibber McGee et Molly et Ozzie et Harriet, et Ethel, et Albert, et Lorenzo Jones et sa femme Belle et Jack Amstrong! Jack Amstrong, le *goy* cent pour cent américain — et Jack diminutif de John, pas Jack diminutif de Jake comme mon père... Écoutez, nous prenons nos repas avec cette radio qui tonitrue jusque pendant le dessert, la lueur jaune de la bande de recherche des stations est la dernière lumière que je vois chaque soir avant de m'endormir — alors ne nous dites pas que nous valons autant que n'importe qui, ne me dites pas que nous sommes Américains tout comme eux. Non, non, ces chrétiens aux cheveux blonds sont les résidents et les propriétaires légitimes de ce quartier, et ils peuvent déverser toutes les chansons qu'ils veulent dans les rues, personne ne songera à les en empêcher. Oh, Amérique! Amérique! Peut-être représentait-elle des rues pavées d'or pour mes grands-parents, peut-être représentait-elle le poulet rôti dans chaque foyer pour mon père et ma mère, mais pour moi, un enfant dont les plus lointains souvenirs de cinéma sont ceux d'Ann Rutherford et Alice Faye, l'Amérique est une *shikse*, pelotonnée au creux de votre bras et murmurant, « Amour, amour, amour, amour, amour! »

Donc : au crépuscule sur le lac gelé d'un parc municipal, en patinant derrière le cache-oreilles rouge pelucheux et les bouclettes blondes qui volettent d'une *shikse* inconnue, j'apprends le sens du mot *convoitise*, c'est presque plus qu'en peut supporter un petit garçon juif à sa maman, un gamin en colère de treize ans. Pardonnez-moi ma complaisance, mais ce sont probablement les heures les plus poignantes de ma vie dont je parle — j'apprends la signification du mot convoitise, et j'apprends la signification du mot *transes*. Et voilà les petites chéries qui remontent en courant l'appontement, font cliqueter leurs patins le long de l'allée creusée entre les thuyas — et du coup moi je rentre aussi (si j'en ai l'audace!) Le soleil est presque entièrement couché et tout est flamboyant (y compris ma prose) tandis que je les suis à distance respectueuse jusqu'à ce qu'elles traversent la rue sur leurs patins et pénètrent avec des crises de fou rire dans la petite boutique de confiserie adossée au parc. Le temps que je trouve assez de culot pour franchir le seuil — tous les regards vont à coup sûr se braquer sur moi! — elles ont déjà dégrafé leurs cache-oreilles et tiré les fermetures éclair de leurs blousons, et élèvent des tasses de chocolat bouillant entre leurs joues veloutées et brillantes — et ces nez, mystère des mystères! Chacun disparaît entièrement dans une tasse pleine de chocolat et de marshmallows et ressort à la fin vierge de tout liquide! Seigneur, comme elles mangent sans la moindre trace de culpabilité entre les repas! Quelles filles! Aveuglément, impétueusement, je commande une tasse de chocolat moi-même — et entreprends de me gâcher l'appétit pour le dîner servi avec célérité à cinq heures et demie par ma mère trépidante lorsque mon père rentre à la maison « mort de faim ». Puis je les suis à nouveau jusqu'au lac. Puis je les suis autour du lac. Puis enfin mon extase s'achève — elles rentrent chez elles retrouver leurs pères à la syntaxe sans défaut, leurs mères si réservées et leurs frères si sûrs d'eux qui, tous, vivent avec elles en totale harmonie et félicité, derrière leurs rideaux *goyische*. Je repars vers Newark, pour retrouver ma vie palpitante au sein de ma famille, qui s'écoule maintenant derrière les stores « vénitiens » d'aluminium pour lesquels ma mère a économisé durant des années sur le budget de la nourriture. Quelle progression sur l'échelle sociale nous avons faite avec ces stores! D'un seul coup, semble croire ma mère, nous avons été catapultés dans la haute. Une bonne partie de son existence est maintenant consacrée au dépoussiérage et à l'astiquage des lattes de ces stores; durant la journée, elle se tient derrière à les essuyer et, à la tombée de la nuit, elle regarde entre ses lattes impeccables la neige qui s'est mise à tomber dans la lumière du réverbère — et commence à actionner la pompe de la machine à se faire de la bile. Il ne lui faut en général que quelques minutes pour atteindre le degré idoine d'affolement. « Mais enfin où est-il? », gémit-elle chaque fois que des phares qui ne sont pas les siens passent en balayant la rue. Où, oh, où, où est notre Ulysse! A l'étage au-dessus, l'oncle Hymie est rentré, de l'autre côté de la rue Landau est rentré, à côté Silverstein est rentré — tout le monde est rentré à cinq heures trois quarts excepté mon père et la radio annonce qu'une tempête de neige est prête à s'abattre sur Newark, venant du pôle Nord. Allons, il n'y a vraiment pas de doute, nous ferions mieux d'appeler Tuckerman et Farber pour organiser les funérailles et commencer à faire venir les invités. Oui, il suffit que les routes commencent à devenir luisantes de verglas pour en déduire que mon père, en retard d'un quart d'heure pour le dîner, s'est écrasé quelque part contre un poteau télégraphique et gît mort, baignant dans son sang. Ma mère entre dans la cuisine, son visage maintenant comme sorti tout droit d'un tableau du Greco. « Mes deux Arméniens affamés », dit-elle d'une voix qui se brise, « mangez, allez, allez-y mes chéris, commencez, ça ne rime à rien d'attendre », et qui ne se sentirait accablé de chagrin? Pensez simplement aux années à venir — ces deux petits sans père, elle-même sans mari ni ressources, et tout cela parce que, sans la moindre raison, comme ce pauvre homme venait de prendre la route pour rentrer chez lui, il a commencé à neiger.

Entre-temps, je me demande si, avec mon père mort, il faudra que je trouve un travail après l'école et le samedi, et par conséquent si je devrai renoncer à patiner à Irvington Park — renoncer à patiner avec mes *shikses* avant même que j'aie adressé la parole à une seule d'entre elles. Je crains d'ouvrir la bouche de peur que si je le fais aucun mot ne franchisse mes lèvres — ou alors le mot qu'il ne faudrait pas. « Portnoy, oui, c'est un vieux nom français, une déformation de *porte noire* qui signifie justement portail ou porte de couleur noire. Apparemment, au Moyen Age en France, la porte du manoir de notre famille était peinte... », etc., et ainsi de suite. Non, non, elles entendront le *oy* à la fin, et ça flanquera tout par terre. Al Port, alors, Al Parsons, « Bonjour, miss McCoy, vous permettez que je patine à côté de vous? Mon nom est Al Parsons » — mais Alan n'est-il pas aussi juif et étranger qu'Alexander? Je sais, il y a Alan Ladd, mais il y a aussi mon ami Alan Rubin, le bloqueur de notre équipe de softball. Et attendez seulement qu'elle apprenne que je suis de Weequahic. Ah, et puis qu'est-ce que ça change après tout, je peux mentir à propos de mon nom, je peux mentir à propos de mon école, mais comment vais-je mentir à propos de cette chierie de tarin? « Vous avez l'air d'un garçon très gentil, Monsieur Porte-Noire, mais pourquoi est-ce que vous vous couvrez comme ça le milieu de la figure? » Parce que soudain il a pris son essor, le milieu de ma figure! Parce qu'il est bien loin, le bouton de mes années d'enfance, cette charmante petite chose que les gens admiraient volontiers dans mon landau; regardez donc voilà que le milieu de mon visage a commencé à s'étirer vers Dieu! Porte-Noire et Parsons mon cul, gamin! Tu as les lettres J-U-I-F étalées en travers de la figure — regardez-moi donc ce blair, mon Dieu — c'est pas un nez, c'est une trompe! Allez, barre-toi, petit youpin! Tire-toi de la glace et laisse les filles tranquilles!

Et c'est la vérité. Je baisse la tête sur la table de la cuisine et, sur un bout du papier à lettres à en-tête du bureau de mon père, dessine le tracé de mon profil avec un crayon. Et c'est *épouvantable*. Comment cela a-t-il pu m'arriver à moi qui étais si glorieux dans cette voiture d'enfant, maman! En haut, il a commencé à se diriger vers les cieux, pendant que simultanément là où le cartilage s'achève à mi-chemin de la pente, il amorce une chute en courbe vers ma bouche. Encore deux ans et je ne pourrai même plus manger, ce truc se trouvera directement sur le passage des aliments! Non! Non! ça n'est pas possible! Je vais à la salle de bains, me plante devant la glace et repousse avec deux doigts mes narines vers le haut. De côté, ça n'est pas trop mal, mais de face, là où se trouvait ma lèvre supérieure, il n'y a plus maintenant que gencives et dents. Vous parlez d'un *goy*. Je ressemble à Bugs Bunny! Je découpe des morceaux de carton dans ces formes qui garnissent les chemises revenant de la blanchisserie et les colle avec du scotch de part et d'autre de mon nez, restituant ainsi à mon profil la charmante ligne retroussée que j'ai arborée durant toute mon enfance... mais qui a aujourd'hui disparu! Il semble en fait que cette extension de mon blair date exactement de l'époque où j'ai découvert les *shikses* patinant à Irvington Park

— comme si mon propre cartilage avait pris sur lui d'agir en tant que mandataire de mes parents! Patiner avec des *shikses?* Essaye un peu seulement, petit malin. Tu te souviens de Pinocchio? Eh bien, ce n'est rien comparé à ce qui va t'arriver. Elles vont rire, pouffer, s'esclaffer, se tordre — et pire, t'appeler Goldberg par-dessus le marché, et t'envoyer promener débordant de rancœur et de rage. De qui crois-tu qu'elles passent leur temps à se moquer? Toi! Le youpin maigrichon et son naze qui les suit en rond sur la glace tous les après-midis sans exception — et qui ne dit pas un mot! « Je t'en prie, cesse de tripoter ton nez », dit ma mère, « ça ne m'intéresse pas, Alex, de savoir ce qui pousse à l'intérieur, pas au dîner ». « *Il est trop grand.* » « Quoi, qu'est-ce qui est trop grand? », demande mon père. « Mon nez! », je m'écrie. « Ah je t'en prie, ça te donne du caractère », dit ma mère, « alors laisse-le tranquille! »

Mais qui veut avoir du caractère? Moi, c'est Pearl Finn que je veux! Dans sa parka bleue avec ses cache-oreilles rouges et ses grandes moufles blanches — miss Amérique sur patins! Avec sa branche de gui et son plum-pudding (qu'est-ce que ça peut bien être?) et la maison de sa famille avec une rampe et un escalier, et des parents tranquilles, patients et pleins de *dignité*, et aussi un frère Billy qui sait démonter les moteurs, dit « je vous suis bien reconnaissant » et n'a physiquement peur de rien, et puis, oh, cette façon de se blottir près de moi sur le canapé dans son pull-over angora, avec ses jambes ramenées sous sa jupe écossaise, et sa façon de se tourner vers le seuil et de me dire, « Et merci, merci de tout cœur pour cette merveilleuse, merveilleuse soirée », et puis cette créature stupéfiante — à qui personne n'a jamais dit, « *shah!* » ou, « J'espère qu'un jour vos enfants vous en feront autant! », — cette parfaite, parfaite étrangère, qui est aussi lisse, aussi luisante et aussi fraîche que de la crème anglaise m'embrassera — en levant derrière elle un mollet bien galbé — et mon nez et mon nom seront abolis.

Écoutez, je ne demande pas la lune — tout simplement je ne vois pas pourquoi j'obtiendrais moins de la vie qu'un quelconque connard comme Oogie Pringle ou Henry Aldrich. Moi aussi je veux Jane Powell, nom de Dieu! Et Corliss, et Veronica. Moi aussi je veux être le petit ami de Debbie Reynolds — c'est l'Eddie Fisher en moi qui ressort, voilà tout, la convoitise qui se retrouve chez nous tous, les garçons juifs basanés, pour ces suaves blondes exotiques qu'on appelle *shikses*...

Seulement, ce que je ne sais pas encore au cours de ces années de fièvre, c'est que pour chaque Eddie rêvant d'une Debbie, il est une Debbie rêvant d'un Eddie — une Marilyn Monroe rêvant de son Arthur Miller — même une Alice Faye rêvant de Phil Harris. Jayne Mansfield elle-même était sur le point d'en épouser un, souvenez-vous, lorsqu'elle mourut subitement dans un accident de voiture? Qui se doutait, voyez-vous, qui pouvait se douter à l'époque, lorsque nous regardions *National Velvet* que cette prodigieuse créature aux yeux violets qui possédait entre tous le don *goyische* suprême, le courage et l'adresse de monter et de galoper sur un cheval (à l'opposé de celui qui en attelait un pour tirer son chariot, comme le chiffonnier qui m'a donné son nom) — qui aurait pu croire que cette cavalière, avec ses culottes de cheval, et sa prononciation parfaite, était attirée par notre race comme nous l'étions par la sienne? Parce que vous savez ce qu'était Mike Todd — une pâle réplique de mon oncle Hymie à l'étage au-dessus! Et qui dans son bon sens aurait jamais pensé qu'Elizabeth Taylor avait le feu au derrière pour l'oncle Hymie? Qui pouvait savoir que le secret permettant de gagner le cœur d'une *shikse* (et son abricot) n'était pas de se faire passer pour une variété de *goy* à nez crochu, aussi rasant et vide que son propre frère, mais de se montrer tel qu'était votre oncle, de se montrer tel qu'était votre père, bref d'être soi-même au lieu de tenter cette pathétique et misérable imitation juive de l'un de ces *shaygets* à la con, Jimmy, ou Johnny ou Tod, qui ont l'air de, qui pensent, qui sentent, qui parlent, comme des pilotes de bombardier!

Regardez le Singe, ma vieille copine et complice dans le crime. Docteur, rien que de dire son nom, rien que de l'évoquer dans mon esprit, et je me mets à bander séance tenante! Mais je sais que je ne devrais plus jamais l'appeler ou la revoir. Parce que cette garce est cinglée! Cette souris qui ne pense qu'à baiser est complètement ravagée! Une pure source d'ennuis!

Mais — quoi, que pouvais-je être pour elle sinon son sauveur juif? Le preux chevalier sur son blanc destrier, le type en armure étincelante qui dans les rêves des petites filles arrivait à la rescousse pour les arracher aux châteaux dans lesquels elles s'imaginaient toujours prisonnières, enfin en ce qui concerne une certaine école de *shikses* (et dont le Singe est un superbe exemple) il se trouve que ce chevalier n'est autre qu'un Juif à nez crochu, une grosse tête déplumée, doué d'une forte conscience sociale, avec des poils noirs sur les couilles, qui ne boit pas, ne joue pas, n'entretient pas en douce des danseuses; un bonhomme garanti sur mesure pour lui donner des mômes à élever et Kafka à lire — un parfait Messie domestique! Bien sûr, en guise de tribut à son adolescence rebelle, il dit beaucoup merde et con à la maison, même devant les enfants — mais le fait indiscutable et si réconfortant c'est qu'il est précisément toujours *à la maison.* Pas de bar, pas de bordel, pas de champ de courses, pas de trictrac des nuits entières au Racquet Club (dont elle a découvert l'existence dans sa période huppée), de chopes de bière jusqu'à l'aube à l'American Legion (dont elle a gardé le souvenir de sa minable et sordide jeunesse). Non non en vérité, ce que nous avons devant nous, messieurs et dames, directement issu d'un démêlé d'une durée record avec sa famil le, c'est un garçon juif qui brûle dans toutes ses cellules du désir de se montrer Bon, Responsable et Pétri du Sens du Devoir vis à vis d'une famille bien à lui. Ceux-là mêmes qui vous ont apporté « *Pour deux cents* » de Harry Golden vous révèlent aujourd'hui — le show Alexander Portnoy! Si vous avez aimé Arthur Miller dans son rôle de sauveur de *shikse*, vous serez enthousiasmé par Alex! Voyez-vous, sur tous les points qui présentaient pour le Singe une importance capitale, mes antécédents me plaçaient à l'antipode de ce qu'elle avait dû subir à vingt-cinq kilomètres au sud de Wheeling, dans une petite cité minière appelée Moundsville — pendant qu'en New Jersey je barbotais dans le sentimentalisme (je me prélassais dans la « chaleureuse atmosphère » juive, comme aurait dit le Singe) elle croupissait au fond de la West Virginia, pratiquement morte de froid, ravalée au rang de mobilier pour un père qui, tel qu'elle le décrit, n'était guère plus lui-même que le cousin germain d'un mulet, et une sorte de magma incompréhensible d'aspirations et de besoins pour une mère aussi bien intentionnée qu'on pouvait l'être lorsqu'on appartenait à un milieu de cul-terreux arrachés depuis une génération seulement à la chaîne des Alleghanys, une femme qui ne savait ni lire, ni écrire, ni compter et, pour couronner le tout, n'avait pas une seule molaire dans la mâchoire.

Une histoire du Singe qui m'a fait une forte impression (non que toutes ses histoires d'ailleurs ne s'imposent pas à l'attention du névrosé que je suis, avec leurs thèmes de cruauté, d'ignorance et d'exploitation) : un jour, quand elle avait onze ans et que, contre la volonté de son père, elle avait un samedi filé en cachette pour assister à une leçon de danse donnée par « l'artiste » local (appelé M. Maurice), le vieux était venu la chercher armé d'une ceinture, lui en avait cinglé les chevilles tout le long du trajet du retour, puis il l'avait bouclée dans un placard pour le reste de la journée — et avec les pieds ficelés pour faire bonne mesure. « Que je te reprenne à traîner autour de ce sale pédé, toi, et je me contenterai pas de t'attacher, j'irai plus loin, fais-moi confiance! »

Quand elle était arrivée à New York pour la première fois, elle avait dix-huit ans et il ne lui restait à elle aussi pratiquement plus une seule dent au fond de la mâchoire. Elles avaient toutes été arrachées (pour une raison qui lui reste encore insondable) par le praticien local de Moundsville, aussi doué dans son souvenir pour l'art dentaire que l'était M. Maurice pour la chorégraphie. Quand nous nous sommes rencontrés tous les deux, il y a environ un an aujourd'hui, le Singe avait déjà franchi les étapes du mariage et du divorce. Elle avait eu pour mari un industriel français de cinquante ans, qui l'avait courtisée et épousée en une semaine à Florence, où elle était mannequin dans une présentation de mode au palais Pitti. A la suite de cette union, la vie érotique du mari avait consisté à se mettre au lit avec sa jeune et ravissante épouse et à se branler sur un numéro d'un magazine appelé *Porte-jarretelles* qu'il s'était fait expédier par avion de la 42e Rue. Le Singe est capable de prendre une sorte d'horrible accent balourd, petzouille et sournois dont elle aime parfois se servir et auquel elle avait infailliblement recours lorsqu'elle voulait décrire les excès auxquels il était convenu qu'elle devait assister en tant que légitime du nabab en question. Elle pouvait être très drôle lorsqu'elle évoquait les quatorze mois qu'elle avait passés avec lui, encore qu'elle avait dû vivre une expérience plutôt sinistre, sinon terrifiante. Mais il l'avait envoyée à Londres en avion après le mariage où il lui avait offert pour cinq mille dollars de prothèse dentaire, puis, revenue à Paris lui avait passé au cou plusieurs centaines de milliers de dollars supplémentaires en bijoux et, pendant très longtemps, dit le Singe, elle se montra loyale envers lui. Comme elle le déclara (avant que je lui aie interdit de jamais répéter *comme qui dirait*, *mec*, *au poil*, *terrible* et *sensass*, « C'était comme qui dirait par morale »).

Ce qui la décida finalement à décamper, ce furent les petites orgies qu'il entreprit de combiner après que les branloches dans

Porte-jarretelles (à moins que ce ne fût *Talons aiguilles?*) eurent perdu tout leur charme pour l'un et l'autre. Une femme, noire de préférence, engagée à grand prix, devait s'accroupir nue au-dessus d'une table basse en verre et poser sa pêche pendant que le nabab, allongé à plat sur le dos juste au-dessous de la table, s'astiquait la colonne. Et tandis que la merde s'étalait sur le verre à quinze centimètres au-dessus du nez de son bien-aimé, le Singe, notre pauvre Singe, devait rester assise sur le canapé de damas rouge, vêtue de pied en cap et contemplant le spectacle en sirotant du cognac.

Ce fut deux ans après son retour à New York — je suppose qu'elle avait alors à peu près vingt-quatre ou vingt-cinq ans — que le Singe tenta de se tuer un peu en se tripatouillant les poignets avec un rasoir, et tout cela à cause de la façon dont elle avait été traitée au Club ou à l'El Morocco, ou peut-être à l'Interdit, par son coquin du moment, l'un ou l'autre des cent hommes les mieux habillés du monde. Ainsi trouva-t-elle le chemin qui la mena à l'illustre docteur Morris Frankel, baptisé dorénavant dans ses confessions du nom de Harpo. De temps à autre au cours de ces cinq dernières années, le Singe s'est agitée sur le divan d'Harpo, attendant qu'il lui explique ce qu'elle devait faire pour devenir la femme de quelqu'un et la mère de quelqu'un. Pourquoi, crie le Singe à Harpo, pourquoi faut-il qu'elle soit toujours embringuée avec des fumiers aussi dégueulasses au lieu de rencontrer des *hommes?* Pourquoi? Harpo, parlez! Dites-moi quelque chose! N'importe quoi! « Oh je sais qu'il est vivant », disait le Singe, ses traits menus crispés d'angoisse « je le sais, j'en suis sûre. Enfin, est-ce qu'on a jamais entendu parler d'un mort qui soit aux abonnés absents? » Ainsi le Singe entre-t-elle en traitement (si c'en est un), à moins qu'elle n'en ressorte, — elle y entre chaque fois qu'un de ces salopards lui a brisé le cœur, en ressort chaque fois que le prochain paladin éventuel fait son apparition.

J'étais une « planche de salut ». Harpo, bien sûr, n'a pas dit oui, mais il n'a pas non plus dit non lorsqu'elle lui a suggéré que c'était là précisément ce que je pouvais être. Il a toussé cependant, et cette toux le Singe l'a prise pour une approbation. Parfois il tousse, parfois il grogne, parfois il rote, une fois de temps en temps il pète. Volontairement ou non, nul ne le sait, bien qu'à mon avis le pet doive être interprété comme une réaction de transfert négatif de sa part. « Ma planche, tu es tellement intelligent! » Ma « planche », quand elle est ma petite chatte en chaleur — et quand elle se bagarre pour survivre, « Grand salaud de Juif! Moi je veux me marier et devenir un être humain! »

Je devais donc être sa planche de salut... Mais n'était-elle pas la mienne? Quel personnage comparable au Singe entra jamais dans mon existence — ou y entrera de nouveau? Non que je n'aie pas fait des prières, bien sûr. Non, on prie, on prie et on prie, on élève vers Dieu ses oraisons les plus passionnées sur l'autel du siège des cabinets, tout au long de l'adolescence, on Lui offre le sacrifice vivant de ses spermatozoïdes au décalitre — et puis un soir, vers minuit, à l'angle de Lexington et de la 52e, lorsqu'on en est vraiment arrivé au point de perdre sa foi dans l'existence d'une créature telle qu'on se l'est imaginée pour soi-même alors qu'on a déjà doublé le cap des trente-deux ans, elle est là en tailleur pantalon marron, essayant d'arrêter un taxi — longue et mince, avec une opulente chevelure brune, des traits minuscules qui confèrent à son visage une espèce d'expression arrogante, et un cul absolument fantastique.

Pourquoi pas? Qu'y a-t-il de perdu? Qu'y a-t-il de gagné d'ailleurs? Allez, vas-y, pauvre corniaud, ligoté, garrotté, menotté, *parle-lui*. Elle possède un cul avec les rondeurs et le sillon médian du brugnon le plus parfait du monde! Parle!

« 'Soir — doucement et avec un soupçon de surprise, comme si je l'avais peut-être déjà rencontrée ailleurs... »

« Qu'est-ce que vous voulez? »

« Vous offrir un verre. »

« Un vrai tombeur », dit-elle en ricanant.

En ricanant! Deux secondes — et deux injures! Au rapporteur adjoint à la commission de la Promotion de l'Homme, pour cette ville tout entière! « Te brouter le minou, bébé, ça te dit? » Mon Dieu! Elle va appeler un flic! Qui me livrera au maire!

« C'est déjà mieux », répondit-elle.

Et alors un taxi s'est arrêté et nous sommes allés à son appartement où elle a enlevé ses vêtements et m'a dit, « Vas-y. »

Mon incrédulité! Qu'une chose pareille puisse m'arriver à moi! Et si j'ai brouté! C'était soudain comme si ma vie s'introduisait au cœur d'un rêve humide. J'étais là, bouffant enfin le con de la vedette de tous ces films pornographiques que j'avais produits dans ma tête depuis que j'avais pour la première fois posé la main sur mon propre nœud... « Et maintenant, à moi », dit-elle — « un service en mérite un autre », et docteur, cette inconnue s'est alors mise en devoir de me sucer avec une bouche qui devait avoir suivi des cours dans un collège spécialisé pour y apprendre tous les merveilleux trucs qu'elle connaissait. Quelle trouvaille, je me suis dit, elle vous la prend jusqu'à la racine! Dans quelle bouche suis-je tombé! Parlons-en de promotion! Puis simultanément : *allez, barre-toi! Fous le camp! Qu'est-ce que ça peut bien être que cette fille!*

Plus tard, nous avons eu une longue, sérieuse et très excitante conversation sur les perversions. Elle a commencé par me demander si j'avais jamais fait l'amour avec un homme. J'ai dit non. Je lui ai demandé (comme elle attendait, semblait-il, cette question de moi) si elle avait jamais fait l'amour avec une autre femme.

« Non jamais. »

« Ça vous plairait? »

« Ça vous plairait que je le fasse?

« Pourquoi pas, oui. »

« Vous aimeriez regarder? »

« Je pense, oui. »

« Alors ça pourrait peut-être s'arranger. »

« Vraiment? »

« Vraiment. »

« Alors ça risquerait de me plaire. »

« Oh », dit-elle avec une jolie pointe de sarcasme, « ça ne m'étonnerait pas. »

Elle me raconta alors qu'un mois plus tôt seulement alors qu'elle avait attrapé je ne sais quel virus, un couple de sa connaissance était venu chez elle pour lui faire à dîner. Après le repas, ils lui avaient demandé de les regarder s'enfiler. Ce qu'elle avait fait. Elle s'était assise sur le lit avec une température de 38,9. Ils s'étaient déshabillés et avaient commencé à s'activer sur la descente de lit — « et tu sais ce qu'ils voulaient que je fasse pendant qu'ils baisaient? »

« Non. »

« Il y avait des bananes sur le buffet dans la cuisine et ils voulaient que j'en mange une tout en les regardant. »

« Pour les arcanes du symbolisme sans doute. »

« Les *quoi?* »

« Pourquoi voulaient-ils que tu manges cette banane? »

« Mec, j'en sais rien. Je crois qu'ils voulaient être sûrs que j'étais *vraiment là*. Ils voulaient comme qui dirait m'*entendre*. M'entendre mâcher. Dis donc, tu te contentes de sucer ou tu baises aussi? »

La Pearl Finn! Ma putain de l'Empire Burlesque — sans les nichons mais tellement belle!

« Je baise aussi. »

« Eh bien moi de même. »

« Tu parles d'une coïncidence », dis-je, « qu'on soit tombés l'un sur l'autre. »

Elle se mit à rire pour la première fois et, au lieu d'être du coup enfin mis à mon aise, tout d'un coup je *compris* — un énorme Nègre allait jaillir du placard de la chambre et me sauter dessus pour me planter son couteau dans le cœur — ou bien alors elle allait complètement perdre les pédales et son rire exploserait en une crise d'hystérie — et Dieu sait quelle catastrophe s'ensuivrait. Eddie Waitkus!

Avais-je affaire à une call-girl? A une maniaque? Était-elle en cheville avec un quelconque Porto-Ricain camé qui était sur le point de faire son entrée dans mon existence? D'y faire son entrée et de la terminer, pour les quarante dollars qui se trouvaient dans mon portefeuille et une montre de chez Korvette?

« Dis donc », lui dis-je de mon ton entendu, « est-ce que tu fais ça, plus ou moins, tout le temps...? »

« Qu'est-ce que ça veut dire, cette question! A quoi ça rime cette réflexion de merde! Est-ce que toi aussi tu es un sale fumier comme les autres? Tu ne penses pas que *moi aussi* j'ai des sentiments! »

« Je regrette, excuse-moi. »

Mais soudain, où s'étaient étalées l'indignation et la fureur, il n'y avait plus que les larmes. Fallait-il d'autres preuves pour conclure que cette fille était, pour le moins déboussolée? Tout homme dans son bon sens se serait alors à coup sûr levé, habillé, et aurait rapidement pris ses cliques et ses claques. Encore heureux de si bien s'en tirer. Mais, ne le voyez-vous pas — mon bon sens n'est qu'un autre terme pour désigner mes craintes! mon bon sens est tout simplement cet héritage de terreur que je traîne avec moi issu de mon ridicule passé! Ce tyran, mon surmoi, on devrait lui mettre la corde au cou, le salopard, il devrait être pendu par ses putains de bottes de para jusqu'à ce que mort s'ensuive! Dans la rue, qui avait été pris de tremblements, moi ou cette fille? Moi. Qui avait fait preuve d'audace, de hardiesse, de culot, moi ou cette fille? Cette fille! Cette salope de fille!

« Écoute », dit-elle, essuyant ses larmes avec un coin de la taie d'oreiller, « je t'ai menti tout à l'heure, au cas où ça t'intéresserait, au cas où tu voudrais noter ça ou je ne sais quoi. »

« Ah oui, et à propos de quoi? » ça y est, le voilà, j'ai pensé, mon *shvartze* qui surgit du placard — les yeux, les dents, le rasoir étincelants! Et voilà le gros titre du journal : UN MEMBRE DE LA COMMISSION POUR LA PROMOTION DE L'HOMME TROUVÉ DÉCAPITÉ DANS L'APPARTEMENT D'UNE RESPECTUEUSE ! »

« Enfin quoi, merde, pourquoi je t'ai menti, à *toi?* »

« Je ne sais pas de quoi tu parles, alors je ne peux pas te dire. »

« Tu comprends, c'est pas *eux* qui voulaient que je mange cette banane. Mes amis ne voulaient pas du tout que je mange une banane. C'est *moi* qui le voulais. »

Donc voilà : le Singe.

Quant aux raisons pour lesquelles elle m'avait menti *à moi?* Je crois que c'était sa façon de se confirmer à elle-même — à demi consciemment je suppose — que le hasard l'avait fait tomber sur une personne d'un niveau supérieur : en dépit de ce racolage dans la rue, en dépit de ce pompier fait de si bon cœur dans son lit — et de la discussion à propos des perversions qui s'en était suivie... elle n'avait pas voulu que je la considère comme la proie intégrale des excès et de l'aventurisme érotiques... Parce qu'un simple coup d'œil sur moi lui suffisait apparemment pour bondir en imagination dans cette existence qui pourrait peut-être maintenant devenir la sienne... Plus de play-boys narcissistes dans leurs complets de chez Cardin; plus de cadres publicitaires mariés, aux abois, venus pour la nuit du Connecticut; plus de tantouzes en surplus de l'armée anglaise pour le lunch à Serendipity, plus de soupers fins sombrant dans le gâtisme au

Pavillon avec des bambocheurs sur le retour de l'industrie des cosmétiques... Non, enfin la silhouette qui s'était profilée durant toutes ces nombreuses années au cœur de *ses* rêves (comme je l'appris plus tard) un homme qui serait plein de bonté pour une femme et des enfants... un Juif. Et quel Juif! Pour commencer, il lui broute le frifri et puis, tout de suite après, se remonte en glissant de côté et se met à parler et à expliquer diverses choses, à émettre des jugements sur ceci et sur cela, à lui conseiller des livres à lire et la façon de voter, à lui dire comment la vie doit être vécue et comment elle ne doit pas l'être. « Comment est-ce que tu sais tout ça, demandait-elle d'un ton circonspect. Je veux dire, c'est seulement ton *opinion.* » « Qu'est-ce que tu veux dire par *opinion*, ça n'est pas mon opinion, fillette, c'est la vérité. » « Mais enfin je veux dire, est-ce que c'est quelque chose que tout le monde connaît... ou bien simplement toi? » Un Juif qui se préoccupe du bien-être des pauvres de la ville de New York lui broutait le minou! Quelqu'un qui était passé sur le petit écran dans une émission de la télé éducative lui déchargeait dans la bouche! En un éclair, Docteur, elle a dû voir tout ça — est-ce possible? Les femmes sont-elles *à ce point* calculatrices? Suis-je véritablement un naïf en matière de craquette? Elle aurait tout pigé, tout projeté, comme ça, d'emblée, dans Lexington Avenue?... Le sympathique feu de bois brûlant dans le living-room aux murs tapissés de livres de notre maison de campagne, la nourrice irlandaise donnant leur bain aux enfants avant que la mère les mette au lit, et l'ex-mannequin, liane flexible, à la pointe de la mode, et détraquée sexuelle, fille des mines et des usines de West Virginia, prétendue victime d'une bonne douzaine de parfaits salauds, vue ici dans son pyjama de chez Saint-Laurent avec ses bottes d'agneau rasé, tranquillement plongée dans un roman de Samuel Beckett... Vue là sur un tapis de fourrure avec son mari dont Les Gens Parlent Tant, Le Très Saint Membre de la Commission pour la Ville de New

York... vu ici avec sa pipe et sa chevelure d'hébreu crépue et clairsemée, dans toute sa ferveur et son charme juif messia nique...

Ce qui se passa finalement à Irvington Park : tard dans l'après-midi d'un samedi, je m'étais retrouvé virtuellement seul sur le lac gelé avec une mignonne *shikseleh* de quatorze ans que j'avais regardée s'entraîner à faire des huit depuis le déjeuner, une fille qui me semblait posséder tous les charmes bourgeois de Margaret O'Brien — cette vivacité et cette grâce inscrites autour des yeux brillants et du nez constellé de taches de rousseur — plus la simplicité et la modestie, la disponibilité prolétarienne, avec la plate chevelure blonde de Peggy Ann Garner. Voyez-vous, ces femmes en qui tout le monde ne reconnaît que des vedettes de cinéma n'étaient pour moi que des variétés diverses de *shikses*. Souvent je sortais d'un film, essayant de m'imaginer dans quel collège de Newwark Jane Crain (et son décolleté) ou Kathryn Grayson (et son décolleté) feraient leurs études si elles avaient mon âge. Et où trouverais-je une *shikse* comme Gene Tierney, dont je pensais qu'elle aurait même pu être juive si elle n'avait pas été en fait à moitié chinoise. Entre-temps, Peggy Ann O'Brien a terminé son dernier huit et met paresseusement le cap sur le ponton, et je n'ai rien fait pour l'aborder, ni elle ni aucune des autres, rien fait tout au long de l'hiver, et maintenant le mois de mars est presque là — le drapeau rouge du patinage sera amené sur le parc et une fois de plus nous entrerons dans la saison de la polio. Peut-être ne survivrai-je même pas jusqu'au prochain hiver, alors *qu'est-ce que j'attends?* « Maintenant! Ou jamais! » Ainsi, à sa suite, — quand elle a disparu à distance rassurante, je m'élance frénétiquement sur mes patins. « Excusez-moi, dirai-je, mais est-ce que vous me permettez de vous ramener chez vous? » De vous ramener ou que je vous ramène — lequel est le plus correct? Parce qu'il faut que je parle sans faire la moindre faute. Sans glisser un mot juif dans mes phrases. « Vous aimeriez peut-être prendre un chocolat? Puis-je vous demander votre numéro de téléphone et venir vous voir un soir? Mon nom? Je m'appelle Alton Peterson » — un nom que je m'étais choisi dans l'annuaire téléphonique du comté d'Essex au quartier de Montclair — complètement *goy*, j'en étais certain, et qui sonne un peu comme Hans Christian Andersen. Quel coup d'audace! En secret, je me suis entraîné à écrire « Alton Peterson » tout au long de l'hiver, m'exerçant sur des feuilles de papier que j'arrache ensuite de mon cahier après l'école et brûle, pour n'avoir aucune explication à fournir à personne là-dessus chez moi. Je suis Alton Peterson, je suis Alton Peterson — Alton Christian Peterson? Ou bien est-ce aller un peu trop loin? Alton C. Peterson? Et me voilà si préoccupé de ne pas oublier le personnage que je voudrais être en cet instant, si anxieux d'arriver au ponton pendant qu'elle est encore en train de se débarrasser de ses patins — et me demandant également ce que je répondrai si elle m'interroge au sujet du milieu de ma figure pour savoir ce qui lui est arrivé (une vieille blessure de hockey? une chute de cheval pendant que je jouais au polo après la messe un dimanche matin — trop de saucisses au petit déjeuner ha ha ha!) j'atteins le bord du lac avec la pointe d'un patin une seconde plus tôt que je ne l'avais prévu — et je vais m'aplatir en avant sur le sol gelé en me faisant sauter une dent de devant et en me fracassant la saillie osseuse qui se trouve au sommet de mon tibia.

Ma jambe droite est dans le plâtre de la cheville à la hanche pour six semaines. J'ai ce que le docteur appelle une fracture de Dupuytren. Une fois le plâtre enlevé, je traîne la jambe derrière moi comme un blessé de guerre — pendant que mon père crie, « Plie-la! tu veux rester comme ça toute ta vie? Mais plie-la donc! Marche normalement, voyons! Cesse de chouchouter comme ça cette fracture du pétrin, Alex, ou tu vas te retrouver infirme pour le reste de tes jours! »

Pour avoir patiné derrière des *shikses*, sous un pseudonyme, je me retrouverai infirme pour le reste de mes jours.

Avec une existence comme la mienne, Docteur, qui a besoin de rêver?

Bubbles Girardi, une fille de dix-huit ans qui avait été mise à la porte du collège d'Hillside et qui avait été ensuite retrouvée flottant dans la piscine de l'Olympic Park par mon salace camarade de classe Smolka, le fils du tailleur...

Quant à moi, jamais je ne m'approcherais de cette piscine, même si on me payait — c'est un bouillon de culture pour la polio et la méningite cérébro-spinale, sans parler des maladies de la peau, du cuir chevelu et du trou de balle — le bruit court même qu'un gosse de Weequahic qui s'était aventuré un jour dans le bain de pieds entre le vestiaire et la piscine était véritablement sorti à l'autre bout sans ongles à ses orteils. Pourtant, c'est là qu'on trouve les filles qui baisent. Vous ne vous en doutiez pas? C'est là qu'on trouve les espèces de *shikses* qui feraient n'importe quoi! Si seulement un type est prêt à risquer la polio dans la piscine, la gangrène dans le bain de pieds, la ptomaïne avec les hot dogs et l'éléphantiasis avec le savon et les serviettes, il a une chance de pouvoir tirer son coup.

Nous sommes assis dans la cuisine où, à notre arrivée, Bubbles s'activait en combinaison penchée sur la planche à repasser! Mandel et moi feuilletons des vieux numéros du magazine *Ring* pendant que dans le salon Smolka s'efforce de persuader Bubbles de se taper ses deux amis à titre de service personnel. Du frère de Bubbles qui, à une période antérieure de son existence, a été parachutiste, il n'y a pas à s'en inquiéter, nous assure Smolka, parce qu'il est à Hoboken où il joue dans un film en tournage le rôle d'un boxeur sous le nom de Johnny « Geronimo » Girardi. Le père de Bubbles conduit un taxi durant la journée et une voiture pour la pègre la nuit — il fait le chauffeur pour une bande de gangsters et ne rentre à la maison qu'aux premières heures de la matinée; quant à la mère il n'y a pas à s'inquiéter d'elle puisqu'elle est morte. Parfait, Smolka, parfait, je ne pourrais pas me sentir plus tranquille. Vraiment je n'ai maintenant à me faire de bile pour rien sinon pour le préservatif que je trimbale depuis si longtemps dans mon portefeuille qu'à l'intérieur de son enveloppe de papier d'argent, il est probablement aujourd'hui à moitié rongé de moisissure. Une seule giclée et tout le truc risque de se propulser en lambeaux au fond de la chatte de Bubbles Girardi — *et alors*, qu'est-ce que je fais dans ce cas-là, moi?

Pour m'assurer que ces capotes résistent vraiment à la pression, je suis descendu dans ma cave tous les jours de la semaine pour les y remplir d'eau quart de litre sur quart de litre — si hors de prix qu'elles soient, je m'en suis servi pour me branler dedans, histoire de voir si elles tiendront le coup dans des conditions de baisage normal ou simulé. Jusque-là, tout va bien. Mais le problème, c'est celle, sacrée, qui a maintenant laissé l'empreinte indélébile de sa forme sur mon portefeuille, le spécimen très spécial que j'ai mis de côté pour passer à la casserole, avec le bout lubrifié. Comment puis-je espérer qu'elle n'ait pas subi de dommages quand je me suis assis dessus à l'école — en l'écrasant dans ce portefeuille — pendant près de six mois? Et qui dit que Geronimo va passer toute la nuit à Hoboken? Et si la personne que les gangsters sont censés supprimer est déjà tombée morte de peur au moment de leur arrivée, et que M. Girardi soit renvoyé chez lui plus tôt pour savourer une bonne nuit de repos? Et si la fille a la vérole! Mais alors, Smolka doit l'avoir aussi! — Smolka qui passe son temps à s'envoyer des lampées de soda au goulot des bouteilles de tout un chacun, et qui fait mine de vous empoigner le zob à pleine main! Il ne manquerait plus que ça avec ma mère! Je n'en entendrais jamais la fin! « Alex, qu'est-ce que tu caches là sous ton pied? » « Rien. » « Alex, Alex, écoute, j'ai très bien entendu un petit craquement. Qu'est-ce qui est tombé de ton pantalon et sur quoi tu as posé le pied? Tombé de ton meilleur pantalon! » « Rien! Mon soulier! Laisse-moi tranquille! » « Jeune homme, qu'est-ce que — oh mon Dieu, Jack! Viens vite! Regarde! — Regarde par terre près de son pied! » Avec ses pantalons en accordéon autour des genoux et le *Newark News* plié à la page des annonces nécrologiques et froissé dans son poing, il sort en trombe de la salle de bains pour se précipiter dans la cuisine — « Quoi encore? » Elle pousse un hurlement (c'est sa réponse) et pointe l'index sous ma chaise. « Qu'est-ce que c'est que ça, mon bonhomme — une bonne farce de collège ou quoi? » exige de savoir mon père, furieux — « Qu'est-ce que ce truc de plastique noir fabrique par terre dans la cuisine? » « Il n'est pas en plastique », je réponds et j'éclate en sanglots, « C'est le mien. J'ai attrapé la vérole avec une Italienne de dix-huit ans à Hillside et maintenant, maintenant, je n'ai plus de ppppppénis! » « Son petit machin », hurle ma mère, « que je chatouillais pour lui faire faire pipi » — « N'Y TOUCHE PAS, QUE PERSONNE NE BOUGE », crie mon père, car ma mère semble sur le point de se jeter en avant sur le sol, comme une femme dans la tombe de son mari — « Appelle — la Société de Secours — » « Comme pour un *chien* enragé? », dit-elle en larmes. « Sophie, qu'est-ce que tu veux faire d'autre? Le mettre de côté quelque part dans un tiroir? Pour le montrer à ses enfants? Il n'aura *pas* d'enfants! » Elle se met alors à bramer de façon pathétique, comme un animal blessé pendant que mon père... mais la scène s'estompe rapidement car en quelques secondes je suis aveugle, et dans l'heure qui suit, ma cervelle a bientôt pris la consistance du porridge.

Punaisée au-dessus de l'évier des Girardi se trouve une image du Christ qui monte en flottant vers les cieux en chemise de nuit rose. Ce que les êtres humains peuvent être répugnants! Les Juifs que je méprise pour leur étroitesse d'esprit, pour leur bonne conscience, pour le sentiment d'une incroyable bizarrerie que ces hommes des cavernes que sont mes parents et ma famille ont acquis Dieu sait comment de leur supériorité — mais dans le genre clinquant minable, en fait de croyance dont un gorille même aurait honte, alors pas question de faire la pige aux *goyim*. A quelle espèce de pauvres conards demeurés appartiennent ces gens qui adorent quelqu'un qui, primo, n'a jamais existé et, secundo, si c'était le cas, avec l'allure qu'il a sur cette image, était sans aucun doute la grande Pédale de Palestine. Avec des cheveux coupés à la page, avec un teint de Palmolive — et affublé d'une robe, je me rends compte aujourd'hui, qui doit venir tout droit de chez Fredericks d'Hollywood! En voilà assez de Dieu et de toute cette pourriture! A bas la religion et cette humanité rampante! Vive le socialisme et la dignité de l'homme! En fait, si je dois rendre visite aux Girardi, ce n'est pas tellement pour coucher avec leur fille — plût au ciel! — mais pour prêcher la cause d'Henry Wallace et de Glen Taylor. Naturellement! Car qui sont les Girardi sinon *le peuple* au nom duquel, pour les droits, les libertés et la dignité duquel, moi et mon futur beau-frère nous nous échinons à discuter tous les dimanches après-midi avec nos aînés d'une indécrottable ignorance (qui votent Démocrate et pensent Néanderthal) mon père et mon oncle. Si ça ne nous plaît pas ici, pourquoi est-ce que nous ne retournons pas en Russie où tout est si merveilleux? « Tu vas faire de ce garçon un communiste », dit mon père à Morty, sur quoi je m'écrie, « Tu n'y comprends rien! Tous les hommes sont frères! » Bon Dieu, je pourrais l'étrangler sur place quand je le vois fermé à ce point à la fraternité humaine.

Maintenant qu'il va épouser ma sœur, Morty conduit le camion et travaille à l'entrepôt pour mon oncle, et dans un certain sens, j'en fais autant : depuis trois samedis d'affilée maintenant, je me suis levé avant l'aube pour partir avec lui et livrer des caisses de Squeeze chez des dépositaires dans les trous perdus de la cambrousse où le New Jersey fait sa jonction avec les Poconos. J'ai écrit une pièce radiophonique, inspirée par mon maître Norman Corwin, et son texte commémoratif du V. E. Day [1], *Sur un Air de Triomphe* (et dont Morty m'a offert un exemplaire pour mon anniversaire). *Voilà donc l'ennemi mort au fond d'une impasse derrière la Wilhelmstrasse; incline-toi, G.I., incline-toi, petit gars...* Le rythme seul suffit à me donner la chair de poule, comme la cadence du chant de marche de la victorieuse Armée Rouge et le chant que nous apprenions en classe durant la guerre, et que nos professeurs appelaient l'*Hymne National Chinois.* « Lève-toi, toi qui refuses l'esclavage, avec notre chair même et notre sang », — oh, ce tempo de défi! Je me souviens de chacune de ces paroles héroïques! « Et nous édifierons un nouveau mur immense! » Et puis ma phrase favorite qui commence justement par le mot que je préfère dans ma langue : « L'*in*-di-*gna*-tion remplit les cœurs de tous nos compa-*triotes!* De-*bout!* De-*bout!* DE-BOUT!

J'ouvre ma pièce à la première page et me mets à lire à voix haute pour Morty, tandis que nous partons dans le camion à travers Irvington, les Oranges, et roulons vers l'Ouest — l'Illinois! L'Indiana! L'Iowa! Oh mon Amérique des plaines, des montagnes, des vallées, des fleuves et des canyons... C'est avec des incantations patriotiques du même genre que j'ai commencé à sombrer dans le sommeil le soir après avoir éjaculé dans ma chaussette. La pièce radiophonique est appelée *Résonne, liberté!* C'est une moralité (je le sais maintenant) dont les deux personnages principaux s'appellent Préjugé et Tolérance, et elle est écrite en ce que j'appelle de la « prose poétique ». Nous nous arrêtons pour manger dans un snack à Dover, New Jersey, juste

1. *V. E. Day :* jour de la Victoire en Europe, 8 Mai 1945. *(N.d.T.)*

au moment où Tolérance commence à prendre la défense des Nègres pour l'odeur qu'ils dégagent. Le son de ma propre rhétorique si humaine, chargée de compassion, de latinité, d'allitérations, enflée à devenir presque méconnaissable par le *Thesaurus* de Roget (un cadeau d'anniversaire de ma sœur) — plus la venue de l'aube et que j'en sois témoin — plus le serveur tatoué du snack que Morty appelle « chef » — plus le fait de manger pour la première fois de ma vie des pommes frites au petit déjeuner — plus la remontée d'un bond dans la cabine du camion vêtu de mon Levis, de mon blouson et de mes mocassins (qui une fois sur la grand-route ont perdu toute ressemblance avec ce qu'ils étaient dans les couloirs du lycée) — plus le soleil qui commence tout juste à briller sur les collines en labours du New Jersey, mon État! — Pour moi, c'est une deuxième naissance! Libéré, je le découvre, d'avilissants secrets! Me sentant si propre, si fort et si vertueux — si Américain! Morty repart sur la grand-route et, c'est alors que séance tenante je prononce mon vœu, je jure de consacrer mon existence à redresser les torts, à soulager les opprimés et les sous-privilégiés, à libérer les victimes d'injustes emprisonnements. Avec Morty comme témoin — mon viril grand frère de gauche nouvellement trouvé, preuve vivante qu'il est possible d'aimer à la fois l'humanité et le base-ball (et qui aime ma sœur aînée, que je suis moi-même prêt à aimer aussi pour l'issue de secours qu'elle nous a fournie à tous deux) qui constitue mon lien par l'intermédiaire de l'A.V.C. avec Bill Mauldin, qui est autant mon héros que Corwin ou Howard Fast — à Morty, avec des larmes d'amour (pour lui, pour moi) dans les yeux, je fais le serment d'utiliser « le pouvoir de la plume » pour délivrer de l'injustice et de l'exploitation, de l'humiliation, de la pauvreté et de l'ignorance tous ceux que je considère en cet instant (en me donnant la chair de poule) comme *le Peuple.*

Je suis glacé de peur. De cette fille et de sa vérole! Du père et de ses amis! Du frère et de ses poings! (et cela en dépit des efforts de Smolka pour me convaincre d'un état de choses pour moi totalement incroyable, même de la part de *goyim :* c'est-à-dire que tous deux, père et frère, soient au courant et se fichent l'un et l'autre, que Bubbles soit une « poutain ». Peur aussi que sous la fenêtre de la cuisine par laquelle je projette de sauter au cas où j'entendrais le moindre écho de pas dans l'escalier se trouve une grille de fer sur laquelle j'irais m'empaler. Bien entendu, cette grille à laquelle je pense entoure l'orphelinat catholique de Lyons Avenue, mais je suis déjà maintenant entre l'hallucination et le coma, et quelque peu hébété, comme si j'étais resté trop longtemps sans manger. Je vois dans le *Newark News* la photo de la grille et la flaque sombre de mon sang sur le trottoir avec la légende dont ma famille ne se relèvera jamais : LE FILS D'UN ASSUREUR FAIT LE SAUT DE LA MORT.

Pendant que je suis là, assis à geler dans mon igloo, Mandel marine dans sa transpiration — et cela sent fort. L'odeur des Noirs m'emplit de compassion, de « prose poétique » — Mandel, lui, m'inspire moins d'indulgence, « Il me soulève le cœur » (comme dit de lui ma mère) ce qui ne sous-entend nullement qu'il soit pour moi un personnage moins fascinant que Smolka. Seize ans et juif tout comme moi, mais c'est là que s'arrête toute ressemblance : il est coiffé en cul-de-canard sur la nuque, arbore des rouflaquettes jusqu'aux maxillaires, des complets de sport à revers roulés à un bouton, des souliers noirs pointus, et des cols à la Billy Eckstine plus grands que ceux de Billy Eckstine lui-même. Mais juif. Incroyable! Un professeur moralisant nous a laissé entendre qu'Arnold Mandel possédait le Q.I. d'un génie tout en préférant faire des virées dans des voitures volées, fumer des cigarettes et se rendre malade à se gorger de bière. Est-ce croyable? Un garçon juif? Il participe en plus de ça aux concours de crache-ou-je-t'étrangle qui se tiennent après l'école dans le salon de Smolka aux rideaux baissés, pendant que les deux Smolka plus âgés s'échinent comme des esclaves dans la boutique de tailleur. J'ai eu des échos de la chose, mais tout de même (en dépit de mon propre onanisme, de mon exhibitionnisme, de mon voyeurisme (sans parler du fétichisme) je ne peux pas et je ne veux pas le croire : quatre ou cinq types assis en rond par terre et, sur un signal de Smolka, chacun commence à s'astiquer — et le premier à lâcher son sirop gagne le pot, un dollar par tête.

Quels cochons !

La seule explication que je trouve à la conduite de Mandel, c'est que son père est mort quand Mandel n'avait que dix ans. Et c'est là bien entendu ce qui m'hypnotise le plus : un garçon sans père.

Comment puis-je expliquer Smolka et son audace? Il a *une mère qui travaille.* La mienne, qu'on s'en souvienne, patrouille les six pièces de notre appartement comme un groupe de guerilleros se déplace dans son propre territoire — il n'est pas un de mes placards ou de mes tiroirs dont elle n'ait photographié dans sa tête le contenu. La mère de Smolka de son côté passe toute la journée assise près d'une petite lampe sur une petite chaise dans un coin de la boutique de son père, à coudre et à découdre, et quand elle rentre à la maison le soir, elle n'a pas la force de sortir son compteur Geiger et de partir en chasse pour dénicher l'horrifiante collection de revues porno de son enfant. Les Smolka, il faut le comprendre, ne sont pas aussi riches que nous — et c'est là que réside l'ultime différence. Une mère qui travaille et n'a pas de stores vénitiens... Oui, ceci suffit à tout expliquer pour moi — pourquoi il va nager à la piscine d'Olympic Park aussi bien que pourquoi il a la manie d'empoigner les autres par la bite. Il vit de gaufrettes fourrées et comme bon lui semble. Moi j'ai droit à un repas chaud et à toutes les inhibitions qui en découlent. Mais ne vous y trompez pas (comme si c'était possible) : durant une tempête de neige en hiver, qu'y a-t-il de plus délicieux, pendant qu'on se débarrasse de la boue glacée sur le perron à l'heure du déjeuner, que d'entendre « tante Jenny » sur le poste de radio de la cuisine et de sentir la soupe au velouté de tomates qui chauffe sur le fourneau? Quoi de mieux que des pyjamas tout propres et bien repassés en toute saison de l'année, et une chambre embaumée de l'odeur des meubles cirés? Que dirais-je si je voyais mon linge de corps tout grisâtre et fourré en vrac dans mon tiroir comme l'est toujours celui de Smolka? Je n'aimerais pas ça. Que dirais-je si mes chaussettes laissaient passer mes orteils, si personne ne m'apportait de citronnade chaude et de miel quand j'ai mal à la gorge?

Réciproquement, que dirais-je, si Bubbles Girardi venait chez moi dans l'après-midi pour me faire une pipe comme elle le fait à Smolka sur son propre lit?

De quelque ironique intérêt. Le printemps dernier, sur qui est-ce que je tombe dans Worth Street, sinon ce vieux champion de crache-ou-je-t'étrangle en personne, M. Mandel, portant à la main une mallette remplie d'échantillons de bandages, d'attelles et de sangles? Et vous savez quoi? De le voir respirant, encore en vie, j'en suis resté pantois. Je n'arrivais pas à m'y faire — je n'y suis pas encore arrivé. Et marié avec ça, domestiqué, avec une femme et deux enfants en bas âge — et une maison de style « ranch » à Maplewood, New Jersey. Mandel vit, possède un tuyau d'arrosage, me dit-il, et un barbecue, et des briquettes de charbon de bois! Mandel, qui, par admiration pour Pupi Campo et Tito Valdez, s'était rendu à la mairie le lendemain de son départ du lycée et avait officiellement fait changer son prénom d'Arnold en Ba-ba-lu. Mandel, qui engloutissait des cartons de six canettes de bière! Miraculeux! Inconcevable! Comment diable a-t-il pu échapper au châtiment? Il était là, d'une année sur l'autre, croupissant dans sa fainéantise et son ignorance, au coin de Chancellor et de Leslie, perché comme un quelconque Mexicain sur ses drums de bongo, son cul-de-canard à l'air pointé vers le ciel — et rien ni personne ne l'a terrassé! Et maintenant, il a trente-trois ans, comme moi, et il travaille comme représentant pour le père de sa femme qui possède un établissement d'appareillage chirurgical dans Market Street à Newark. Et moi, me demande-t-il, qu'est-ce que je fais dans la vie? Vraiment, il ne sait pas? Il n'est pas sur la liste des correspondants de mes parents? Chacun ne sait-il pas que je suis aujourd'hui l'homme le plus moral de tout New York, pétri de purs motifs et d'idéaux humanitaires et charitables? Ne sait-il pas que mon activité essentielle dans la vie, c'est *la bonté?* « Je suis dans l'administration », je réponds, tendant la main vers les Thirty Worth. M. Modestie en personne.

« Tu vois encore les copains? » demande Ba-ba-lu, « t'es marié? »

« Non, non. »

Sous les bajoues récentes, furtivement, le traîne-patin latino-américain d'autrefois ressuscite. « Alors dis donc, comment tu te débrouilles pour la chagatte?

« Je m'envoie des filles, Arn, puis je me tape la colonne.

Erreur, me dis-je instantanément, grave erreur! Et s'il va raconter des histoires au *Daily News?* L'ADJOINT A LA COMMISSION DE LA PROMOTION DE L'HOMME SE BAGUE LE NŒUD, *il mène une vie de débauche, révélations d'un vieux camarade de classe.*

Les gros titres, toujours les gros titres qui révèlent mes répugnants secrets à un monde scandalisé et désapprobateur.

« Eh dis donc », reprend Ba-ba-lu, « tu te souviens de Rita Girardi? Bubbles? Celle qui nous suçait tous? »

« ... Et alors? » Baisse la voix, Ba-ba-lu! « Et alors?

« Tu n'as pas lu dans les *News*? »

« Quelles *News*? »

« Les *Newark News*. »

« Je ne lis plus les canards de Newark. Qu'est-ce qui lui est arrivé? »

« Elle a été assassinée. Dans un bar de Hawthorne Avenue, juste à côté de l'*Annex*. Elle était avec un négro et puis là-dessus un autre négro s'est amené et leur a collé à chacun un pruneau dans le crâne. Tu te rends compte, faire la pute pour des négros? »

« Eh ben », dis-je, et je suis sincère. Puis tout à coup — « écoute, à propos, Ba-ba-lu, qu'est-ce qui est arrivé à Smolka? »

« J'en sais rien », répond Ba-ba-lu. « Il est pas professeur? Je crois que j'ai entendu dire qu'il était professeur. »

« Professeur? *Smolka?* »

« Ben oui, je crois qu'il enseigne dans une université. »

« Ah c'est pas possible », dis-je avec mon ricanement supérieur.

« Si si, c'est ce qu'on m'a dit. A Princeton, je crois. »

« *Princeton?* »

Mais c'est impensable! Sans velouté de tomates bien chaud pour son déjeuner les jours de grand froid? Qui dormait dans ces pyjamas putrides? Qui possédait toutes ces espèces de dés de caoutchouc rouge hérissés de petits piquants en tous sens qui d'après lui faisaient grimper les filles aux murs de Paris? Smolka, qui nageait dans la piscine de l'Olympic Park, il est vivant *lui aussi?* Et professeur à Princeton *noch?* Dans quelle branche, les langues classiques ou l'astro-physique? Ba-ba-lu, tu me rappelles ma mère. Tu veux probablement dire plombier ou électricien. Parce que je me refuse à le croire! Je veux dire qu'au tréfonds de mes *kishkas*, dans mes réactions affectives les plus souterraines, mes plus vieilles croyances, bien au-dessous de celui qui en moi sait pertinemment que, bien entendu, Smolka et Mandel continuent à profiter de leur ranch campagnard et des possibilités d'avenir professionnel accessibles aux habitants de cette planète, je ne peux tout bonnement pas croire à la survie et encore moins à la réussite bourgeoise de ces deux vauriens. Enfin voyons, ils devraient être en prison — ou au ruisseau. Ils n'ont jamais fait leur devoir, nom de Dieu! Smolka copiait toujours sur moi en espagnol, et Mandel ne s'en serait même pas donné le mal tellement il s'en foutait, quant à se laver les mains avant de manger... Vous ne comprenez donc pas, ces deux galopins doivent être morts! Comme Bubbles! Voilà au moins un destin qui présente une certaine logique. Voilà un cas où s'enchaînent la cause et l'effet qui confirme mes idées sur les conséquences des actions humaines! Soyez assez déchue, assez pervertie et un Négro vous fracassera d'une balle votre tête de suceuse de bite. Voilà bien la façon dont est *censé* se régir le monde!

Smolka revient dans la cuisine et nous dit qu'elle ne veut rien savoir.

« Mais tu nous avais dit qu'on baiserait », s'écrie Mandel. « Tu nous avais dit qu'elle nous ferait une pipe! Allongés, astiqués, aspirés, voilà ce que tu as dit! »

« Et merde après tout », je dis, « si elle veut pas, on n'a pas besoin d'elle. Allez, foutons le camp. »

« Mais ça fait une semaine que je me travaille en y pensant! Moi je bouge pas d'ici! Qu'est-ce que c'est que ces conneries! Elle ne va même pas me faire un rassis? »

Moi, avec mon refrain : « Ah écoute, si elle veut pas, fichons le camp. »

Mandel : « Merde, tu parles d'une souris qui ne veut même pas faire une pogne à un gars! Une pogne de rien du tout. On lui demande pas la lune? Moi, je ne bouge pas d'ici jusqu'à ce qu'elle m'ait sucé ou limé — l'un ou l'autre! A elle de choisir, saleté de petite pute! »

Smolka repart donc pour tenir une deuxième conférence et revient à peu près une demi-heure plus tard en annonçant que la fille a changé d'avis : elle fera une branlette à un gars, mais seulement s'il garde ses pantalons, et un point c'est *tout*. Nous lançons en l'air une pièce de monnaie — et je gagne le droit d'attraper la vérole! Mandel prétend que la pièce a touché le plafond et il est prêt à m'assassiner — il hurle encore à la tricherie quand j'entre au salon pour cueillir ma récompense.

Elle est assise en combinaison sur le canapé, à l'autre bout de la pièce au sol couvert de lino; elle a de la moustache et pèse soixante-quinze kilos. Anthony Peruta, c'est mon nom au cas où elle me le demanderait. Mais elle ne me le demande pas. « Alors écoute », dit Bubbles, « mettons-nous bien d'accord — il n'y a que toi à qui je le fais. Toi et rideau. »

« C'est entièrement à toi de décider », dis-je poliment

« Bon ça va, sors-la de ton pantalon, mais *ne le baisse pas*, hein, tu m'entends? Parce que je lui ai dit, je touche aux couilles de personne. »

« Bon, bon, comme tu voudras. »

« Et n'essaie pas de me toucher non plus. »

« Ah écoute si tu veux, je m'en vais. »

« Allez, sors-la, c'est tout. »

« D'accord, comme tu voudras. Tiens, tiens », dis-je, mais prématurément, « il-faut-que-je-l'attrape. » Mais où est ce machin? Dans la salle de classe il m'arrive de m'appliquer à penser à la MORT, aux HOPITAUX et à d'HORRIBLES ACCIDENTS D'AUTOMOBILE, dans l'espoir que d'aussi austères pensées inciteront ma « trique » à se résorber avant que la cloche sonne et que je sois obligé de me lever. Il semble que je ne puisse aller au tableau noir à l'école ou essayer de sauter d'un autobus sans qu'elle se cabre en disant, « Salut! Regardez-moi! » à tous les gens dans les parages — et voilà que je ne la trouve nulle part.

« Ah ça y est! » je m'écrie finalement.

« C'est tout? »

« Ben », je réponds en changeant de couleur, « elle devient plus grosse quand elle devient plus dure... »

« Ah tu sais, moi, j'ai pas toute la nuit. »

Gentiment, « Oh je ne crois pas que ça prendra *toute la nuit*. »

« Étends-toi! »

Bubbles, à demi satisfaite, s'assied sur la chaise droite pendant que je m'allonge à côté d'elle sur le canapé. Et soudain elle me l'empoigne et c'est comme si ma pauvre bite avait été prise dans je ne sais quelle machine. Dans la vigueur, c'est le moins qu'on puisse dire, mon épreuve commence. Mais c'est comme si elle essayait de branler une méduse.

« Qu'est-ce que t'as? » dit-elle finalement. « Tu peux pas bander? »

« D'habitude si, je peux. »

« Alors te retiens pas comme ça avec moi. »

« Je me retiens pas, je fais ce que je peux, Bubbles. »

« Parce que moi je vais compter jusqu'à cinquante et si tu y es pas arrivé à ce moment-là, ce sera pas ma faute. »

Cinquante? J'aurai de la chance si elle ne me l'a pas arrachée du ventre au bout de cinquante. Vas-y doucement, j'ai envie de crier. Pas si fort sur les bords, s'il te plaît! — « Onze, douze, treize » — et je pense en moi-même Dieu merci, ce sera bientôt fini, cramponne-toi, encore quarante secondes à attendre — mais en même temps que le soulagement perce bien entendu la déception et elle est cuisante. Il se trouve que ces moments précis, j'en ai tout simplement rêvé depuis que j'ai treize ans. Enfin, enfin, je n'ai plus une pomme évidée ni une bouteille de lait vide graissée de vaseline, mais une fille en combinaison, avec des nichons et un con — et une moustache, mais qui suis-je pour faire la petite bouche? Voilà ce que j'ai si longtemps imaginé...

Et voilà comment me vient la solution du problème. Je vais oublier que le poing qui m'arrache la queue appartient à Bubbles

— je feindrai de croire que c'est le mien ! Donc le regard rivé sur le plafond plongé dans l'ombre, au lieu de m'imaginer que je suis en train de baiser, comme c'est mon habitude quand je me fais reluire, je m'imagine que je me fais reluire.

Et instantanément l'effet se fait sentir. Par malheur toutefois je touche presque au but quand la journée de travail de Bubbles s'achève net. « Bon, ça y est, dit-elle, cinquante », *et elle s'arrête.*

« Non », je crie, « encore ! »

« Écoute, j'ai déjà fait deux heures de repassage, tu comprends, avant que vous autres vous rappliquiez. »

« JUSTE ENCORE UNE FOIS ! JE T'EN SUPPLIE ! ENCORE DEUX FOIS ! JE T'EN PRIE ! »

« Non ! »

Sur quoi, incapable (comme toujours !) de supporter la frustration — la privation et la déception — je tends la main, je l'empoigne et FLAC !

Mais alors droit dans l'œil. Une seule saccade éclair de la main du maître, et j'envoie la fumée. Je vous le demande, qui me branle aussi bien que je le fais moi-même ? Seulement, étendu comme je le suis, le jet me part du zob à l'horizontale, vole sur toute la longueur de mon torse, et avec un plaf crémeux, cuisant, m'atterrit droit dans l'œil.

« Saleté de youpin ! », glapit Bubble. « T'as flanqué du foutre sur tout le divan ! Et sur les murs ! Et sur la lampe ! »

« J'en ai reçu dans l'œil ! Et me traite pas de youpin, hein, toi ! »

« *Tu es* un youpin ! Youpin ! T'en as mis partout, espèce de petit salaud ! Regarde les napperons ! »

Ah mes parents m'avaient bien prévenu — le premier désaccord venu, si petit soit-il, et tout ce qu'une *shikse* trouve à dire, c'est de vous traiter de sale Juif. Quelle affreuse découverte — mes parents qui ont toujours tort... ils ont raison ! Et mon œil, c'est comme si on y avait versé une goutte de feu — et maintenant je me souviens pourquoi. Sur l'Ile du Diable, nous a raconté Smolka, les gardes s'amusaient avec les prisonniers en leur frottant du sperme dans les yeux, *ce qui les rendait aveugles*. Je vais devenir aveugle! Une *shikse* m'a touché la pine avec sa main nue et maintenant je vais être aveugle pour toujours! Docteur, ma psyché, c'est presque aussi difficile à comprendre qu'un premier bouquin de classe! Qui a besoin de rêves, je vous le demande? Qui a besoin de Freud? Rose Franzblau du *New York Post* en sait bien assez long pour torcher l'analyse d'un type dans mon genre!

« Cochon de youtre! » glapit-elle. « Yid, t'es même pas foutu de décharger sans te bricoler tout seul, sale petite pédale juive! »

Hé la, ça va comme ça! Et sa sollicitude? « Et mon œil! », et je me rue vers la cuisine où Smolka et Mandel, dans leur extase, se roulent par terre. « Droit dans l'... » rugit Mandel et il se plie en deux sur le plancher en cognant le linoléum de ses deux poings — « droit dans son putain d'... »

« De l'eau, sales cons, je vais être aveugle! Ça me brûle! » Et volant par-dessus le corps de Mandel je vais fourrer ma tête sous le robinet. Au-dessus de l'évier, Jésus poursuit son ascension dans sa chemise de nuit rose. Ce con qui ne sert à rien! Je croyais qu'il devait rendre tous les chrétiens secourables et bons. Je croyais que c'était aux souffrances des autres qu'il leur disait de compatir. Quelle connerie! Si je deviens aveugle, c'est de sa faute! Oui, dans un sens il s'impose à moi comme l'ultime cause de toute cette souffrance et de tout ce gâchis. Et, oh mon Dieu, tandis que l'eau froide ruisselle sur ma figure, comment vais-je expliquer ma cécité à mes parents! Ma mère passe virtuellement la moitié de son existence à m'inspecter le trou de balle pour vérifier la qualité de mes selles — comment puis-je espérer lui cacher que j'ai perdu la vue? « Tap tap tap, ce n'est que moi, maman — ce gros chien si gentil m'a ramené à la maison avec ma canne. » « Un chien? Chez moi? Fais-le tout de suite sortir d'ici avant qu'il cochonne tout! Jack, il y a un chien dans la maison et je viens de laver le lino de la cuisine! » « Mais maman, il est ici pour y rester, il faut qu'il reste — c'est un chien dressé. Je suis aveugle. » « Oh mon Dieu! Jack! » crie-t-elle, tournée vers la salle de bains, « Jack, Alex est revenu avec un chien — il est devenu aveugle! » « Lui? Aveugle? » répond mon père. « Comment pourrait-il être aveugle, il ne sait même pas ce que ça veut dire d'éteindre une lampe. » « Comment? hurle ma mère. Comment? Dis-nous comment une chose pareille... »

Maman, comment? Qu'est-ce que tu crois? En fréquentant des filles chrétiennes.

Mandel le jour suivant m'annonce que, pendant la demi-heure qui a suivi mon départ frénétique, Bubbles près du divan sur ses putains de genoux ritals lui a pompé le nœud.

Je manque d'en exploser de fureur : « *Quoi?* »

« Parfaitement, sur ses putains de genoux ritals », répète Mandel. « Pourquoi t'es rentré chez toi, conard? »

« Elle m'a traité de youpin! » je réponds d'un ton vertueux. « Je me croyais aveugle. Rends-toi compte, elle est antisémite, Ba-ba-lu. »

« Et après, qu'est-ce que tu veux que ça me foute? » dit Mandel. En fait, je crois qu'il ignore le sens du mot antisémite. « Tout ce que je sais, c'est qu'on a baisé *deux fois.* »

« Tu l'as baisée? Avec une capote? »

« Eh merde, je me suis rien mis. »

« Mais elle va être enceinte! » je m'exclame, et avec angoisse comme si c'était moi qu'on allait tenir pour responsable.

« Je m'en fous », réplique Mandel.

Alors pourquoi est-ce que je me fais tant de bile, moi! Pourquoi est-ce que moi seul je passe des heures dans mon sous-sol à essayer des capotes? Pourquoi suis-je seul à vivre dans une terreur mortelle de la vérole? Pourquoi est-ce que je me précipite à la maison avec mon petit œil injecté de sang en imaginant que je vais être aveugle à jamais, quand une demi-heure plus tard Bubbles à genoux sera en train de lui tailler une plume! A la maison — pour retrouver ma maman! Pour retrouver ma brioche et mon verre de lait, à ma maison pour retrouver mon beau lit propre! *Oy*, la civilisation et ses carences! Ba-ba-lu, parle-moi, explique-moi, raconte-moi comment c'était quand elle te l'a fait! Il faut que je sache, et avec des détails — des détails exacts! Et ses nichons? Et ses tétasses? Et ses cuisses? Qu'est-ce qu'elle fait avec ses cuisses, Ba-ba-lu, est-ce qu'elle te les enroule autour des fesses comme dans les livres cochons, ou est-ce qu'elle te serre de toutes ses forces la pine avec jusqu'à ce que tu aies envie de crier comme dans mes rêves? Et ses poils qu'elle a là en bas du ventre? Raconte-moi tout sur les poils de son con et sur l'odeur qu'ils ont, ça m'est égal si je sais déjà tout. Et elle s'est vraiment mise à genoux, tu ne te fous pas de ma gueule? Elle s'est vraiment agenouillée sur les deux *genoux?* Et ses dents, qu'est-ce qu'elle en fait? Et est-ce qu'elle te la suce, ou bien est-ce qu'elle te l'aspire, ou alors est-ce qu'elle fait *les deux?* Oh mon Dieu, Ba-ba-lu, tu lui as déchargé dans la bouche? Oh mon Dieu! Et elle a tout avalé d'un coup, ou bien elle a recraché, ou bien elle a râlé — dis-moi! Qu'est-ce qu'elle a fait avec ton jus! Tu l'as prévenue que tu allais flaquer ou bien t'as seulement déchargé en la laissant se débrouiller? Et qui est-ce qui l'a mise dedans — c'est elle qui se l'est mise dedans ou c'est toi qui l'as mise dedans, ou bien est-ce que ça rentre tout seul? Mais où étaient toutes tes fringues? — Sur le divan? Par terre? Où exactement? Je veux des détails! des détails! Des détails vrais! Qui lui a enlevé son soutien-gorge? Qui lui a enlevé sa culotte — sa *culotte* c'est toi? Ou c'est elle? Quand elle était en train de te sucer, Ba-ba-lu, est-ce qu'elle avait quelque chose sur le dos? Et l'oreiller, sous ses fesses, tu lui as collé un oreiller sous les fesses comme on dit de le faire dans le Guide matrimonial de mes parents? Qu'est-ce qui s'est passé quand tu es entré dedans? Elle a joui aussi? Mandel, explique-moi quelque chose qu'il faut que je sache — elles jouissent vraiment? Elles jutent? Ou bien est-ce qu'elles poussent un tas de gémissements, rien de plus — ou quoi? Comment est-ce qu'elle jouit! A quoi ça ressemble! Avant que je devienne cinglé, il faut que je sache à quoi ça ressemble!

La forme la plus courante de dégradation dans la vie érotique

Je ne crois pas avoir parlé de l'effet disproportionné qu'exerçait l'écriture du Singe sur mon équilibre psychique. Quelle calligraphie désespérante ! On eût dit l'œuvre d'un gosse de huit ans — cela me mettait hors de moi ! Pas une capitale, pas l'ombre de ponctuation — uniquement ces immenses lettres irrégulières penchées sur le papier puis s'effondrant au bout de la ligne. Et en caractères d'*imprimerie*, comme sur les dessins que nous ramenions à la maison dans nos petites mains de la *classe enfantine!* Et cette orthographe. Un petit mot comme « cour » écrit de trois façons différentes sur la même feuille de papier. Vous savez, comme dans « Cour suprême »? Deux fois sur trois, ce mot commence par la lettre *k*, K! Comme dans « Joseph K ». Sans parler du mot « cher » comme dans la formule d'introduction d'une lettre : chert ou sher. Et cette toute première fois (pour celle-là j'ai un faible) chair. Le soir où nous sommes invités à dîner à Gracie Mansion — C ! H ! A ! I ! R ! Enfin tout de même, j'en arrive à m'interroger, à quoi ça rime de prolonger une liaison avec une femme de près de trente ans qui s'imagine qu'on écrit « cher » en cinq lettres !

Déjà deux mois avaient passé depuis notre accostage dans Lexington Avenue et les mêmes courants affectifs, voyez-vous, m'emportaient encore : le désir, d'une part, un désir *délirant* (je n'avais jamais rencontré un tel abandon chez une femme de toute ma vie!) et de l'autre quelque chose voisin du mépris. Rectification. Quelques jours plus tôt seulement avait eu lieu notre voyage au Vermont, ce week-end où il m'avait semblé qu'à ma circonspection vis-à-vis d'elle — l'appréhension causée par son charme un peu frelaté de mannequin, ses origines cul-terreuses, pardessus tout sa témérité sexuelle — qu'à toutes ces craintes et cette méfiance s'était substitué un fougueux élan de tendresse et d'affection.

Il faut dire que je suis actuellement sous l'influence d'un essai intitulé « La forme la plus courante de dégradation dans la vie érotique »; comme vous l'avez peut-être deviné, j'ai acheté un exemplaire des *Textes choisis* et depuis mon retour d'Europe me suis endormi chaque soir dans le confinement solitaire de mon plumard sans femme avec un volume de Freud à la main. Parfois Freud à la main, parfois Alex, souvent les deux. Oui, là dans mon pyjama déboutonné, tout seul, je suis étendu et je la tripote comme un petit garçon plongé dans une rêverie fumeuse, je la tiraille, je la tortille, je la frotte, je la pétris tout en lisant ensorcelé « Contributions à la psychologie de l'amour », toujours à l'affût de la phrase, de la formule, du *mot* qui me libérera de ce que l'on appelle, si j'ai bien compris, mes fantasmes et mes fixations.

Dans l'essai sur la « Dégradation », je trouve l'expression « courants affectifs ». Pour atteindre à « un comportement pleinement normal en amour » (ce « pleinement normal » mériterait un examen sémantique serré, mais enfin continuons...) un comportement pleinement normal en amour donc, dit-il, il est nécessaire que deux courants affectifs se rejoignent : la tendresse et l'affection d'une part, et la sensualité de l'autre. Et ceci, c'est triste à dire, dans bien des cas ne se produit pas. « De tels hommes, lorsqu'ils aiment, n'éprouvent pas de désir et, lorsqu'ils désirent, ils sont incapables d'aimer. »

Question : dois-je considérer que j'appartiens à cette multitude d'êtres divisés? En langage simple et direct, la sensualité d'Alexander Portnoy est-elle fixée sur ses fantasmes incestueux? Qu'en pensez-vous, Doc? Une restriction si pathétique s'impose-t-elle à mon choix d'objet? Est-il vrai que pour moi la dégradation de l'objet sexuel constitue la condition nécessaire au libre épanouissement de ma sensualité? Écoutez, ceci explique-t-il l'importance qu'ont pour moi les *shikses?*

Oui mais si c'est le cas, comment alors expliquer ce week-end au Vermont? Parce que là s'est rompu le barrage élevé par le tabou de l'inceste, du moins c'est ce qu'il m'a semblé. Et vlloum! à la sensualité se sont combinées en moi les plus pures et les plus profondes effusions de tendresse que j'aie jamais connues! Je vous le garantis, la confluence des deux courants fut fantastique! Et chez elle aussi bien que chez moi! Elle-même ne me l'a pas caché!

Ou croyez-vous que c'était seulement les feuilles aux riches couleurs, le feu qui flambait dans la salle à manger de l'auberge à Woodstock, qui nous amollissaient tous les deux? Était-ce une tendresse réciproque dont nous faisions l'expérience ou simplement l'automne accomplissant son œuvre, « enflant les coloquintes » (John Keats) et plongeant les touristes dans les extases offertes par la nostalgie d'une vie bonne et simple? N'étions-nous que deux érotomanes déracinés, résidents de la jungle, écrémant dans leurs blue-jeans pré-délavés les beautés de l'historique Nouvelle-Angleterre, rêvant le vieux rêve champêtre dans leur décapotable de location — ou bien un comportement pleinement normal en amour est-il une chose possible comme j'en ai eu l'impression durant ces quelques jours ensoleillés passés avec le Singe au Vermont?

Quel a été exactement le programme? Eh bien nous avons surtout roulé. Et regardé : les vallées, les montagnes, la lumière sur les champs; et les feuilles bien entendu, avec beaucoup de oh et de ah. Une fois nous nous sommes arrêtés pour observer un homme dans le lointain, monté tout en haut d'une échelle, qui assenait des coups de marteau au flanc d'une grange — et ça aussi c'était un vrai plaisir. Oh, et la voiture louée. Nous avons pris l'avion jusqu'à Rutland et loué une décapotable. Une décapotable, vous vous rendez compte? Un tiers de siècle entier comme Américain mâle et c'était la première décapotable dont j'avais jamais pris le volant. Vous savez pourquoi? Parce que le fils d'un assureur connaît mieux que les autres les risques que vous courez en roulant dans des machines pareilles. Il connaît en détail les calculs des actuaires! Il vous suffit de heurter une bosse sur la route, et ça y est, quand il s'agit d'une décapotable : projeté de votre siège, vous vous envolez (et pour éviter d'être trop descriptif) vous allez atterrir sur la grand-route le crâne en avant et, si vous avez de la *chance*, c'est le fauteuil roulant pour le reste de l'existence. Quant à vous retourner dans une décapotable — alors là vous pouvez dire adieu salut la compagnie. Et tout ça, c'est des statistiques (me dit mon père) pas une de ces histoires à la mords-moi le nœud qu'il invente rien que pour le plaisir. Les compagnies d'assurances ne travaillent pas pour perdre de l'argent — quand elles disent quelque chose, Alex, c'est la vérité! Ensuite, sur les talons de mon père si sage, ma mère si sage : « je t'en prie, pour me permettre de dormir pendant quatre ans, promets-moi une chose, exauce cet unique vœu de ta mère et elle ne te demandera jamais plus rien d'autre : quand tu arriveras en Ohio, promets-moi que tu ne rouleras pas dans une décapotable ouverte. Pour que je puisse fermer les yeux dans mon lit la nuit, Alex, promets-moi de ne pas risquer ta vie en faisant des folies ». Mon père de nouveau : « Parce que tu es la fleur des pois Alex! », dit-il, dérouté et au bord des larmes devant mon départ imminent de la maison, « et nous ne voulons pas que cette fleur se brise avant longtemps! »

1. Promets, fleur des pois, que tu ne rouleras jamais dans une décapotable. Une si petite chose, tu ne souffriras pas de cette promesse?

2. Tu iras voir Howard Sugarman, le neveu de Sylvia. Un garçon charmant — et *président de la Hillel*. Il te pilotera. Je t'en prie, va le voir.

3. Fleur des pois, mon chéri, lumière du monde, tu te souviens de ton cousin Heshie, les tortures qu'il s'est infligées et qu'il a infligées à sa famille avec cette fille. Tout ce qu'a enduré l'oncle Hymie pour sauver ce garçon de sa folie. Tu te souviens? Je t'en prie, est-ce qu'il faut en dire plus? Suis-je assez claire, Alex? Ne te galvaude pas. Ne gâche pas un brillant avenir, pour moins que rien. Je ne crois pas que nous en ayons plus à te dire. N'est-ce pas? Tu es encore un bébé, seize ans et reçu à tes examens. C'est l'âge d'un bébé, Alex. Tu ne sais pas toute la haine qu'il y a dans le monde. Alors je ne crois pas que nous devions t'en dire plus; pas à un garçon aussi intelligent que toi. SEULEMENT TU DOIS FAIRE TRÈS ATTENTION AVEC TA VIE ! TU NE DOIS PAS TE PLONGER DANS UN ENFER VIVANT ! TU DOIS ÉCOUTER CE QUE NOUS TE DISONS, ET SANS FAIRE LA GRIMACE, MERCI, NI FAIRE LA FORTE TÊTE ! NOUS SAVONS ! NOUS AVONS VÉCU ! NOUS AVONS VU ! ÇA NE PEUT PAS MARCHER, MON FILS ! ELLES APPARTIENNENT A UNE AUTRE RACE D'ÊTRES HUMAINS, ENTIÈREMENT ! TU SERAS DÉCHIRÉ EN DEUX ! VA VOIR HOWARD, IL TE PRÉSENTERA A LA HILLEL ! NE TE PRÉCIPITE PAS TÊTE BAISSÉE SUR UNE BLONDE, JE T'EN PRIE ! PARCE QU'AVEC TA VALEUR ELLE TE METTRA LE GRAPPIN DESSUS ET ENSUITE ELLE T'ABANDONNERA SAIGNÉ A BLANC DANS LE RUISSEAU ! UN PETIT INNOCENT COMME TOI, SI BRILLANT, ELLE TE MANGERA VIVANT !

Elle me mangera vivant?

Ah mais nous tenons notre revanche, nous autres brillants garçons, nous autres fleurs des pois. Vous connaissez la bonne histoire, naturellement — Milty, le G.I. téléphone du Japon « Maman », dit-il, « c'est Milton, j'ai de bonnes nouvelles pour toi! J'ai trouvé une petite Japonaise merveilleuse et nous nous marions aujourd'hui. Dès que je serai démobilisé, je la ramènerai à la maison, maman, pour que vous fassiez connaissance. » « Bon, très bien, dit la mère, ramène-la, naturellement. » « Oh c'est merveilleux, maman », dit Milty, « merveilleux — seulement je me suis demandé, dans notre petit appartement, où est-ce que nous coucherons, Ming Toy et moi? » « Où ça? », dit la mère, « mais dans le lit, où veux-tu coucher ailleurs avec ta femme? » « Mais alors, où est-ce que tu coucheras, *toi*, si nous nous couchons dans le lit? Maman, tu es sûre qu'il y a de la place? » « Milty, mon chéri, je t'en prie », dit la mère, tout va très bien, ne t'inquiète pas, il y aura toute la place que tu voudras : dès que j'ai raccroché, je me tue. »

Quel innocent, notre Milty! Quel choc il a dû encaisser là-bas à Yokohama en entendant sa mère faire une telle déclaration! Doux, passif Milton, tu ne ferais pas de mal à une mouche, hein, *Tateleh?* Tu détestes le sang versé, jamais l'idée ne te viendrait de *frapper* ton prochain, encore moins de l'assassiner. Alors tu laisses ta geisha s'en charger pour toi! Plein d'astuce, Milty, *plein d'astuce!* Ton histoire de geisha, crois-moi, elle ne va pas s'en remettre de sitôt. De ton histoire de geisha, Milty, elle va *plotz!* Ah ah! T'as gagné, Miltaleh, et sans lever le petit doigt! Naturellement! Laisse la *shikse* commettre le crime pour toi! Toi, tu n'es qu'un innocent badaud! Pris sous les feux croisés! Une victime, pas vrai, Milt?

Jolie, n'est-ce pas, l'histoire du lit?

Lorsque nous arrivons à l'auberge à Dorset, je lui rappelle qu'elle doit se glisser l'une de sa demi-douzaine de bagues au doigt approprié. « Dans la vie publique il faut être discret », lui dis-je, et je lui explique que j'ai réservé une chambre au nom de M. et Mme Arnold Mandel. « Un héros du lointain passé de Newark », je précise.

Pendant que je m'inscris, le Singe (qui, en Nouvelle-Angleterre apparaît érotique à l'extrême) se promène tout autour du hall en examinant les petits bibelots souvenirs du Vermont à vendre. « Arnold », m'appelle-t-elle. Je me retourne : « Oui, ma chère. » « Il faut absolument que nous rapportions un peu de sirop d'érable pour Mère. Elle adore tellement ça. » Puis elle décoche son sourire pour publicité de lingerie du *Sunday Times*, mystérieusement aguichant, au réceptionniste soupçonneux.

Quelle nuit! Je ne veux pas dire qu'elle comportait plus que les habituelles contorsions du Singe avec ses ondoiements de chevelure et ses vocalises passionnées — non, le drame se déroulait dans le même climat d'intensité wagnérienne avec lequel je commençais à me familiariser : c'était ce torrent d'émotions qui était nouveau et fantastique. « Ah, je n'en ai jamais *assez* de toi! », s'écria-t-elle, « est-ce que je suis nymphomane ou bien est-ce que c'est mon alliance? » « Je pensais que c'était peut-être le côté illicite donné par l'auberge. » « Oh c'est quelque chose! Je me sens, je me sens si folle... et si tendre — si passionnément tendre pour toi! Oh chéri. Je crois vraiment que je vais pleurer, et je suis si *heureuse!* »

Le samedi nous montons en voiture jusqu'au lac Champlain, en nous arrêtant tout au long du trajet pour permettre au Singe de prendre des photos avec son Minox; vers la fin de la journée, nous coupons à travers la campagne et descendons à Woodstock, bouche bée d'admiration, poussant des exclamations, exhalant des soupirs, le Singe blotti contre moi. Une fois le matin (dans un champ rempli de hautes herbes près du rivage du lac) nous tenons un congrès sexuel, et puis, le même après-midi, sur une petite route caillouteuse quelque part dans les collines au centre du Vermont, elle me dit, « Oh, Alex arrête-toi, tout de suite, je voudrais que tu me jouisses dans la bouche », et séance tenante elle me fait un pompier, et avec la capote baissée!

Qu'est-ce que j'essaie au juste de communiquer? Simplement que nous commençions à éprouver quelque chose. A éprouver des *sentiments!* Et sans aucun fléchissement de notre fringale sexuelle.

« Je sais un poème », dis-je en parlant un peu comme si j'étais saoul, comme si j'étais prêt à rosser n'importe quel adversaire éventuel, « et je veux te le réciter ».

Elle est pelotonnée au creux de mes genoux, les yeux encore fermés, mon membre mollissant contre sa joue comme un oisillon. « Ah écoute, grogne-t-elle, pas maintenant, je comprends pas les poèmes. »

« Celui-là, tu le comprendras. Il parle de baiser. C'est l'histoire d'un cygne qui s'envoie une jolie fille. »

Elle lève les yeux vers moi, faisant palpiter ses faux cils.

« Oh chouette! »

« Mais c'est un poème sérieux. »

« Oui, mais », dit-elle en me léchant la queue, « c'est un délit sérieux. »

« Oh irrésistibles, spirituelles belles du Sud — surtout quand elles sont *longilignes* comme toi. »

« Te fous pas de ma gueule, Portnoy. Récite-moi ton poème cochon. »

« Porte-Noire », je rectifie, et je commence :

Un choc soudain : les grandes ailes battent encore
Au-dessus d'elle qui vacille, cuisses effleurées
De sombres palmes, la nuque prise dans son bec,
Il l'étreint à son gré, vaincue, sein contre sein.

« Où, demande-t-elle, as-tu appris un truc *pareil?* »

« C'est pas fini : »

Comment ses doigts confus et terrifiés
Pourraient-ils repousser de ses cuisses disjointes
La gloire empanachée?

« Eh! s'écrie-t-elle. Dis donc, des cuisses! »

Comment ce corps gisant sous ce blanc tourbillon
Sentirait-il pas battre contre lui l'étrange cœur?
Dans le creux de ses reins une saccade engendre
Le mur démantelé, le toit, la tour en feu
Et Agammemnon mort.
Ainsi conquise
Ainsi subjuguée par le sang brutal de l'air
A-t-elle acquis sa science avec son pouvoir
Avant qu'un bec indifférent l'ait relâchée?

« Et voilà », dis-je.

Une pause.

« Qu'est-ce qui a écrit ça? » Méprisante. « Toi? »

« L'auteur, c'est William Butler Yeats », dis-je comprenant à quel point j'ai manqué de tact, avec quelle insensibilité j'ai mis l'accent sur le fossé qui nous sépare : je suis intelligent et tu es idiote, voilà ce que cela signifie de réciter à cette femme l'un des trois poèmes que je me trouve avoir appris par cœur au cours de mes trente-trois années d'existence. « Un poète irlandais », j'ajoute, gêné.

« Ah ouais? », dit-elle. « Et où est-ce que tu l'as appris, sur ses genoux? Je savais pas que t'étais irlandais. »

« Au collège, bébé. » D'une fille que je connaissais au collège. Elle m'a aussi appris *La Sève En La Fusée Verte Qui Fait S'élancer La Fleur*. Mais en voilà assez — pourquoi la comparer à une autre? Pourquoi ne pas la laisser *être ce qu'elle est?* Quelle idée! *L'aimer comme elle est!* Dans toute son imperfection — qui après tout *n'est peut-être qu'humaine!*

« Eh ben moi », dit le Singe continuant à jouer les chauffeurs de poids lourds, « j'ai jamais été au collège, moi. » Puis, très plouc du Sud, « Et là-bas par cheu nous à Moundsville, ma choute, le seul poème qu'on avait c'était " J'ai vu Londres, j'ai vu Paris, la culotte de Jane Mary ". Sauf que moi je portais pas de culotte... Tu sais ce que j'ai fait quand j'avais quinze ans? J'ai envoyé une boucle de mes poils du con dans une enveloppe à Marlon Brando. Cette vache-là, il n'a même pas eu la politesse d'accuser réception. »

Silence. Pendant que nous essayons de comprendre ce que deux êtres aussi dissemblables font ensemble — et dans le Vermont encore.

Puis elle demande, « Bon, ça va. Qu'est-ce que c'est, Agammemnon? »

Je lui explique donc, au mieux de mes possibilités. Zeus, Agammemnon, Clytemnestre, Hélène, Pâris, Troie... Oh, je me fais l'effet d'un salaud — et d'un faisan. La moitié de tout ce que je dis, je *sais* que je me fiche dedans.

Mais *elle* est merveilleuse.

« Bon, ça va — maintenant, redis-moi tout ça. »

« Sérieusement? »

« Sérieusement! Encore une fois! Mais nom d'un chien, plus lentement. »

Je récite donc à nouveau mon histoire, et pendant tout ce temps-là mes pantalons sont toujours en accordéon sur le plancher de la voiture et la lumière décline sur le chemin où je me suis garé, hors de vue de la route sous les spectaculaires feuillages. Les feuilles, en fait, tombent dans la voiture. Le Singe a l'air d'un gosse qui s'efforce de résoudre un problème d'arithmétique, mais pas d'un gosse idiot — non, une vive et astucieuse petite fille! Pas stupide du tout! *Cette souris est vraiment très spéciale*, même si je l'ai ramassée *dans la rue!* Et quand j'ai fini, savez-vous ce qu'elle fait? Elle me prend la main, l'attire entre ses jambes et me pousse les doigts vers le haut. Là où Mary Jane ne porte *toujours pas* de culotte. « Tâte. J'en ai la chatte toute mouillée. »

« Chérie ! Tu as compris le poème ! »

« Hé, c'est bien possible », s'écrie Scarlett O'Hara. Puis, « Eh, dis donc, mais oui ! j'ai compris un poème ! »

« Et avec ta motte, encore. »

« Ma planche de salut, chéri ! J'ai la fente géniale grâce à toi ! Oh mon amour, bouffe-moi », s'écrie-t-elle en m'enfonçant ses doigts serrés dans la bouche — et elle m'attire vers son bas-ventre par ma mâchoire inférieure en continuant à crier « Oh mange-la, ma chatte si savante ! »

Idyllique, non? Sous des feuilles rouges et jaunes comme ça?

Dans la chambre à Woodstock, pendant que je me rase pour le dîner, elle se laisse mariner dans l'eau chaude parfumée au Sardo. Quelle force elle a emmagasinée dans cette fragile carcasse — les glorieuses acrobaties qu'elle peut exécuter pendue au bout de mon vit ! On pourrait croire qu'elle va se faire claquer les vertèbres, avec le torse renversé en arrière dans le vide au bord du lit — en pleine extase. Hourrah ! Un ban pour les cours de gym auxquels elle s'est inscrite ! A quel grand jeu j'ai droit ! Quel chopin ! Et pourtant il s'avère qu'elle est aussi un être humain — oui, tout chez elle semble indiquer qu'elle en est un ! *Un être humain!* Et qui peut être *aimé!*

Mais, par *moi?*

Pourquoi pas?

Vraiment?

Pourquoi pas!

« Tu sais quoi », me lance-t-elle de la baignoire, « Mon petit trou a si mal qu'il peut à peine respirer. »

« Pauvre petit trou. »

« Eh, dis donc, si on faisait un bon dîner avec plein de vin et de mousse au chocolat, et puis qu'on remontait ici pour se coucher dans notre grand lit de deux cents ans — et sans baiser ! »

« Comment te sens-tu Arn? » me demande-t-elle plus tard lorsque les lumières sont éteintes. « C'est marrant, non? C'est comme si on avait quatre-vingts ans. »

« Ou huit ans », dis-je. « Écoute, j'ai quelque chose à te montrer. »

« Non, Arnold, *non*. »

Durant la nuit, je me réveillai et l'attirai vers moi.

« Je t'en prie », gémit-elle, « je me réserve pour mon mari. »

« Ça, pour un cygne, c'est de la foutaise, madame. »

« Ah, je t'en prie, je t'en prie, fous-moi la paix. »

« Tâte mes plumes. »

« Ah », exhale-t-elle tandis que je le lui fourre dans la main. « Un cygne juif! Hé! », s'écria-t-elle, et elle m'empoigna le nez de l'autre main. « Le bec indifférent ! Je viens juste de comprendre un peu plus du poème !... C'est pas vrai? »

« Je te jure, tu es une fille merveilleuse ! »

Alors ça, ça lui coupe le souffle. « Oh, c'est vrai? »

« Oui. »

« Vraiment? »

« Oui, oui, oui. Maintenant, je peux te baiser? »

« Oh mon amour, mon chéri », s'écria le Singe, « prends un trou, n'importe lequel, je suis à toi ! »

Après le petit déjeuner, nous nous sommes promenés dans Woodstock avec la joue fardée du Singe collée au bras de mon veston.

« Tu sais quoi? », dit-elle, « je crois que j'ai fini de te détester. »

Tard dans l'après-midi, nous avons pris le chemin du retour, roulant sans arrêt jusqu'à New York pour faire durer le week-end le plus longtemps possible. Après une heure de route, elle prend la W.A.B.C. sur le poste et commence à se trémousser sur son siège au rythme de la musique rock. Puis tout à coup elle déclare, « Ah tout ce bruit me fait chier », et elle coupe la radio.

Ce serait pas merveilleux, dit-elle, si on n'était pas obligés de rentrer?

Ce serait pas merveilleux de vivre un jour à la campagne avec quelqu'un qui vous plairait vraiment?

Ce ne serait pas merveilleux de se lever débordants d'énergie avec le jour et de s'endormir éreintés avec la nuit? Ce ne serait pas merveilleux d'avoir un tas de responsabilités et de passer toute sa journée à faire ce qu'on doit faire sans même se rendre compte que ce sont des responsabilités?

Ce ne serait pas merveilleux de ne pas penser à soi-même pendant des jours entiers, des semaines entières, des mois entiers d'affilée? De porter des vieux vêtements et pas de maquillage, et de ne pas être obligé de jouer les peaux de vache sans arrêt?

Du temps passe. Elle se met à siffler. « Ce serait pas formidable? »

« Quoi encore? »

« D'être adulte, tu comprends? »

« Stupéfiant », dis-je.

« Quoi donc? »

« Près de trois jours de suite et je n'ai eu droit à aucun numéro de pécore, aucun numéro de nana à la Betty Boop, aucun truc du genre minette fana de bop. »

Je la gratifiais d'un compliment, elle s'est jugée insultée.

« C'est pas des " trucs ", c'est pas des numéros — c'est *moi!* Et si mes manières ne sont pas assez bonnes pour toi, eh ben va te faire foutre, Monsieur le Rapporteur. Et ne me piétine pas, veux-tu, simplement parce qu'on se rapproche de cette putain de ville où tu es un mec si *important.* »

« Je voulais simplement dire que tu es plus intelligente que tu ne le parais quand tu veux jouer les affranchies, c'est tout. »

« Des conneries, tout ça. C'est tout simplement impossible à n'importe qui d'être aussi bête que tu crois que je le suis! »

Là-dessus elle s'est penchée en avant pour mettre la radio, les « Good Guys ». Et le week-end aurait aussi bien pu n'avoir pas eu lieu. Elle connaissait les paroles de toutes les chansons. Elle ne ratait pas une occasion de me le faire savoir. « Yé yé yé, yé yé yé ». Une performance remarquable. Un tribut aux lobes du cervelet.

A la nuit tombée, je me suis arrêté dans un restoroute Howard Johnson. « Comme qui dirait si on mangeait », j'ai proposé, « comme qui dirait de la bouffe, comme qui dirait de la graille mec. »

« Écoute, dit-elle, je ne sais peut-être pas ce que je suis, mais toi tu ne sais pas ce que tu veux que je sois non plus ! Et tâche de ne pas l'oublier ! »

« Sensass, mec. »

« Fumier ! Tu vois pas à quoi ressemble ma vie ? Tu te figures que ça me plaît d'être personne ? Tu crois que j'en raffole de mon existence vide ? Je la déteste ! Je déteste *New York!* Je ne veux plus jamais retourner dans cet égout ! Je veux vivre au Vermont, Monsieur le Rapporteur ! Je veux vivre au Vermont avec toi — et être une adulte, si ça veut dire quelque chose ! Je veux être Madame-Quelqu'un-que-je-peux-respecter. Et Admirer ! Et Écouter ! »

Elle s'était mise à pleurer. « Quelqu'un qui n'essaiera pas de me foutre la merde dans le crâne ! Oh je crois que je t'aime, Alex. Je crois vraiment que je t'aime. Oh mais ça me fait une belle jambe ! »

En d'autres termes : est-ce que je croyais peut-être l'aimer ? Je réponds : non. Ce que je pensais (cela va vous amuser), ce que je pensais ce n'était pas, est-ce que je l'aime ? ou même pourrais-je l'aimer ? Mais plutôt : *devrais-je* l'aimer ?

Une fois dans le restaurant, le mieux que je pouvais faire, c'était de lui dire que je souhaitais qu'elle vienne avec moi au dîner de gala du maire.

« Arnold, si on s'offrait un collage ensemble. D'accord? »

« ... C'est-à-dire? »

« Oh, sois pas si *prudent*. C'est-à-dire qu'est-ce que tu crois? *Un collage*. Tu ne te farcis que moi et je ne me farcis que toi. »

« Et voilà tout? »

« Eh ben oui, à peu près. Et puis aussi, je téléphone beaucoup pendant la journée. Pour ça, je suis ravagée — je peux pas dire non plus ravagée? Bon — c'est comme une... *pulsion*, ça va? Enfin, ce que je veux dire c'est que c'est plus fort que moi. Je veux dire que je vais beaucoup t'appeler à ton bureau. Parce que j'aime que tout le monde sache que j'appartiens à quelqu'un. C'est ça que m'ont appris les cinquante mille dollars que j'ai refilés à cet analyste. Enfin, tu comprends, je veux dire, chaque fois que je vais faire un boulot, je vais comme qui dirait t'appeler — pour te dire que je t'aime. Est-ce que c'est cohérent? »

« Bien sûr. »

« Parce que c'est ça ce que je veux vraiment être : cohérente. Oh, ma planche, je t'adore. Maintenant en tout cas. Dis donc » — elle chuchote, « tu veux sentir quelque chose, quelque chose de *vertigineux?* » Elle s'assura que la serveuse n'était pas dans les parages puis se pencha en avant comme pour redresser sous la table la couture d'un bas. Un instant plus tard, elle me tendait le bout de ses doigts. Je les pressai contre mes lèvres. « My Sin », dit le Singe, « directement du producteur au consommateur... Et pour toi! Rien que pour toi! »

Alors vas-y donc! Aime-la! Sois brave! Voici le fantasme qui t'implore de le rendre réel! Si érotique! Si voluptueux! Si somptueux! Un peu voyant peut-être, mais quelle beauté néanmoins! Où nous allons ensemble, nous sommes le point de mire, les hommes ont des regards de convoitise et les femmes chuchotent. Dans un restaurant en ville un soir, j'entends une voix qui dit, « Est-ce que ce n'est pas...? Comment s'appelle-t-elle déjà...? Qui jouait dans la *Dolce Vita?* » Et quand je me détourne, — m'attendant à voir... qui? Anouk Aimée? — je m'aperçois que c'est nous qu'on regarde : que c'est elle, qui est avec moi! Vanité? Pourquoi pas! Au rancart les rougeurs, enterrée la honte, tu n'es plus le vilain petit garçon de ta maman! Sur le plan des désirs, un homme dans la trentaine n'est responsable devant personne que lui-même. C'est ce qui rend si agréable le passage à l'âge adulte! Tu veux prendre? Tu prends! Débauche-toi donc un petit peu, nom d'un chien! CESSE DE TE RENIER TOI-MÊME ! CESSE DE RENIER LA VÉRITÉ !

Ah mais il y a (inclinons-nous), il y a « ma dignité » à considérer, « ma » réputation. Que vont penser les gens? Que vais-je penser, moi? Docteur, Docteur, cette fille a fait ça une fois *pour de l'argent*. De l'argent! Oui! Je crois qu'on appelle ça de la « prostitution »! Une nuit, à titre d'éloge (du moins j'imaginais que je m'inspirais de ce motif) je lui dis, « Tu devrais monnayer tes talents, c'est trop pour un seul homme. » Pur esprit chevaleresque de ma part, vous comprenez... ou intuition peut-être? Toujours est-il qu'elle me répond, « Je l'ai fait. » Du coup je ne l'ai pas laissée en paix jusqu'à ce qu'elle m'ait expliqué ce qu'elle entendait par là; d'abord elle prétendit qu'elle voulait simplement jouer les marioles, mais devant mon contre-interrogatoire elle finit par me raconter cette histoire, dont me frappa le côté authentique, du moins partiellement. Juste après Paris et son divorce, elle avait été expédiée en avion à Hollywood (dit-elle) en vue d'un bout d'essai pour un rôle dans un film (qu'elle n'avait pas obtenu). J'insistai pour savoir le nom du film mais elle prétendit l'avoir oublié, affirma qu'il n'avait jamais été tourné. En revenant à New York de Californie, elle et la fille qui l'accompagnait (« Qui c'était cette fille? » « Une fille. Une amie. » « Pourquoi voyageais-tu avec une autre fille? » « Ben comme ça simplement! ») elle et cette autre fille s'arrêtèrent pour voir Las Vegas. Là elle avait couché avec un type de rencontre, en toute innocence, soutient-elle; pourtant à sa totale surprise, le lendemain matin il lui demanda, « Combien? » Elle dit que ça lui est venu comme ça, simplement, « Ce que ça vaut d'après toi, mon petit père. » Il lui offrit alors trois billets de cent dollars. « Et tu les as pris? », lui demandais-je. « J'avais vingt ans, tu parles si je les ai pris. Pour voir l'impression que ça faisait, simplement. » « Et quelle impression est-ce que ça t'a fait, Mary Jane? » « J'me souviens pas. Rien. Ça ne m'a fait aucune impression. »

Eh bien qu'est-ce que vous dites de ça? Elle prétend que ça ne s'est produit que cette fois-là, il y a dix ans, et même que ce n'est arrivé qu'à la suite d'une conjonction « accidentelle » de sa méprise à lui avec son caprice à elle. Mais est-ce que vous gobez ça? Est-ce que je devrais, moi aussi? Est-il impossible de croire que cette fille ait passé quelque temps à jouer les call-girls à haut tarif? Oh Seigneur! Prends-la, me dis-je, et je ne suis pas plus haut sur l'échelle de l'évolution que les truands et les millionnaires qui choisissent leurs femmes parmi les filles qui lèvent la jambe au Copa. C'est bien le genre de sauterelles qu'on voit d'habitude suspendues au bras d'un membre de la mafia ou d'une vedette de cinéma, mais pas du major 1950 de la promotion du lycée de Weequahic! Pas du rédacteur en chef de la *Columbia Law Review!* Pas du noble champion des libertés civiques! Regardons les choses en face, putain ou pas, c'est une nana transparente, d'accord? Qui la voit en ma compagnie sait exactement ce qui m'attire dans l'existence. Elle est ce que mon père appelait « une poule ». Naturellement! Et puis-je ramener à la maison une poule, Docteur? « Maman, papa, voilà ma femme, la poule. Est-ce que c'est pas une gonzesse du tonnerre? » La prendre totalement pour mienne, voyez-vous, et tout le quartier saura enfin la vérité sur mon sale petit esprit vicieux. Le soi-disant génie sera dévoilé dans toutes ses porcines inclinations et ses désirs ignobles. La porte de la salle de bains s'ouvrira à la volée (elle n'était pas fermée!) et regardez bien, assis devant vous, voilà le sauveur de l'humanité, la bave dégoulinant sur son menton, l'air totalement gaga et sa bite tirant des salves sur l'ampoule électrique ! Un objet de risée, enfin ! Un triste individu ! Un *shande* pour sa famille, à jamais ! Oui, oui, je vois très bien tout ça : pour mes abominations, je me réveille un matin et me retrouve enchaîné à un siège de water en enfer. Moi et tous les autres amateurs de poules du monde — « *Shtarkes* », dira le Diable tandis qu'on nous remet nos impeccables chemises blanc sur blanc, nos cravates de chez Sulka, tandis qu'on nous ajuste nos élégants costumes de soie neufs, « *gantze k'nockers*, gros pontes avec vos femmes aux longues jambes. Soyez les bienvenus. Vous avez vraiment récolté bien des succès dans la vie, mes amis. Vous vous êtes vraiment distingués, c'est certain. Et toi en particulier », dit-il en haussant un sourcil sardonique dans ma direction « Toi qui es entré au lycée à l'âge de *douze* ans, qui as été ambassadeur pour le monde entier, délégué par la communauté juive de Newark » — ah ah, je le savais bien. Ce n'est pas le diable au sens exact du terme, c'est Fat Warshaw, le Rabivéré, mon mastoc et pompeux guide spirituel ! L'homme à la somptueuse diction et à l'haleine Pall Mall ! Le rabbin Ré-vé-ré ! C'est le jour de mon *bar mitzvah*, et je me tiens, timide, à son côté, buvant tout comme du petit lait, bichant comme un pou d'être sanctifié, je vous le garantis. Alexander Portnoy ceci, et Alexander Portnoy cela, et pour vous dire l'absolue vérité, il parle en détachant les syllabes, et change les petits mots en grands et les grands en tirades entières, pour être franc, cela ne m'agace pas autant que d'habitude. Oh, cette matinée ensoleillée du samedi s'écoule en paresseux méandres tandis qu'il récite la liste de mes vertus et de mes réussites aux parents et amis rassemblés, syllabe par syllabe. Mets-leur-en plein la vue, Warshaw, embouche la trompette de ma renommée, ne te presse pas à cause de moi surtout. Je suis jeune, je peux tenir ici debout toute la journée s'il le faut. « ... Fils dévoué, frère aimant, sujet d'élite dans ses études, avide lecteur de journaux (au courant de tous les événements du jour, sait au complet le nom de tous les présidents de la Cour Suprême et le nom de tous les membres du Cabinet, sans compter ceux des leaders de la minorité et de la majorité des deux Chambres du Congrès, sans compter ceux des présidents des plus importantes commissions parlementaires), est entré au lycée de Weequahic, ce garçon, à l'âge de *douze ans*, avec un Q.I. de 158, cent-cin-quan-teu-hui-teu et maintenant », dit-il à la multitude admirative et rayonnante dont je sens l'adoration monter en palpitant vers moi et m'envelopper là sur l'autel — ma parole, je ne serais pas du tout surpris si, à la fin de son laïus, ils me hissaient sur leurs épaules pour me porter en triomphe autour de la synagogue comme la Thora elle-même, pour me trimbaler gravement le long des allées latérales pendant que les congréganistes se bousculent pour poser leurs lèvres sur une partie quelconque de mon costume bleu tout neuf de chez Ohrbach, pendant que les vieux se pressent en avant pour mettre en contact leurs taleths avec mes étincelants souliers de style anglais. « Laissez-moi passer! Laissez-moi toucher! » Et quand j'aurai acquis une réputation mondiale, ils diront à leurs petits-enfants, « Oui, j'étais là, j'ai assisté au *bar mitzvah* du président à la Cour Suprême Portnoy — « un ambassadeur », poursuit le rabbin Warshaw, « maintenant notre ambassadeur extraordinaire » — seulement la musique a changé! Et comment! « Maintenant », me dit-il, « avec la mentalité d'un maquereau! Avec l'échelle des valeurs d'un jockey! Que sont pour lui les sommets de l'expérience humaine? Lui qui entre dans un restaurant avec une *kurveh* à longues jambes à son bras! Une Marie-couche-toi-là en collant haut en bas! » « Oh je vous en prie, Ré-vé-ré, je suis un grand garçon maintenant. Alors tu peux laisser tomber ton édification rabbinique. Elle a tendance à devenir risible à ce stade du jeu. Il se trouve que je préfère la beauté sexy aux laiderons réfrigérants. Alors où est donc le drame? Pourquoi me harnacher comme un gangster de Las Vegas? Pourquoi m'enchaîner à une cuvette de cabinet pour l'éternité? Parce que j'aime une affranchie? » « L'aimer? *Toi?* Tu veux rire! C'est *toi*-même que tu aimes, mon petit. Voilà comment moi je l'épelle! Toi-même! En capitales! Ton cœur n'est qu'un réfrigérateur vide! Ton sang coule en petits cubes! Je m'étonne que tu ne tintes pas quand tu marches! L'affranchie soi-disant — tu parles qu'elle doit l'être, affranchie! — n'était que l'occasion d'un beau numéro de cirque pour ta bite, *et voilà à quoi se résume pour toi toute sa signification, Alexander Portnoy!* Qu'as-tu fait de *ta* promesse! Répugnant! L'amour? Il s'épelle lu-bri-ci-té! Il s'épelle moi-tout-seul! » « Mais je me suis senti chatouillé, au Howard Johnson » — « Dans la pine! Bien sûr! » « Non! » « Si! C'est le seul endroit où tu te sois jamais senti chatouillé de toute ton existence! Pleurnicheur! Gros sac bourré de ressentiment! Allons voyons, tu t'es enlisé en toi-même depuis ta première année de classe, nom d'un chien! » « C'est pas vrai! » « Si! Si! Voilà le fond de la vérité, mon ami! L'humanité souffrante, tu t'en fous comme d'une guigne! ça crève les yeux, mon pote, et n'essaie pas de te dorer la pilule! Regardez donc, tu cries à tes confrères, regardez dans quoi je fourre mon dard — regardez qui je baise : une cover-girl de dix-huit mètres! J'obtiens gratis ce que d'autres paient jusqu'à trois cents dollars! Alors, c'est pas une victoire de l'homme, ça? Et ne va pas prétendre que ces trois cents dollars ne t'émoustillent pas drôlement — parce que c'est bien le cas! Seulement, Portnoy, si tu disais : Regardez ce que j'aime! » « Ah je t'en prie, tu ne lis pas le *New York Times?* J'ai passé toute ma vie d'adulte à prendre la défense des droits des opprimés! J'ai passé cinq ans à l'A.C.L.U. [1], à mener le bon combat pour pra-

1. *A.C.L.U. (American Civil Liberties Union) :* association américaine pour la protection des libertés civiques.

tiquement rien. Et avant cela une Commission du Congrès! Je pourrais faire deux ou trois fois plus d'argent en travaillant à mon compte mais je ne le fais pas! Non! Et maintenant, je viens d'être nommé — vous ne lisez donc pas les journaux! — je suis aujourd'hui Commissaire adjoint à la Promotion de l'Homme! Et je prépare un rapport spécial sur les trafics d'influence dans l'industrie du bâtiment... » « Foutaises, oui! Commissaire à la chatte, voilà ce que tu es! Commissaire de la Compromission de l'Homme! Oh toi l'artiste en branlette! Toi parfait spécimen d'arriéré mental! Tout est vanité, Portnoy, et toi tu décroches la timbale! Cent cinquante-huit points de Q.I. et tout ça balancé au ruisseau! Ah, ça t'a bien servi de sauter ces deux classes à l'école primaire, pauvre cloche! » « *Quoi?* » « Et l'argent de poche que ton père t'envoyait à Antioch College — que le pauvre homme avait tant de peine à économiser! Tous les torts sont du côté des parents, c'est bien ça, Alex? Tout le mal, ils en sont responsables — tout le bien, tu en es le seul auteur! Ane bâté! Cœur de pierre! Pourquoi es-tu enchaîné à un cabinet? Je vais te dire pourquoi : c'est la justice poétique! Pour que tu puisses te bricoler la bite jusqu'à la fin des temps! Pour que tu puisses cracher ton précieux petit dum-dum ad infinitum! Allez vas-y, travaille-toi, commissaire, c'est l'unique chose à laquelle tu te sois jamais consacré du fond du cœur — ta saleté de bite! »

J'arrive en smoking pendant qu'elle est encore sous la douche. Le verrou n'est pas mis à la porte, apparemment pour que je puisse entrer sans la déranger. Elle habite au dernier étage d'un grand immeuble moderne vers la 80e rue Est, et cela m'irrite de penser que n'importe qui circulant dans le couloir pourrait entrer tout aussi bien que moi. Je lui en fais la remarque à travers le rideau de la douche. Elle m'effleure la joue de son petit visage humide. « Pourquoi veux-tu que quelqu'un fasse ça? » dit-elle. « Tout mon fric est à la banque. »

« Ce n'est pas une réponse satisfaisante », je réplique, puis je bats en retraite jusqu'au living-room, m'efforçant de réprimer mon irritation. Je remarque le bout de papier sur la table à café. Il est venu un gosse ici, je me demande. Non, non, je me trouve simplement face à face avec mon premier spécimen de l'écriture du Singe. Un mot destiné à la femme de ménage. Bien qu'au premier coup d'œil j'imagine que ce doit être un mot *de* la femme de ménage. Doit? Pourquoi « doit »? Parce qu'elle est « à moi »?

chair lussi, voulé vou lavé par ter dan la saldebin san zoublié le dedan dé fnete. mary jane r

Trois fois de suite je lis ce billet d'un bout à l'autre et, comme il arrive avec certains textes, chaque lecture me révèle de nouvelles subtilités dans la signification et les incidences des mots, chaque lecture annonce les tribulations à venir qui me tomberont sur le râble. Pourquoi laisser ce « collage » se poursuivre sur sa lancée? A quoi pensais-je donc dans le Vermont! Oh ce *z*, ce *z* pour marquer la liaison — voilà qui révèle un esprit d'une rare profondeur! Et « saldebin »! Tout à fait la façon dont pourrait l'écrire de travers une putain de bas étage! Mais c'est la déformation du mot chère, cette tendre syllabe chargée d'affection et rabaissée du coup au niveau de la stricte matérialité qui me frappe comme désespérément pathétique. A quel point les relations entre les êtres peuvent être artificielles! Cette femme est inéducable et incorrigible. Par contraste avec la sienne, mon enfance s'est déroulée à Boston, parmi les brahmanes. Sous quelle forme nos relations sont-elles payantes? En monnaie de singe! Quel genre d'histoire peut bien s'échafauder entre nous? Une histoire qui ne rime à rien! *Pas* d'histoire du tout!

Les appels téléphoniques, par exemple, je ne peux pas supporter ces coups de fil! Délicieusement puérile, telle je la trouvais lorsqu'elle m'a prévenu qu'elle téléphonait tout le temps

— mais, surprise, elle ne plaisantait pas! Je suis dans mon bureau, les parents indigents d'un enfant psychotique sont en train de m'expliquer que leur rejeton est systématiquement affamé dans un hôpital municipal. Ils sont venus nous trouver pour déposer plainte plutôt que de s'adresser au service hospitalier, parce qu'un brillant avocat du Bronx leur a dit que leur enfant était de toute évidence victime de la discrimination. Si j'en crois le psychiatre en chef de l'hôpital auquel j'ai téléphoné, cet enfant refuse d'ingérer la moindre nourriture — il la prend et la garde dans la bouche pendant des heures, mais il refuse d'avaler. Je dois donc expliquer à ces gens que ni leur enfant ni eux-mêmes ne sont persécutés de la façon et pour les raisons qu'ils imaginent. Ma réponse leur paraît pleine de duplicité. Elle me paraît bien à *moi* pleine de duplicité. Je pense en moi-même, « il avalerait cette nourriture s'il avait *ma* mère » tout en exprimant la compassion que m'inspire leur épreuve. Mais voilà qu'ils refusent de quitter mon bureau avant d'avoir vu « le maire » tout comme un peu plus tôt ils ont refusé de quitter le bureau de l'assistante sociale avant d'avoir vu « le commissaire ». Le père me dit qu'il me fera mettre à la porte ainsi que tous les autres qui portent la responsabilité d'avoir affamé à mort un petit enfant sans défense simplement parce qu'il est portoricain! « *Es contrario a la ley discriminar contra cualquier persona* » — dit-il, lisant dans le petit manuel de conversation bilingue du service — que *j'ai* rédigé moi-même! Et sur ces entrefaites, le téléphone sonne. Le Portoricain m'invective en espagnol, ma mère me menace d'un couteau du fond de mon enfance et ma secrétaire m'annonce que miss Reed aimerait me parler au téléphone. Pour la troisième fois de la journée.

« Tu me manques, Arnold », chuchote le Singe.

« Je crains d'être très occupé en ce moment. »

« Je t'aime, je t'adore. »

« Oui, très bien. On en reparlera un peu plus tard. »

« Si tu savais comme j'ai envie de sentir en moi cette longue pine soyeuse... »

« Bon. Au revoir! »

Qu'y a-t-il d'autre qui cloche chez elle, pendant que nous y sommes? Elle remue les lèvres quand elle lit. Mesquinerie de ma part? Vous croyez? Avez-vous jamais pris place à une table pour dîner en face d'une femme avec qui vous êtes censé vivre une aventure — une personne de vingt-neuf printemps, et regardé ses lèvres bouger pendant qu'elle cherche à la page des programmes le film que vous pourriez aller voir tous les deux? Je sais ce qu'on donne avant même qu'elle me l'ait dit — en lisant sur ses lèvres! Et les livres que je lui apporte, elle les trimbale de boulot en boulot dans son fourre-tout — pour les lire? Non! Pour impressionner une quelconque tantouze de photographe, pour impressionner les passants dans la rue, *les étrangers*, avec son personnage à multiples facettes! Regarde-moi cette fille avec ce cul terrible — qui porte un bouquin! Avec des vrais mots imprimés dedans! Le lendemain de notre retour du Vermont, j'ai acheté un exemplaire de *Let us now praise famous men* — et griffonné sur une carte « A la fille vertigineuse » et l'ai fait emballer d'un emballage-cadeau pour le lui offrir ce soir-là. « Dis-moi les livres qu'il faut lire, tu veux? » Telle est la touchante prière qu'elle m'a faite le soir de notre retour à la ville : « Parce que pourquoi est-ce que je devrais être idiote si comme tu le dis je suis si futée? » Elle avait donc Agee pour commencer et avec les photos de Walker Evans pour la guider dans son effort : un livre destiné à lui parler des débuts de sa propre vie, à élargir ses perspectives sur ses origines (origines exerçant bien entendu une fascination beaucoup plus grande sur le charmant garçon juif de gauche que sur la jeune prolétaire elle-même). Avec quel sérieux j'avais établi ce programme de lecture! Si j'allais lui enrichir l'esprit, et comment! Après Agee, *Dynamite* d'Adamic, mon propre exemplaire jauni datant de l'université;

je l'imaginais profitant des passages que j'avais soulignés comme étudiant, en arrivant à saisir la distinction entre le fondamental et le futile, une généralisation et une illustration, et ainsi de suite. En outre, c'était un livre écrit si simplement que, je l'espérais, sans que je l'y exhorte, elle risquait d'être encouragée à lire non pas simplement les chapitres que je lui avais suggérés, ceux concernant directement son propre passé (tel que je l'imaginais) — la violence dans les charbonnages, commençant avec les Molly Maguire; le chapitre sur les Wobblies [1] — mais aussi l'histoire complète de terreur et de brutalité mise en action par et aux dépens de la classe américaine laborieuse dont elle descendait. Avait-elle jamais lu un livre intitulé *U.S.A.?* Mortimer Snerd : «Don, j'lis jamais rien, m'sieur Bergen.» Je lui achetai donc le Dos Passos dans l'édition de la *Modern Library*, un livre avec une couverture cartonnée. De la simplicité, me disais-je, restons dans la simplicité, mais éducative, édifiante. Ah vous voyez le rêve que je caressais, j'en suis sûr. Les textes? *The Souls of Black Folk* de W.-E.-B. Dubois. *Les Raisins de la Colère. Une Tragédie américaine.* Un livre de Sherwood Anderson que j'aime et dont le titre est *Pauvre Blanc* (titre qui, pensais-je, risquait d'éveiller son intérêt). *Notes of a Native Son* de Baldwin. Le nom de ce cours particulier? Oh, je ne sais pas — « Introduction aux Minorités Humiliées, du professeur Portnoy. » « L'histoire et la fonction de la haine en Amérique. » Le but? Sauver cette *shikse* stupide; la décrasser de l'ignorance de sa race; faire de cette fille de l'oppresseur sans entrailles un être informé sur les souffrances et l'oppression; lui apprendre à s'apitoyer, à saigner un peu sur les malheurs du monde. Vous comprenez maintenant? Le couple parfait : elle remet le *id* dans *Yid*, je remets le *oy* dans *goy*.

1. Membres du Syndicat international des Travailleurs industriels *(I.W.W.) (N.d.T.)*

Où suis-je? Mon smoking sur le dos. Hypercivilisé dans ma tenue de soirée, et « chair lussi » encore grinçante dans ma main tandis qu'émerge le Singe portant la robe qu'elle a achetée tout exprès pour la circonstance. *Quelle* circonstance? Où croit-elle que nous allons? Tourner un film cochon? Docteur, cette robe lui arrive à peine au ras des fesses! Elle est faite de tricot métallique aux mailles de fil d'or et ne recouvre rien qu'un collant de la couleur de sa peau! Et pour couronner ces modestes atours, elle arbore par-dessus sa vraie chevelure une perruque inspirée d'Annie la Petite Orpheline, une énorme auréole de bouclettes noires en tire-bouchon au centre de laquelle pointe cette face bornée couverte de peinture. Quelle méchante petite bouille cela lui donne! Elle sort *vraiment* de la West Virginia! La fille du mineur dans la ville au néon! « Et c'est dans cette tenue, me dis-je, qu'elle va m'accompagner chez le maire? Fringuée comme une strip-teaseuse? « Chère », et elle écrit ça comme une charcutière! Et elle n'a pas lu deux pages du livre d'Agee d'une semaine entière! A-t-elle même seulement regardé les photos! Don, j'en doute fort! Oh quelle erreur, me dis-je, enfonçant son billet dans ma poche à titre de souvenir — je le ferai plastifier le lendemain pour un *quarter* — quelle erreur! C'est une fille que j'ai ramassée dans la rue! Qui m'a fait un pompier avant même de savoir mon nom! A qui il est arrivé de monnayer son cul à Las Vegas sinon ailleurs! Regardez-la simplement — une nana! La nana du rapporteur-adjoint de la commission des droits sociaux! Dans quel rêve suis-je embringué! Vivre avec une fille pareille, pour moi c'est une *totale erreur!* ça ne rime-à-rien! Un gaspillage d'énergie, de caractère et de temps pour tout le monde! »

« Bon alors, dit le Singe une fois dans un taxi, qu'est-ce qui te chiffonne, Max? »

« Rien. »

« Tu détestes ma toilette, hein? »

« Absurde. »

« Chauffeur, Peck and Peck! »

« Tais-toi. Gracie Mansion, chauffeur. »

« Je suis intoxiquée, Alex, par les radiations que tu émets. »

« Je n'émets rien du tout, merde! Je n'ai pas dit un mot. »

« Tu fais tes yeux noirs d'Hébreu, mec, ils le disent pour toi. *Tutti!* »

« Du calme, Singe. »

« Du calme toi-même! »

« Moi je le suis calmé! » Mais ma mâle résolution ne dure guère plus d'une minute. « Seulement pour l'amour du ciel, lui dis-je, ne dis pas le mot con à Mary Lindsay! »

« *Quoi?* »

« Tu as parfaitement entendu. Quand nous arriverons là-bas, ne commence pas à parler de ta chatte qui mouille à la personne qui t'ouvrira la porte! Et attends au moins qu'on ait passé une demi-heure pour sauter sur le *shlong* de Big John, d'accord? »

Là-dessus émane du chauffeur une sorte de sifflement semblable à celui-là de freins à air comprimé — et le Singe dans sa rage se rejette contre la portière arrière. « Je dirai, je ferai et je porterai ce que je veux! On est dans un pays libre, espèce de sale Juif constipé! »

Vous auriez dû voir le regard que nous lança à notre débarquement M. Manny Schapiro, notre chauffeur. « Vicelards bourrés de fric! », il vocifère, « Garce nazie! », et il démarre en brûlant de la gomme.

Nous nous sommes assis sur un banc dans Carl Schurz Park, nous voyons les lumières de Gracie Mansion; je suis des yeux les autres membres de la nouvelle administration qui arrivent, tout en lui caressant le bras, en lui embrassant le front, en lui expliquant qu'il n'y a aucune raison de pleurer, que tout est de ma faute oui oui, que je suis un sale Juif constipé, et que je m'excuse, je m'excuse, je m'excuse.

« Toujours à me chercher des crosses — rien qu'à ta façon de me regarder tu me cherches des crosses, Alex! J'ouvre la porte le soir, je *meurs* d'envie de te voir, j'ai fait que penser à toi toute la journée et voilà ces putains de billes d'agate qui cherchent déjà sur moi les plus petits trucs qui ne collent pas! Comme si j'étais pas assez angoissée, comme si l'angoisse n'était pas ma bête noire, on voit cette expression s'étaler sur ta figure à la seconde où j'ouvre la bouche — c'est vrai, je peux même pas te donner l'heure sans que tu me lances *ce regard :* oh merde, encore une de ces remarques à la con de cette poufiasse. Je dis, " Il est sept heures moins cinq ", et toi tu penses, " Qu'est-ce qu'elle peut trimbaler, la connarde! " Eh ben je ne suis pas si idiote, et je ne suis pas une poufiasse non plus, simplement parce que je ne suis pas passée par ton Harvard de merde! Et ne me fais plus chier avec tes histoires de bien se tenir devant *les Lindsay*. Et qui c'est au juste ça, *les Lindsay*, merde? Un maire à la gomme et sa femme! Un maire de chiotte! Au cas où tu l'aurais oublié, j'ai été la femme d'un des hommes les plus riches de France *quand je n'avais que dix-huit ans* — j'ai été invitée à dîner chez Ali Khan, moi, quand t'étais encore au fond de ton Newark, New Jersey, à tripatouiller tes petites copines juives! »

Était-ce l'idée que je me faisais d'une histoire d'amour, m'a-t-elle demandé, secouée de sanglots pitoyables. Cette façon de traiter une femme comme une lépreuse?

Je voulais lui dire, « Eh bien, ce n'est peut-être pas une histoire d'amour. C'est peut-être ce qu'on appelle une erreur. Peut-être que nous devrions partir chacun de notre côté, sans nous garder rancune », mais je ne l'ai pas fait! De peur qu'elle ne tente de se suicider! N'avait-elle pas cinq minutes plus tôt essayé de se jeter par la portière du taxi? Alors, supposons que j'aie dit, « Écoute, Singe, c'est fini », qu'est-ce qui l'aurait empêchée de se précipiter à travers le parc et de sauter dans l'East River? Docteur, vous devez me croire, c'était une réelle possibilité — voilà pourquoi je n'ai rien dit; et puis elle avait noué ses bras autour de mon cou et, oh, elle disait tant de choses. « Je t'aime, Alex! Je suis folle de toi, je t'adore! Alors, ne me laisse pas tomber, je t'en prie! Parce pue je ne pourrais pas le supporter! Parce que tu es vraiment le meilleur de tous ceux, hommes, femmes ou enfants, que j'aie jamais connus! Le meilleur de tout le règne animal! Oh chéri, tu as un grand cerveau et une grande bite, et je t'aime! »

Et alors, sur un banc, à soixante mètres au plus de la demeure *des Lindsay*, elle a enfoui sa perruque entre mes genoux et s'est mise en devoir de me sucer. « Non, Singe, non », je l'ai suppliée, tandis qu'elle faisait coulisser avec passion la fermeture éclair de mon pantalon noir, « il y a des flics en civil partout! », faisant allusion à la garde permanente de Gracie Mansion et de ses environs. « Ils vont nous agrafer, ça va faire un scandale public — *Singe, les flics!* » Mais, détournant ses lèvres dévoreuses de ma braguette ouverte, elle a murmuré, « Seulement dans ton imagination » (réplique non dépourvue de subtilité si elle se voulait subtile) puis elle a plongé à nouveau, petit animal à fourrure à la recherche d'un gîte. Et m'a dompté avec sa bouche.

Pendant le dîner, je l'entendis qui racontait au maire qu'elle posait comme mannequin pendant la journée et suivait le soir des cours à Hunter. Pas un mot de son con, pour autant que je pus en juger. Le jour suivant, elle se rendit à Hunter et le soir même, à titre de surprise, me montra le formulaire qu'on lui avait donné au bureau des inscriptions. Ce qui lui valut mes éloges. Et qu'elle ne remplit jamais, bien entendu — sinon pour y noter son âge : vingt-neuf ans.

Un fantasme du Singe, datant de ses années de classe à Moundsville, la rêverie dans laquelle elle vivait pendant que les autres apprenaient à lire et à écrire :

Autour d'une grande table de conférence, assis au garde-à-vous, sont alignés tous les garçons de West Virginia qui aspirent à entrer à West Point. Sous la table, rampant à quatre pattes, et nue, se trouve notre grande bringue d'adolescente illettrée, Mary Jane Reed. Un colonel de West Point, armé d'une badine qu'il agite dans le dos, à petits coups secs, ne cesse de décrire des cercles autour du périmètre de la table, scrutant les visages des jeunes gens, tandis qu'invisible, Mary Jane s'affaire à débraguetter leurs pantalons et à pomper le nœud de chacun des candidats tour à tour. Le garçon sélectionné pour être admis à l'école militaire sera celui qui saura le mieux conserver une martiale attitude, imperturbable et digne, tout en déchargeant dans ce chausse-trappe sauvage et savant qu'est la petite bouche de Mary Jane.

Dix mois. Incroyable. Car durant tout ce temps, pas un jour — très probablement pas une heure — ne s'est écoulé sans que je me demande, « Pourquoi continuer avec cette fille? Cette créature dégradée! Cette souris vulgaire, tourmentée, toujours à se dénigrer, ahurie, déboussolée, dépersonnalisée » — et ainsi de suite. La liste était inépuisable, je la passais en revue interminablement. Et de me rappeler la facilité avec laquelle je l'avais ramassée dans la rue (le triomphe sexuel de mon existence!) eh bien, j'en grognais de dégoût. Comment puis-je m'entêter à rester avec un être dont je suis incapable de respecter l'intellect, le jugement ou la conduite? Qui déclenche en mon for intérieur chaque jour des explosions de désapprobation et chaque heure des tempêtes de remontrances! Et les sermons que je lui fais! Oh, quel maître d'école je suis devenu. Quand elle m'a acheté ces mocassins italiens pour mon anniversaire par exemple — je lui ai servi une de ces conférences!

« Écoute », je lui ai dit une fois sorti du magasin, « un petit conseil pour ton shopping : quand tu entreprends de faire quelque chose d'aussi simple que d'échanger de l'argent contre une marchandise, il n'est pas nécessaire d'exhiber ta fente à tous ceux qui se trouvent de ce côté-là de l'horizon. *D'accord?* »

« Exhiber quoi? Qui a exhibé quelque chose? »

« Toi, Mary Jane. Tes soi-disant parties intimes! »

« C'est pas vrai! »

« Ah écoute je t'en prie, chaque fois que tu te levais, chaque fois que tu te rasseyais, je croyais que tu allais t'accrocher par la chatte au nez du vendeur. »

« Ça alors, enfin faut bien que je m'asseye, faut bien que je me lève, non? »

« Mais pas comme si tu sautais sur un cheval ou que tu en descendais! »

« Franchement je ne vois vraiment pas ce qui te tracasse — d'ailleurs, c'était une pédale. »

« Ce qui me tracasse, c'est que l'espace compris entre tes cuisses a maintenant été vu par plus de gens que tous les spectateurs de Huntley Brinkley réunis! Alors pourquoi ne pas tirer ta révérence pendant que tu es encore la championne, hein, d'accord? »

Et pourtant, tout en formulant mon accusation, je me dis à moi-même, « Ah, laisse tomber, enfant modèle! Si tu veux une grande dame au lieu d'un con, va te la chercher toi-même. Qu'est-ce qui te retient ici? » Car cette grande cité, comme nous le savons, regorge de filles aux antipodes de miss Mary Jane Reed, des jeunes femmes pleines de promesses, non entamées, non contaminées — aussi saines en fait que des vachères. Je le sais bien, moi, parce que ce sont elles qui l'ont précédée. Elles ne m'ont guère donné satisfaction non plus. Elles aussi n'étaient pas ce qu'il fallait. Spielvogel, croyez-moi, j'ai vu ça de près, j'en ai fait l'expérience : j'ai goûté leur fricot et je me suis rasé dans leurs chiottes, j'ai eu droit au double des clés de leurs verrous de sûreté, à des rayons pour moi tout seul dans les étagères de leur armoire à pharmacie, j'ai même sympathisé avec leur chat — qui s'appelait Spinoza, ou Clytemnestre, ou Candide, ou Le Chat — des filles astucieuses et érudites, fraîchement enrichies d'expériences sexuelles réussies et de diplômes cueillis dans la fine fleur des universités, des filles vivantes, intelligentes, pleines de dignité, d'assurance et d'aisance — des assistantes sociales et des chargées de recherches, des enseignantes et des secrétaires de rédaction, des filles en compagnie desquelles je ne me sentais ni méprisable ni honteux, des filles vis-à-vis desquelles je n'avais pas à jouer les pères ou les mères, que je n'avais ni à éduquer ni à racheter. Et elles n'ont rien donné non plus!

Ma petite amie à Antioch, Kay Campbell — pouvait-il exister une personne plus exemplaire? Sans artifices, d'une douceur parfaite, dépourvue de toute trace de morbidité ou d'égoïsme, un être totalement louable et digne d'estime. Et où est-elle maintenant, cette trouvaille! Salut, Citrouille! En train de faire à quelque heureux *shaygets* une existence de rêve, là-bas au cœur de l'Amérique? Comment pourrait-il en être autrement? Responsable du bulletin littéraire, sortie avec tous les honneurs en littérature anglaise, présente dans le piquet de grève que mes amis révoltés et moi avions établi devant cette boutique de coiffeur de Yellow Springs où l'on refusait de couper les cheveux à un Noir — une fille robuste, gaie, au grand cœur, au grand cul, avec un doux visage de bébé, des cheveux jaunes, pas de seins, malheureusement (il semble que le destin me voue essentiellement aux femmes sans seins — à propos, pendant que j'y suis, pour quelle raison? Puis-je trouver quelque part une étude à lire sur ce sujet? Cela présente-t-il quelque importance? Ou continuerai-je comme ça?) ah, et ces jambes rustiques! Et la blouse toujours sortie de sa jupe et flottant sur sa croupe. Comme j'étais ému par ce côté enjoué! Et par le fait que sur des hauts talons elle avait l'air d'un chat coincé en haut d'un arbre, en situation critique, hors de son élément, complètement fourvoyée. Toujours la première des nymphes d'Antioch à venir aux cours pieds nus au printemps. La « Citrouille », tel est le nom que je lui ai donné en l'honneur de sa pigmentation et des dimensions de son pétard. Et aussi pour sa solidité : ferme comme une calebasse sur les questions de principes moraux, d'un superbe entêtement que je ne pouvais qu'envier et adorer.

Jamais elle n'élevait la voix au cours d'une discussion. Pouvez-vous imaginer l'impression que cela put me causer à dix-sept ans, frais émoulu que j'étais du groupe de débats Jack and Sophie Portnoy? Qui avait jamais entendu parler d'une telle conception de la controverse? Elle ne ridiculisait jamais son adversaire! Ne semblait jamais le haïr pour ses idées! Ah ah, voilà donc ce que cela signifie d'être une enfant de *goyim*, sortie première d'un collège d'Iowa et non du New Jersey; oui, voilà les qualités qu'ont les *goyim* quand ils en ont. L'autorité sans l'acrimonie. La vertu sans l'autosatisfaction. La confiance sans la hâblerie ou la condescendance. Allons, soyons juste et accordons aux *goyim* ce qui leur est dû : quand ils font impression, ils font vraiment de l'impression. Si *solides!* Oui, voilà ce qui m'hypnotisait — la cordialité, la santé; en un mot sa citrouilleté. Ma *shikse* si salubre et fessue, sans rouge à lèvres et pieds nus, où es-tu aujourd'hui, Kay-Kay? Mère de combien d'enfants? As-tu vraiment pris du lard? Ah, et puis après! En admettant que tu sois grosse comme une maison — il faudrait mettre sous vitrine un personnage comme toi! De loin le meilleur de tout le Middle West, *alors pourquoi l'ai-je laissée partir?* Oh j'y viendrai à cette question, ne vous inquiétez pas, au premier tournant de la mémoire me guette l'autolacération. Entre-temps, laissez-moi regretter un peu sa présence matérielle. Cette peau crémeuse! Cette chevelure flottant librement! Et cela se passe au début des années cinquante, avant que les cheveux flottants deviennent à la mode! C'était simplement *naturel* alors, Docteur. Ample et ronde, Kay dorée de soleil! Je veux bien parier qu'une demi-douzaine de gosses se cramponnent à l'imposant arrière-train de cette fille (si différent du cul de mannequin du Singe, tenant au creux de la main!). Je veux bien parier que tu cuis ton pain toi-même, pas vrai? (Comme tu l'avais fait par cette brûlante soirée de printemps dans mon appartement de Yellow Springs, en combinaison courte et soutien-gorge, avec de la farine dans les oreilles et la racine de tes cheveux emperlée de transpiration — tu te souviens? Tu voulais me montrer, en dépit de la température, quel était le goût du vrai pain. Tu aurais pu utiliser mon cœur en guise de pâte, je le sentais tendre à ce point!) Je veux bien parier que tu vis quelque part où l'air n'est pas vicié et où personne ne ferme sa porte à clé — et que tu te fous toujours éperdument de posséder du fric ou quoi que ce soit. Hé, moi aussi je m'en fous, Citrouille, et je suis toujours aussi peu entamé par ces questions-là et tous les soucis petit-bourgeois du même ordre! Oh fille si parfaitement mal proportionnée! Toi tu n'es pas un mannequin d'un kilomètre de long! Elle n'avait pas de seins, et alors? Légère comme un papillon entre la cage thoracique et le cou mais plantée comme une oursonne au-dessous! *Enracinée*, voilà où je voulais en venir! Reliée par ses jambes de poseur de lignes télégraphiques à cette terre américaine!

Vous auriez dû entendre Kay Campbell quand nous allions faire du porte à porte dans le Greene County en faveur de Stevenson quand nous étions en deuxième année. Confrontée avec l'étroitesse d'esprit républicaine la plus effarante, une mesquinerie et une bassesse propres à vous détraquer totalement la cervelle, la Citrouille restait toujours d'une parfaite courtoisie. Moi, j'étais un barbare. Peu importait l'absence de passion avec laquelle je commençais (ou la condescendance, car c'était ainsi qu'elle s'exprimait) je piquais invariablement des suées doublées de crises de rage, ricanant, insultant, condamnant, nez à nez avec ces gens terribles et sordides, traitant leur bien-aimé Ike de nullité politique et morale — et sans doute suis-je plus responsable que quiconque du grave échec d'Adlaï en Ohio. La Citrouille cependant accordait une attention si courtoise et soutenue aux points de vue de l'opposition que je m'attendais parfois à la voir se tourner vers moi pour me dire, « Mais tu sais Alex, je crois que M. Duchnock a raison — je crois qu'il est peut-être trop coulant avec les communistes. » Mais non, quand la dernière idiotie avait été proférée sur les idées « socialisantes » ou « bolchevisantes » de notre candidat, quand avait été prononcée la condamnation finale de son sens de l'humour, la Citrouille entreprenait cérémonieusement et (exploit sublime!) sans la moindre nuance de sarcasme — on aurait pu la prendre pour l'arbitre d'un concours de pâtisserie tant elle combinait parfaitement la sobriété et la bonne humeur — elle entreprenait de rectifier les erreurs de fait et de raisonnement de Duchnock et même d'attirer l'attention sur le côté étriqué de sa moralité. Préservée de la tendancieuse syntaxe de l'Apocalypse ou du vocabulaire mal embouché de la fureur, ignorant la lèvre trempée de sueur, la gorge contractée et assoiffée d'air, la rougeur du dégoût sur le front, il se peut même qu'elle ait fait balancer une demi-douzaine de personnes dans le comté. Mon Dieu oui, cette fille était l'une des grandes *shikses*. J'aurais pu beaucoup apprendre en passant le reste de mon existence avec un être pareil. Oui, j'aurais pu — en admettant que je fusse capable d'apprendre quelque chose! En admettant que je pusse être d'une façon ou d'une autre arraché à cette obsession de la fellatio et de la fornication, à mon goût pour l'aventure, les fantasmes et la vengeance — pour les règlements de compte! La poursuite des rêves! Pour cette fidélité absurde et sans espoir au lointain passé!

En 1950, dix-sept ans à peine, et Newark à deux mois et demi derrière moi (enfin, pas exactement « derrière » : le matin, je me réveille au dortoir, dérouté par la couverture si peu familière sous ma main et la disparition de l'une de « mes » fenêtres; oppressé et angoissé durant de longues minutes par la transformation imprévue que ma mère a fait subir à ma chambre) — j'accomplis l'acte le plus ouvertement osé de ma vie; au lieu de rentrer chez moi pour mes premières vacances du collège, je prends le train pour l'Iowa où je vais passer *Thanksgiving* avec La Citrouille et ses parents. Jusqu'en septembre, je n'étais jamais allé vers l'ouest au-delà du lac Hopatcong dans le New Jersey — maintenant, me voilà parti pour l'Iowa! Et avec une blonde! De religion chrétienne! Qui est le plus stupéfié de cette désertion, ma famille ou moi? Quelle audace! Ou bien ne suis-je pas plus audacieux qu'un somnambule?

La maison blanche en bardeaux où La Citrouille a grandi aurait pu être le Taj Mahal à en juger par les émotions qu'elle déclencha en moi. Balboa, peut-être, sait ce que j'ai ressenti en apercevant pour la première fois la balancelle accrochée au plafond du porche d'entrée. *Elle a été élevée dans cette maison. La fille qui m'a laissé dégrafer son soutien-gorge et me frotter contre elle à la porte du dortoir a grandi dans cette maison blanche. Derrière ces rideaux* goyische! *Voyez, des volets!*

« Papa, maman », déclare La Citrouille lorsque nous débarquons à la gare de Davenport, « voici l'invité du week-end, ce camarade de classe dont je vous ai parlé dans mes lettres... ».

Je suis quelque chose qu'on appelle « l'invité du week-end »? Je suis quelque chose qu'on appelle « un camarade de classe »? Quelle langue parle-t-elle donc? Je suis « le *bonditt*, le *vantz* », je suis le fils de l'agent d'assurances. Je suis l'ambassadeur de Warshaw! « Comment allez-vous, Alex? » A quoi je réponds, bien entendu, « Merci. » Quoi que l'on puisse me dire durant mes premières vingt-quatre heures en Iowa, je réponds « Merci ».

Même aux objets inanimés. Je bute dans une chaise et aussitôt lui dis, « Excusez-moi, merci. » Je laisse tomber ma serviette de table par terre, me penche, rougissant, pour la ramasser, « Merci », m'entends-je dire à la serviette, ou bien est-ce au plancher que je m'adresse? Ma mère ne serait-elle pas fière de son petit gentleman? Poli même avec le mobilier?

Et puis il y a l'expression « Bonjour », du moins me l'a-t-on dit; elle ne m'a jamais été particulièrement utile. Pourquoi l'aurait-elle été? Au petit déjeuner chez moi, je suis en fait connu des autres pensionnaires sous le nom de « M. Pisse-Vinaigre » et « La Rouscaille ». Mais soudain, ici en Iowa, à l'imitation des habitants locaux, je suis transformé en un véritable geyser de bonjours. C'est tout ce que savent dire les gens dans cet endroit — ils reçoivent les rayons du soleil sur leurs visages et cela déclenche tout simplement une sorte de réaction chimique : Bon*jour*, *Bon*jour! modulé sur une demi-douzaine de tons différents! Là-dessus, ils se demandent les uns aux autres « s'ils ont bien dormi ». Et ils me le demandent à moi! Est-ce que j'ai bien dormi? Je n'en sais trop rien, il faut que je réfléchisse, — cette question me prend un peu par surprise. Est-ce Que J'ai Bien Dormi? Eh bien, ma foi, oui, je crois. Dites donc, — et vous? « Comme une bûche », répond M. Campbell. Et pour la première fois de ma vie, j'expérimente la pleine force d'une métaphore dans sa totalité. Cet homme, qui est agent immobilier, qui fait partie du conseil municipal de Davenport, dit qu'il a dormi comme une bûche, et *je vois* effectivement une bûche. J'y suis! Immobile, pesant, *comme une* bûche! « Bonjour », dit-il et il me vient maintenant à l'idée que le mot « jour », tel qu'il l'utilise, désigne spécifiquement les heures comprises entre huit heures du matin et huit heures du soir. Je n'y avais encore jamais songé sous cette forme. Il veut que les heures entre huit heures du matin et huit heures du soir soient *bonnes*, c'est-à-dire plaisantes, agréables, bénéfiques. Nous nous souhaitons tous les uns aux autres douze heures de plaisir et de réussite. Mais c'est formidable, ça! C'est drôlement gentil, ma parole! Bonjour! Et il en est de même pour « bonsoir » et « bonne nuit ». Mon Dieu! Le langage est une *forme de communication!* La conversation n'est pas qu'un simple échange de feux croisés où l'on canarde et où l'on se fait canarder! Où il faut plonger à plat ventre pour sauver sa peau et ne penser qu'à tuer! Les mots ne sont pas seulement des bombes et des balles, — non, ce sont des petits cadeaux, chargés de *signification!*

Attendez, je n'ai pas fini — comme si l'expérience consistant à se trouver du côté intérieur de ces rideaux *goyische* et non à l'extérieur n'est pas assez confondante, comme si l'incroyable expérience consistant pour moi à souhaiter des heures et des heures de plaisir à toute une maisonnée de *goyim* n'est pas une source suffisante de stupeur, il y a, pour parfaire l'extase du dépaysement, le nom de la rue où se trouve la maison des Campbell, la rue où *ma* petite amie a grandi! sauté à la corde! patiné! joué à la marelle! fait de la luge! et pendant tout ce temps-là, je rêvais de son existence à quelque deux mille cinq cents kilomètres de là, dans ce qu'on me dit être le même pays. Le nom de la rue? Pas Xanadu, non, mieux encore, oh, de loin plus insensé : *des Ormes*. Des ormes! C'est comme si, voyez-vous, j'avais traversé la bande de sélection des stations en celluloïd orange de notre vieux Zénith pour déboucher droit dans l'émission « One Man's Family ». La rue des Ormes. Où des arbres poussent — qui doivent être des ormes!

En toute sincérité, je dois reconnaître que je ne suis pas capable de tirer une telle conclusion aussitôt descendu de la voiture des Campbell le mercredi soir : après tout, il m'a fallu dix-sept ans pour reconnaître un chêne, et encore suis-je toujours perdu sans les glands. Ce que je vois de prime abord dans un paysage, ce n'est pas la flore, croyez-moi, c'est la faune, l'antagonisme humain; qui baise et qui se fait baiser. La verdure, je la laisse aux oiseaux et aux abeilles, ils ont leurs soucis, j'ai les miens. Chez nous, qui sait le nom de ce qui pousse au milieu du trottoir devant notre maison? C'est un arbre — et voilà tout. L'espèce n'a aucune importance, qui s'inquiète de son espèce, tant qu'il ne vous dégringole pas sur la tête? En automne (ou bien est-ce au printemps? Vous vous y connaissez là-dedans? Je suis à peu près sûr que ça n'est pas en hiver), de ses branches tombent de longues cosses en forme de croissant contenant des petites boules dures. Bon. Voilà un fait scientifique concernant notre arbre, émis par le truchement de ma mère, Sophie von Linné : si vous soufflez une de ces boulettes dures dans un chalumeau, vous pouvez crever l'œil de quelqu'un et le rendre aveugle pour la vie. (ALORS NE FAIS JAMAIS ÇA ! MÊME POUR PLAISANTER! ET SI ON TE LE FAIT, TU VIENS ME LE DIRE TOUT DE SUITE!) Telle est, plus ou moins, la teinture de botanique que j'ai pu acquérir jusqu'à ce dimanche après-midi où nous quittons la maison Campbell pour nous rendre à la gare et je fais mon expérience d'Archimède : la rue des Ormes... donc... des *ormes!* Comme c'est simple! Je veux dire, inutile d'avoir un Q.I. de 158 points, inutile d'être un génie pour saisir la signification de ce monde. Tout ça est tellement simple, vraiment!

Un week-end mémorable dans mon existence, équivalant dans l'histoire de l'homme, dirais-je, à la traversée par l'humanité de l'Age de Pierre dans sa totalité. Chaque fois que M. Campbell appelait sa femme « Mary », j'avais une brusque poussée de fièvre. J'étais là, à manger dans des assiettes qui avaient été touchées par les mains d'une femme nommée *Mary*. (Est-ce pour cette raison que j'éprouvais une telle répugnance à appeler le Singe par son nom, sinon pour la morigéner? Non?) S'il vous plaît, je prie dans le train qui file vers l'ouest, faites qu'il n'y ait pas d'images de Jésus-Christ dans la maison des Campbell! Que je puisse passer ce week-end sans être obligé de voir son *punim* pathétique, — sans avoir affaire à quiconque porteur d'une croix. Quand les oncles et les tantes vont venir pour le dîner de Thanksgiving, je vous en prie, faites qu'il n'y ait pas d'antisémites parmi eux! Parce que si quelqu'un commence à déblatérer sur « ces pignoufs de Juifs » ou prononce le mot « youpin » ou « enjuivé », — eh bien, moi je les enjuiverai drôlement, je leur enjuiverai leurs putains de dents au fond de la gorge! Non, pas de violence (comme si j'en avais jamais été capable), qu'ils soient violents *eux*, c'est *leur* façon d'être. Non, je me lèverai de mon siège — et *(vuh den?)* je ferai un discours! Je les abreuverai de honte et d'humiliation dans leurs cœurs de cagots! Je citerai la Déclaration d'Indépendance au-dessus de leurs patates douces! Qui sont-ils donc, ces enculés, je demanderai, pour s'imaginer que Thanksgiving leur appartient!

Là-dessus, à la gare, son père me demande, « Comment allez-vous, jeune homme? » et bien entendu, je réponds « Merci. » Pourquoi se montre-t-il si aimable? Parce qu'il a été prévenu (et je ne sais pas si je dois le prendre comme une insulte ou une bénédiction) ou parce qu'il ne sait pas encore? Vais-je le dire, alors, avant même que nous montions dans la voiture? Oui, il le faut! Je ne peux pas continuer à vivre ainsi dans le mensonge! « Eh bien, c'est rudement agréable d'être ici à Davenport, M. et Mme Campbell, avec ça que je suis un Juif et le reste... » Pas tout à fait assez mordant, peut-être. « Eh bien, en tant qu'ami de Kay, M. et Mme Campbell, et en tant que Juif, je tiens vraiment à vous remercier de m'avoir invité. » Assez tourné autour du pot! Quoi alors? Parler yiddish? *Comment?* Je connais vingt-cinq mots en tout — la moitié sont dégueulasses et les autres, je les prononce de travers! Merde, boucle-la, tout simplement, et monte dans la voiture. « Merci, merci », dis-je en ramassant ma valise et nous nous dirigeons tous vers le break.

Kay et moi montons à l'arrière, *avec le chien*. Le chien de Kay! A qui elle parle comme s'il était humain! Mince alors, c'est vraiment une *goy!* Quelle idiotie, de parler à un chien —

sauf que Kay n'est pas idiote! En fait, je la crois même plus intelligente que moi. Et pourtant, elle parle à un chien? « En ce qui concerne les chiens, M. et Mme Campbell, nous autres Juifs dans l'ensemble... » — Oh, laisse tomber, c'est pas la peine. Tu oublies de toute façon (ou tu essaies de toutes tes forces) cet éloquent appendice appelé ton nez. Sans parler de ta tignasse Afro-Juive. Bien sûr qu'ils savent. Désolé, mais on n'échappe pas à son destin, *bubi*. Le cartilage d'un homme scelle sa destinée. *Mais je ne veux pas échapper*. Eh bien, tant mieux, — parce que tu ne peux pas. *Oh, mais si, je peux — si je voulais!* Mais tu as dit que tu ne voulais pas. *Et si je voulais!*

Dès que je suis entré dans la maison, je commence (sournoisement et à ma propre surprise, en un sens) à renifler. Quelle va être l'odeur? Celle de la purée de pomme de terre? D'une robe de vieille dame? Du ciment frais? Je renifle, je renifle, m'efforçant de distinguer les effluves. Voilà! Est-ce que c'est ça, est-ce la Chrétienté que je flaire, ou seulement le chien? A tout ce que je vois, goûte, touche, je pense « *Goyish!* » Le premier matin, j'expédie, en pressant le tube, un bon centimètre de Pepsodent dans le lavabo plutôt que de toucher de ma brosse à dents la pâte que la mère de Kay ou son père ont peut-être effleurée des poils des leurs dont ils se frottent leurs molaires *goyische*. Véridique! Le savon sur le lavabo est tout mousseux d'une écume laissée par les mains de quelqu'un. De qui? Celles de *Mary?* Dois-je le prendre tout simplement et commencer à me laver, ou d'abord peut-être faire couler un peu d'eau dessus, par précaution? Mais précaution contre *quoi?* Alors, connard, il te faudrait peut-être un autre savon pour laver celui-là! Je gagne les cabinets sur la pointe des pieds, jette un coup d'œil dans la cuvette. « Eh bien, voilà, mon petit vieux, une véritable cuvette de cabinets *goyische*. Le modèle du genre. Où le père de ta petite amie laisse choir ses étrons de Gentil. Qu'est-ce que tu en penses, hein? Plutôt impressionnant. » Obsédé? Ensorcelé!

Je dois décider ensuite si je vais ou non tapisser le siège de papier. Ce n'est pas une question d'hygiène, je suis sûr que cet endroit est propre, impeccable, antiseptique à sa façon *goy* particulière : le problème est ailleurs. S'il était encore chaud d'un derrière Campbell — de sa mère! *Mary!* Mère également de Jésus-Christ! Ne serait-ce que par égard pour ma famille, je devrais peut-être mettre un peu de papier sur le pourtour du siège; ça ne coûte rien et qui le saura?

Moi! Moi je le saurai! Je m'assieds donc — et le siège *est* chaud! Aïe, dix-sept ans et je suis à cul et à toi avec l'ennemi! Quel chemin j'ai parcouru depuis septembre! *Auprès des eaux de Babylone, là nous nous sommes assis et nos larmes ont coulé au souvenir de Sion!* Oui, comme vous dites! Sur la chiotte, je suis assailli par le doute et le regret et du fond de mon cœur je languis soudain du désir d'être chez moi... Quand mon père va partir en voiture pour aller acheter « du vrai cidre de pommes » à ce marché rural d'Union en bordure de la route, je ne serai pas avec lui! Et comment Hannah et Morty peuvent-ils se rendre au match Weequahic-Hillside le matin de Thanksgiving sans que je sois avec eux pour les faire rire? Bon Dieu, j'espère qu'on va gagner (autrement dit, perdre par moins de 21 points). Écrasez Hillside, bande de salopards! Double V, double E, QUAHIC! Bernie, Sidney, Leon, « Ushie », allez, l'arrière, DU NERF!

You You nous les Youpins
Tout l'monde nous traite comme des chiens
Nous l'équipe de Weequahic
You You nous les Youpins
Kish mir in tuchis
Nous l'équipe de Weequahic!

Allez, tenez la ligne, marquez le point, foncez-leur dans les *kishkas*, allez, l'équipe, allez!

Voyez-vous, je manque cette occasion de montrer mon astuce

et mon sens de la répartie dans les tribunes! De faire étalage de mon esprit moqueur et sarcastique! Et après le match, je manque le traditionnel repas de Thanksgiving préparé par ma mère, cette rouquine constellée de taches de son qui descend de Juifs polonais! Oh, comme le sang va leur refluer du visage, quel silence de mort va s'appesantir quand elle brandira l'énorme pilon et s'écriera, « Voilà! pour devinez qui? » et que l'on s'apercevra que Devinez-qui est porté déserteur. Pourquoi ai-je abandonné ma famille? Peut-être qu'autour de la table nous n'évoquons pas un tableau de Norman Rockwell, mais nous nous payons aussi du bon temps, ne vous en faites pas! Nous ne remontons pas jusqu'au Plymouth Rock, nul Indien à notre connaissance n'a jamais apporté de maïs à un membre de notre famille — mais humez un peu le fumet de cette farce! Et regardez-moi ça, des bols de sauce aux airelles à *chaque* extrémité de la table! Et le nom de la dinde, « Tom »! Pourquoi alors ne puis-je croire que je mange mon dîner en Amérique, que l'Amérique est bien là où je suis, et non quelque part ailleurs où je me rendrai un jour, tout comme mon père et moi devons nous rendre chaque mois de novembre chez ce cul-terreux et sa femme à Union, en New Jersey (tous deux en salopettes) pour acheter du véritable cidre de Thanksgiving.

« Je vais en Iowa », je leur annonce depuis la cabine téléphonique installée à mon étage. « *Où ça?* » « A Davenport, en Iowa. » « Pour tes premières vacances du collège? » « Je sais, mais c'est une occasion formidable, et je ne peux pas la manquer. » « Une *occasion?* De faire *quoi?* » « Oui, de passer Thanksgiving dans la famille de ce copain qui s'appelle Bill Campbell » « *Qui?* » « Campbell. Comme le coureur. Il couche dans mon dortoir. » Mais ils m'attendent. Tout le monde m'attend. Morty a les billets pour le match. Et moi, je parle d'*occasion?* « Et qui est ce garçon que tu nous sors tout d'un coup, ce Campbell? » « Mon ami! Bill! » « Mais », dit mon père, « et le cidre? » Mon Dieu, voilà, ça y est, exactement ce que je m'étais juré de ne pas permettre! — je suis en larmes et c'est le petit mot « cidre » qui a obtenu ce résultat. Il a du génie, cet homme-là — il pourrait se présenter à l'émission de Groucho Marx et ramasser une fortune en devinant le mot secret. A tous les coups, il devine le mien! Et rafle mon gros lot de contrition! « Je ne peux pas me décommander, excusez-moi, j'ai accepté — nous *partons!* » « Vous partez? Et comment, Alex — je ne comprends rien à ce projet », interrompt ma mère, « *comment* partez-vous, si je peux oser cette question, et *où?* et dans une décapotable en plus, *ça aussi* ». « NON ! » « Et si les routes sont verglacées, Alex. » « Nous partons, maman, dans un *tank Sherman!* D'accord? *D'accord?* » « Alex », reprend-elle sévèrement, « je l'entends à ta voix, je sais que tu ne dis pas toute la vérité, vous allez faire de l'auto-stop dans une décapotable et ou je ne sais quoi d'aussi dément — deux mois loin de chez lui, dix-sept ans, et le voilà déchaîné. »

Il y a seize ans que j'ai donné ce coup de fil. Un peu plus de la moitié de mon âge actuel. Novembre 1950 — là, c'est tatoué sur mon poignet, la date de ma Proclamation d'Émancipation. Les enfants qui n'étaient pas encore nés lorsque j'ai téléphoné à mes parents pour dire que je ne rentrais pas à la maison en quittant le collège doivent maintenant y entrer, au collège, je suppose, — seulement moi, je suis toujours en train de téléphoner à mes parents pour annoncer que je ne rentre pas à la maison! Toujours à lutter contre ma famille! A quoi bon avoir sauté ces deux classes en élémentaire et pris une si grande avance sur tous les autres pour me retrouver en fin de compte tellement en arrière? Mes débuts prometteurs sont légendaires : Vedette de tous les spectacles montés par l'école! Adversaire à douze ans des Filles de la Révolution au grand complet! Pourquoi alors est-ce que je vis seul et n'ai pas d'enfants? Cette question n'est pas *non sequitur!* Sur le plan professionnel, je fais mon chemin, d'accord, mais dans le domaine privé, que puis-je présenter à mon actif? Il devrait y avoir sur cette terre des enfants à ma ressemblance en train de jouer? *Pourquoi pas?* Pourquoi n'importe quel *shtunk* possédant une baie vitrée panoramique et un auvent pour sa voiture aurait-il des rejetons et pas moi? Ça ne tient pas debout! Songez-y, la moitié du parcours est presque achevée et je suis toujours là sur la ligne de départ — moi, le premier à s'être débarrassé de ses langes et à avoir mis sa tenue de course! 158 points de Q.I. et toujours en train d'ergoter avec les autorités à propos de consignes et de règlements! de contester l'épreuve à disputer, de contester la légitimité de la commission de contrôle! Oui, « le Râleur » est correct, maman! « Pisse-Vinaigre » est parfait, pan sur le nez du Nez! « M. Pique-Sa-Rogne » — *c'est moi!*

Encore un de ces mots que j'ai cru « juifs » durant toute mon enfance. « Rogne. » « Vas-y, pique ta rogne », me conseillait ma mère. « Tu verras si ça change quelque chose, mon petit génie! » Et comme j'essayais! Comme je me jetais contre les murs de sa cuisine! M. Soupe-au-lait! M. Prends-la-Mouche! M. Crache-sa-Bile! Les sobriquets que je me suis attirés! Dieu préserve n'importe qui de te regarder de travers, Alex, je ne donnerais pas cher de sa peau! M. Toujours-Raison-Jamais-Tort! Grincheux des Sept Nains nous rend visite, Papa. Ah, Hannah, ton Frère la Teigne Nous a Honorés de Sa Présence Ce Soir, C'est Un Plaisir De Vous Avoir, La Teigne. « Ho la, Ho, Silver », soupire-t-elle lorsque je me rue dans ma chambre pour planter mes crocs dans le couvre-lit, « Kid-la-Gale remonte en selle! »

Vers la fin de notre première année d'université, Kay n'eut pas ses règles à la date prévue et nous nous mîmes donc, avec une certaine délectation avide et, détail intéressant, sans l'ombre de panique, à échafauder des plans pour nous marier. Nous nous proposerions comme baby-sitters permanents à de jeunes couples de professeurs qui nous aimaient bien; en échange, ils nous abandonneraient leur vaste grenier pour y loger et une clayette libre dans leur réfrigérateur. Nous porterions de vieux vêtements et mangerions des spaghetti. Kay écrirait des poèmes sur la maternité et, disait-elle, taperait à la machine les compositions de fin de trimestre pour se faire un petit supplément. Nous avions nos bourses, que nous fallait-il de plus? (à part un matelas, quelques briques et quelques planches en guise de bibliothèque, le disque de Dylan Thomas de Kay et, le moment venu, un berceau). Nous nous prenions pour des aventuriers.

« Et tu te convertiras, d'accord? » lui dis-je.

Cette question, dans mon esprit, devait être considérée comme ironique, ou du moins le croyais-je. Mais Kay la prit au sérieux. Pas avec solennité, ne vous y trompez pas, mais au sérieux.

Kay Campbell, Davenport, Iowa : « Pourquoi faudrait-il que je fasse une chose pareille? »

Quelle fille formidable! Merveilleuse, ingénue, candide! Satisfaite, voyez-vous, de ce qu'elle était! Les qualités d'une femme pour lesquelles on *meurt* — je m'en rends compte maintenant! *Pourquoi faudrait-il que je fasse une chose pareille?* Et rien d'abrupt ou de réticent, de fielleux ou de supérieur dans son ton. Le bon sens, voilà tout, formulé en termes les plus simples.

Mais cela mit notre Portnoy en rage, enflamma Kid-la-Gale! Comment ça, *pourquoi* tu ferais une chose pareille? Qu'est-ce que tu crois, *goy* demeurée! Va parler à ton chien, demande-*lui*. Demande à Spot ce qu'il pense, ce génie à quatre pattes! « Tu veux que Kay-Kay devienne juive, Spottie, hein, mon gros père, hein? » Et puis merde, où vas-tu récolter une telle autosatisfaction? Dans le fait d'entretenir des conversations avec des chiens? de reconnaître un orme quand tu en vois un? d'avoir un père qui conduit un break habillé de bois? Qu'est-ce que tu as réussi de tellement mirobolant dans la vie, bébé, ce tarin à la Doris Day?

J'étais, par bonheur, si stupéfait de mon indignation que je restai sans voix pour l'exprimer. Comment pouvais-je ressentir une blessure en un point où je n'étais même pas vulnérable? A quoi étions-nous le plus indifférents, Kay et moi, qu'à primo l'argent, secundo la religion? Notre philosophe favori était Bertrand Russell. Notre religion était la religion de Dylan Thomas, Joie et Vérité! Nos enfants seraient athées! J'avais simplement fait une plaisanterie! Et pourtant, il semblerait que je ne lui pardonnai jamais : au cours des semaines qui suivirent notre fausse alerte, elle en vint à me paraître fastidieusement prévisible dans la conversation et à peu près aussi désirable qu'un tas de blanc de baleine au lit. Et cela me surprit de la voir prendre les choses si mal quand je dus finalement lui déclarer que je n'éprouvais plus pour elle qu'indifférence. Je me montrai tout à fait sincère, voyez-vous, comme Bertrand Russell disait que je devais l'être. « Je ne veux plus te voir, Kay, tout simplement; je ne peux pas cacher mes sentiments, je suis désolé. » Elle pleura de façon pitoyable; sur le campus elle promenait de terribles petites poches sous ses yeux bleus rougis, elle ne venait plus aux repas, elle manquait des cours... Et j'étais stupéfait. Car j'avais cru depuis le début que c'était moi qui l'aimais et non pas elle qui m'aimait. Quelle surprise de découvrir que c'était précisément le contraire!

Ah, vingt ans et plaquer sa maîtresse — ce premier et pur frisson de sadisme vis-à-vis d'une femme! Et le rêve de celles à venir. Je regagnai le New Jersey en ce mois de juin, grisé de ma propre « force », me demandant comment j'avais pu être à ce point captivé par un être aussi ordinaire et aussi mastoc.

Un autre cœur « gentil » brisé par moi fut celui de la « Pèlerine ». Sarah Abbott Maulsby, New Canaan, Foxcroft et Vassar (où elle avait comme compagnon, dans une écurie de Poughkeepsie, cette autre beauté aux cheveux de lin, son « alezan »).

Une fille élancée de vingt-deux ans, douce, gracieuse, fraîche émoulue du collège et qui travaillait comme réceptionniste dans le bureau du sénateur du Connecticut quand nous fîmes connaissance et nous mîmes en ménage durant l'automne de 1959.

J'étais membre de la Sous-Commission Parlementaire chargée de l'enquête sur les scandales des jeux télévisés. Parfait pour un socialiste en chambre comme moi; fraude commerciale à l'échelon national, exploitation du public innocent, chicanerie administrative inextricable — bref, la bonne vieille cupidité capitaliste. Et puis, bien sûr, en prime spéciale, Charlatan Van Doren. Une telle personnalité, tant d'intelligence et de distinction, cette candeur et ce charme juvénile — le W.A.S.P., ne diriez-vous pas? Et qui s'avère être un faisan. Eh bien, qu'est-ce que tu dis de ça, Amérique des Gentils? Le Supergoy, un *gonif!* Qui vole de l'argent. Convoite de l'argent. Veut de l'argent, fera n'importe quoi pour en avoir. Seigneur Dieu, presque aussi terrible que les Juifs — bande de Parpaillots hypocrites!

Oui, j'étais un heureux petit juifton là-bas à Washington, un petit Groupe Stern à moi tout seul, très occupé à dynamiter l'honneur et l'intégrité de Charlie, tout en devenant simultanément l'amant de cette aristocratique beauté yankee dont les ancêtres débarquèrent sur ces rivages au XVIIe siècle. Phénomène dont rend compte l'expression Bouffer Du Goy Et En Brouter Aussi.

Pourquoi n'ai-je pas épousé cette ravissante fille qui m'adorait? Je la revois dans la galerie, pâle et enchanteresse dans un tailleur bleu marine à boutons dorés, m'observant avec tant de fierté, tant d'amour, tandis que je m'attaquais un après-midi, lors de mon premier contre-interrogatoire en public, à l'agent de publicité d'une chaîne T.V., fuyant comme une anguille... et je faisais impression, en plus, pour ma première apparition en public : froid, lucide, obstiné, avec le cœur battant un peu, sans plus — et vingt-six ans seulement. Ah ça oui, quand je tiens en main toutes les cartes morales, vous les escrocs, garez vos abatis! Pas question de se la couler douce avec moi quand je me sais à quatre cents pour cent dans mon droit!

Pourquoi n'ai-je pas épousé cette fille? Eh bien, il y avait d'abord son argot chichiteux de pensionnat. Je ne pouvais pas le supporter! « Chou » pour joli, « furax » pour en colère, « astap » pour drôle, « zinzin » pour fou. Oh, et *divin* (ce que Mary Jane entend par « sensass » — je suis toujours en train d'expliquer à ces filles comment parler correctement, moi avec mon vocabulaire du New Jersey riche de cinq cents mots). Et puis il y avait les surnoms de ses amis; il y avait ces amis en personne! Poody, Pip et Pebble, Shrimp, Brute et Tug, Squeek, Bumpo, Baba — on aurait cru, disais-je, qu'elle était allée à Vassar avec les neveux de Donald Duck... Mais il faut reconnaître que mon argot la faisait souffrir elle aussi. La première fois que je dis le mot « chier » en sa présence (et en présence de son amie Pebble, avec son col à la Peter Pan et son cardigan en point natté, et bronzée comme une Indienne pour avoir tellement joué au tennis au Chevy Chase Club), une expression de souffrance si vive se peignit sur le visage de la Pèlerine, on aurait cru que je venais de lui marquer ces cinq lettres au fer rouge dans la chair. Pourquoi, demanda-t-elle d'une voix si plaintive lorsque nous fûmes seuls, pourquoi fallait-il que je sois si « déplaisant »? Quel plaisir cela pouvait-il m'apporter d'être aussi « mal léché »? Qu'avais-je « prouvé », grands dieux? « Pourquoi faut-il que tu sois aussi empoisonnant? C'était tellement gratuit. » Empoisonnant étant pour les « Débutantes » l'équivalent de désagréable.

Au lit? Rien d'insolite, pas d'acrobaties ni d'exploits où l'audace s'allie à la technique; comme nous avions baisé la première fois, ainsi nous continuâmes, — j'attaquais et elle capitulait et la chaleur engendrée sur son lit à colonnes d'acajou (un souvenir de famille des Maulsby) était considérable. Notre seul plaisir marginal, c'était le grand miroir fixé au dos de la porte de la salle de bains. Là, debout cuisse à cuisse je chuchotais : « Regarde, Sarah, regarde. » Au début, elle se montrait timide, me laissait faire seul le voyeur, au début elle était modeste et ne se soumettait que sur ma prière, mais avec le temps, prise elle aussi d'une sorte de passion pour le miroir, elle suivait le reflet de notre accouplement avec une certaine intensité mêlée de surprise dans le regard. Voyait-elle ce que je voyais? *En poils du pubis noirs, Messieurs et Dames, poids soixante-quinze kilos pour moitié halvah non digérée et pastrami chaud, Le Blair, Alexander Portnoy, de Newark, N.J.! Et son adversaire, en poils blonds, avec ses membres fuselés et élégants et le délicat visage virginal d'un Botticelli, ce pourvoyeur toujours en vogue de gracieusetés mondaines ici même au Garden, soixante kilos de raffinement républicain, et la plus effrontée paire de nichons de toute la Nouvelle-Angleterre, Sarah Abbott Maulsby, de New Canaan, Connecticut.*

Ce que je veux dire, Docteur, c'est que je n'ai pas l'impression de planter ma bite dans ces filles autant que je la plante dans leurs antécédents, — comme si, par la copulation, j'allais découvrir l'Amérique. *Conquérir* l'Amérique — peut-être est-ce plus exact. Colomb, le capitaine Smith, le gouverneur Winthrop, le général Washington — et aujourd'hui Portnoy. Comme si mon destin évident était de séduire une fille de chacun des quarante-huit États. Quant aux femmes de l'Alaska et d'Hawaï, pas de comptes à régler, pas de coupons à monnayer, pas de rêves à apaiser — que sont-elles pour moi, une troupe d'Esquimaudes et d'Orientales? Non, je suis un enfant des années quarante, de l'écoute radiophonique et de la Seconde Guerre mondiale, de huit équipes pour une division et de quarante-huit États pour un pays. Je sais toutes les paroles du chant des « Marines », de *Les Caissons roulent en grondant* — du Chant de l'Armée de l'Air. Je connais la chanson de l'Aéronavale : « Levez les ancres du ciel/nous sommes les marins de l'air/nous volons sur toutes les mers » — je peux même vous chanter la chanson des Seabees. Allez-y, indiquez-moi dans quelle arme vous avez servi, Spielvogel, je vous chanterai votre chanson! Je vous en prie, permettez, c'est moi qui casque. Nous avions l'habitude de nous asseoir sur nos manteaux, je me rappelle, sur les dalles de ciment, adossés aux murs épais des couloirs dans le sous-sol de notre école primaire, chantant en chœur pour garder un moral intact jusqu'à ce que le signal de fin d'alerte ait retenti — « Johnny Zero ». « Louez le Seigneur et chargez les canons. » « L'as des pilotes l'a dit/Croyez-le, c'est tout cuit/Quand il tire, ça ne fait pas un pli! » Citez une chanson, et si elle était à la gloire de la Bannière Étoilée, je la connais mot pour mot. Oui, je suis un enfant des exercices d'alerte aérienne, Docteur, je me rappelle Corregidor et la *Cavalcade of America*, et ce drapeau, palpitant sur sa hampe, hissé sous cet angle tragique au-dessus d'Iwo Jima ensanglanté. Colin Kelly fut abattu en flammes lorsque j'avais huit ans et Hiroshima et Nagasaki se volatilisèrent en fumée dans la même semaine lorsque j'avais douze ans; et c'était au cœur de mon enfance, quatre années consacrées à haïr Tojo, Hitler et Mussolini, à aimer cette république courageuse et résolue! A soutenir de tout mon petit cœur juif notre Démocratie Américaine! Eh bien, nous avons gagné, l'ennemi est mort dans une impasse derrière la Wilhelmstrasse, et mort parce que j'ai prié pour qu'il meure — et maintenant je veux obtenir ce qui me revient. *Mon G.I. Bill* [1] à moi — de la vraie fesse américaine! Les chagattes de « ma-patrie-c'est-toi... »! Je jure fidélité à la cramouille des États-Unis d'Amérique! — et à la république qu'elle représente; Davenport, Iowa! Dayton, Ohio! Schenectady, New York, et Troy tout proche! Fort Meyers, Floride! New Canaan, Connecticut! Chicago, Illinois!

1. Bourse d'étude des anciens combattants.

Albert Lea, Minnesota! Portland, Maine! Moundsville, West Virginia! Doux pays des minous *shikse*, c'est toi que je chante!

Des montagnes
Aux prairies
Aux océans, blancs d'écu-u-u-ummmmme
Dieu bénisse l'A-mé-ri-quuue
Patrie, OH MA PA-TRI-I-I-I-E!

Imaginez ce que cela signifiait pour moi de savoir que des générations de Maulsby étaient enterrées dans le cimetière de Newburyport, Massachusetts, et des générations d'Abbott à Salem. *Terre où sont morts mes pères, terre d'orgueil des Pèlerins...* Exactement. Oh, et plus encore. Voilà une fille dont la mère avait la chair de poule en entendant prononcer le nom d' « Eleanor Roosevelt ». Qui elle-même avait sauté sur les genoux de Wendell Wilkie à Hobe Sound, Floride, en 1942 (alors que mon père récitait des prières pour F.D.R. à l'occasion des High Holidays et que ma mère le bénissait en allumant les bougies du vendredi soir). Le Sénateur du Connecticut avait été camarade de chambre de son papa à Harvard et son frère « Paunch », diplômé de Yale, disposait d'un siège à la Bourse de New York et (quelle chance n'avais-je pas?) jouait au polo (oui, des jeux qui se pratiquent du haut d'un cheval!) le dimanche après-midi dans le comté de Westchester, comme il l'avait fait durant toutes ses années de collège. Elle aurait pu être une Lindabury, vous ne voyez donc pas? Une fille du patron de mon père! Elle savait barrer un voilier, elle savait comment manger son dessert avec deux couverts d'argent (une tranche de gâteau qu'on peut prendre à la main, et vous auriez dû la voir la manipuler avec cette fourchette et cette cuillère, — comme un Chinois avec ses baguettes! Quels talents on lui avait enseignés dans ce lointain Connecticut!) Des activités qui relevaient de l'exotisme pur et même des tabous, elle les exerçait avec tant de simplicité, comme allant de soi! Et j'étais aussi bouleversé (bien que ce ne soit pas là toute l'histoire) que Desdémone apprenant l'existence des Anthropophages. Il m'arriva de tomber dans son album personnel sur une coupure de presse, un article ayant pour titre : « Une Débutante par jour », qui commençait par, « SARAH ABBOTT MAULSBY — Canards, cailles et faisans feraient bien d'ouvrir l'œil aux environs de New Canaan cet automne, car Sally, fille de M. et de Mme Edward H. Maulsby de Greenley Road s'entraîne pour la saison de chasse. Le tir... » — avec un fusil, Docteur — « le tir n'est qu'un des passe-temps favoris de Sally. Elle adore aussi l'équitation et cet été espère s'attaquer avec une canne à lancer... » — écoutez bien ça; je crois que cette histoire ravirait mon fils aussi — « espère s'attaquer avec une canne à lancer et un moulinet à ces truites qu'on trouve près de Windview, la résidence d'été de la famille. »

Ce dont Sally était incapable, c'était de me tailler une plume. Décharger un fusil sur un petit coin-coin, c'est parfait, mais me sucer la pine, c'est au-delà de ses possibilités. Elle était navrée, disait-elle, que je le prenne tellement à cœur, mais c'était simplement une expérience qu'elle n'avait aucune envie de tenter. Je ne devais pas réagir comme s'il s'agissait d'un affront personnel, disait-elle, car ça n'avait rien à voir avec moi en tant qu'individu... Ah vraiment? Mon cul, oui, fillette! Oui, ce qui me mettait dans une telle fureur, c'était la conviction précisément d'être en butte à la discrimination. Mon père ne pouvait obtenir d'avancement à la Boston and Northeastern exactement pour la même raison que Sally Maulsby ne pouvait s'abaisser à me faire un pompier. Où était la justice en ce bas monde? Où était la Ligue Anti-Diffamatoire B'nai B'rith! — « Je te le fais bien, moi », dis-je. La Pèlerine haussait les épaules, répliquait avec douceur, « Tu n'y es pas obligé, en tout cas. Tu le sais très bien. Si tu n'y tiens pas... » « Ah mais si, j'y tiens — ça n'est pas que j'y sois obligé. J'y tiens même beaucoup. » « Eh bien », répondit-elle, « moi pas. » « Mais *pourquoi?* » « Parce que. Je n'ai pas envie. » « Merde, c'est une réponse d'enfant, Sarah. Parce que. Donne-moi une raison. » « Je... je ne veux pas faire ça, tout simplement. » « Mais cela nous ramène à ma question. *Pourquoi?* » « Alex, je ne peux pas. Je ne peux pas, tout simplement. » « Donne-moi une seule bonne raison. » « Je t'en prie », répliqua-t-elle, connaissant ses droits. « Je ne pense pas y être obligée. »

Non, elle n'y était pas obligée — car pour moi la réponse était de toute façon assez claire : *Parce que tu ne sais pas te laisser porter sous le vent ou ce qu'est un foc, parce que tu n'as jamais, possédé un frac ni jamais été à un bal costumé*... Parfaitement, si j'étais un grand *goy* blond en culotte de cheval réséda avec des bottes à revers à cent dollars, ne vous en faites pas, elle n'hésiterait pas à me faire une pipe, j'en suis bien sûr!

Je me trompe. Trois mois durant, je lui ai exercé des pressions sur la nuque (pressions que contrecarrait une surprenante résistance, remarquable et même touchante démonstration d'entêtement de la part d'un être aussi doux et conciliant); trois mois durant, je l'assaillis d'arguments et la tiraillai toutes les nuits par les deux oreilles. Puis un soir, elle m'invita à aller écouter le Quatuor à Cordes de Budapest qui jouait Mozart à la Bibliothèque du Congrès; au cours du dernier mouvement du Quintette pour clarinette, elle me prit la main, ses joues s'empourprèrent et une fois rentrés dans son appartement et au lit, Sally déclara, « Alex... je vais le faire. » « Faire quoi? » Mais elle avait disparu pour s'engouffrer sous les couvertures et, invisible, me suçait. C'est-à-dire qu'elle avait pris ma queue dans sa bouche où elle la garda pendant soixantes secondes environ; elle tenait là mon petit engin surpris, Docteur, comme un thermomètre. Je rejetai les couvertures — il ne fallait pas manquer ça! Quant à sentir, il n'y avait pas grand-chose à sentir, mais oh le spectacle! Seulement Sally avait déjà fini. Elle l'avait maintenant rangé le long de sa figure, comme s'il s'était agi du levier de vitesse de sa Hillman-Minx. Et des larmes coulaient sur ses joues.

« Je l'ai fait » annonça-t-elle.

« Sally, oh, Sarah, ne pleure pas. »

« Mais je l'ai fait, je l'ai vraiment fait, Alex. »

« ... Tu veux dire », demandai-je, « c'est tout? »

« Tu veux dire », fit-elle, le souffle coupé, « *encore?* »

« Eh bien, pour être franc, encore un peu. Je veux être sincère avec toi, je n'y serais pas insensible... »

« Mais elle grossit. Je vais suffoquer. »

UN JUIF ÉTOUFFE UNE DÉBUTANTE AVEC SA BITE. *La victime, de Georgetown, est diplômée de Vassar. Un prétendu avocat appréhendé.*

« Pas si tu respires, voyons. »

« Si, je vais m'étrangler. »

« Sarah, le remède le plus sûr contre l'asphyxie, c'est la respiration. Respire tout simplement, et ça se borne à ça... enfin, plus ou moins. »

Dieu la bénisse, elle essaya. Mais refit surface, haletante.

« Je te l'avais dit », gémit-elle.

« Mais tu ne respirais pas. »

« Je ne peux pas avec ce truc dans ma bouche. »

« Par le nez. Fais semblant de nager. »

« Mais je ne suis pas en train de nager! »

« FAIS SEMBLANT ! » insistai-je, et en dépit d'une nouvelle tentative héroïque, elle resurgit quelques secondes après, prise d'une quinte de toux, en larmes. Je la pris alors dans mes bras (cette ravissante fille si pleine de bonne volonté! Convaincue par Mozart de pomper le nœud d'Alex! Oh, douce comme Natacha dans *Guerre et Paix!* Une tendre et jeune comtesse!) Je la berçai, la taquinai, la fis rire et pour la première fois, lui dis, « Je t'aime aussi, mon bébé », mais bien entendu, il n'aurait pu être plus clair pour moi que malgré tant de charmes et de qualités — malgré sa beauté, sa grâce de biche, sa place dans l'histoire américaine — je ne pourrais jamais éprouver d' « amour » pour la Pèlerine. Sans tolérance pour ses faiblesses. Jaloux de ses exploits. Hostile à sa famille. Non, il n'y avait là guère de place pour l'amour.

Non, Sally Maulsby fut seulement un beau geste qu'un fils eut un jour vis-à-vis de son père. Une modeste vengeance contre M. Lindabury pour toutes ces soirées et tous ces dimanches passés par Jack Portnoy à récolter de l'argent dans le quartier noir. Un petit bonus arraché à la Boston and Northeastern pour toutes ces années de service, et d'exploitation.

En exil

Le dimanche matin, lorsqu'il fait assez chaud, vingt des hommes du quartier (ceci se passe à l'époque du centre-champ rapproché) font une série de parties de softball en sept manches qui, commencées à neuf heures du matin, s'achèvent vers une heure de l'après-midi, l'enjeu de chaque partie étant d'un dollar par tête. L'arbitre est notre dentiste, le vieux docteur Wolfenberg; *le* « diplômé » de collège du quartier, — l'école du soir dans High Street, mais pour nous l'égal d'Oxford. Parmi les joueurs, il y a notre boucher, son frère jumeau notre plombier, l'épicier, le propriétaire de la station service où mon père prend son essence — tous s'échelonnent de trente à cinquante ans, bien que je ne les évoque pas par rapport à leur âge, mais seulement comme « les hommes ». Sur la plaque de but et même sur celle du lanceur, ils roulent des mâchoires autour de trognons de cigares détrempés. Pas des gamins, voyez-vous, mais des hommes. Du ventre! Du muscle! Des avant-bras noirs de poils! Des crânes chauves! Et puis les voix dont ils sont pourvus — des canons que l'on entend tonner depuis notre perron, un bloc plus loin. J'imagine leurs cordes vocales épaisses comme des fils d'étendage, des poumons du volume de zeppelins! Personne n'a besoin de leur dire de cesser de marmonner et de parler clairement, jamais! Et les énormités qu'ils profèrent! Le bavardage sur le terrain n'est pas du bavardage, c'est de l'ergotage et (pour ce petit garçon qui commence tout juste à apprendre l'art du ridicule) hilarant, en particulier les insultes qui émanent de cet homme que mon père a baptisé « le Russe maboul », Biderman, propriétaire de la confiserie du coin (et officine de book) qui a mis au point un lancer « hésitation » à double détente non seulement très drôle, mais très efficace. « Abracadabra », dit-il et il expédie sa balle avec une force à vous casser les reins. Et il est toujours en train d'asticoter le docteur Wolfenberg : « Être miro pour un arbitre, d'accord, mais pour un dentiste? » A cette idée, il se frappe le front avec son gant. « Un peu de tenue, fumiste », rétorque le docteur Wolfenberg, très Connie Mack avec ses souliers deux tons à perforations et son panama, « ouvre le jeu, Biderman, à moins que tu veuilles te faire virer d'ici pour incorrection! » « Mais comment qu'on t'apprend dans cette école dentaire, Doc, en Braille? »

Pendant ce temps-là, du fin fond de l'extra-champ parviennent les plaisanteries de l'un d'eux qui ressemble plus à un gâcheur de plâtre qu'à un Homo Sapiens, le roi des camelots, Allie Sokolow. Le *pisk* qu'il peut faire! (comme dirait ma mère). Pendant la moitié d'une manche, l'invective coule à flots en direction de la plaque de but de sa position de centre arrière et quand c'est à son équipe de prendre la batte il va se placer près du servant de première base et l'invective coule à flots ininterrompus dans la direction opposée — et rien de tout ça ne concerne en quoi que ce soit les contretemps qui pourraient intervenir sur le terrain. Tout au contraire. Mon père, quand il n'est pas parti travailler le dimanche matin vient s'asseoir pour regarder quelques manches avec moi; il connaît Allie Sokolow (comme il connaît la plupart des joueurs) depuis qu'ils étaient gosses ensemble au Central Ward, avant qu'il rencontre ma mère et aille s'installer à Jersey City. Il affirme qu'Allie a toujours été comme ça, « un vrai comique ». Quand Allie fonce sur la deuxième base, glapissant ses insanités et ses astuces vaseuses en direction de la plaque de but (où il n'y a même pas encore de batteur — où le docteur Wolfenberg est simplement en train d'épousseter la plaque avec la balayette qu'il amène sur le terrain), les spectateurs dans les tribunes ne pourraient pas être plus ravis; ils s'esclaffent, ils applaudissent, ils vocifèrent, « Vas-y, chambre-le, Allie! Lâche lui le paquet, Sokolow! » Et invariablement, le docteur Wolfenberg, qui se prend un tout petit peu plus au sérieux que l'amateur moyen (et qui est Juif allemand, par-dessus le marché), lève une main, interrompant une partie déjà interrompue par Sokolow, et dit à Biderman, « Veux-tu, je te prie, faire ressortir ce *meshuggener* dans l'extra-champ? »

Je vous le dis, c'est une troupe irrésistible! Je m'assieds sur les gradins de bois le long de la première base, humant cet aigre arôme printanier au creux de mon gant de base-ball — sueur, cuir, vaseline — et je me tirebouchonne. Je ne peux pas m'imaginer vivant ma vie ailleurs qu'ici. Pourquoi m'en aller, pourquoi partir alors que se trouve ici tout ce dont j'aurai jamais envie? L'art de mettre en boîte, de plaisanter, de cabotiner, de feindre — n'importe quoi pour faire rire! J'adore ça! Et pourtant tout au fond d'eux-mêmes, ils sont sérieux, ils y croient dur comme fer. Vous devriez les voir à la fin des sept manches quand ce dollar doit changer de main. Ne me dites pas à *moi* qu'ils n'y croient pas dur comme fer! Perdre et gagner, ça n'est pas une rigolade... et pourtant c'en est une! Et c'est là ce qui me charme le plus. Si farouche que soit la compétition, ils ne peuvent s'empêcher de faire les pitres et de discutailler. De faire leurs numéros! Comme je vais aimer grandir pour devenir un homme juif! Vivre à jamais dans le quartier de Weequahic et jouer au softball sur Chancellor Avenue de neuf heures à une heure le dimanche, une parfaite combinaison de rigolo et de joueur acharné, de mariole ergoteur et de redoutable matraqueur de balles. Je me rappelle tout cela où? quand? Pendant que le capitaine Meyerson décrit lentement une dernière courbe au-dessus de l'aérodrome de Tel-

Aviv. J'ai le visage collé au hublot. *Oui je pourrais disparaître je pense, changer de nom et jamais plus personne n'entendrait parler de moi* — puis Meyerson vire sur l'aile de mon côté et je contemple pour la première fois le continent d'Asie, de sept cents mètres de hauteur, je contemple la Terre d'Israël, où le peuple juif vit le jour pour la première fois, et je suis crucifié par le souvenir de parties de softball du dimanche matin à Newark.

Le couple âgé assis à côté de moi (les Salomon, Edna et Felix), qui, en une heure de vol, m'ont tout raconté sur leurs enfants et leurs petits-enfants à Cincinnati (avec, bien entendu, un plein portefeuille d'adjuvants visuels), échangent maintenant des coups de coude en hochant la tête dans leur silencieuse satisfaction; ils se penchent même pour toucher du bout des doigts des amis assis de l'autre côté de l'allée centrale, un couple de Mount Vernon dont ils viennent de faire la connaissance (les Perl, Sylvia et Bernie) et ces deux-là *kvell* également pour voir un jeune avocat juif, grand et beau garçon (et célibataire! éventuel conjoint pour une fille à marier!) se mettre soudain à pleurer en prenant contact avec une piste d'atterrissage juive. Toutefois, ce qui a provoqué ces larmes, ça n'est pas, comme les Salomon et les Perl pourraient l'imaginer, ce premier aperçu du sol de la patrie accueillant dans son sein l'exilé, mais le son à mon oreille de ma propre voix de petit garçon de neuf ans — *ma* voix, je veux dire, à cet âge. Moi à neuf ans! A coup sûr un râleur, un faiseur de grimaces, un effronté, un *kvetch*, à coup sûr ma petite voix aiguë ne perd jamais son exaspérant côté couineur où rôdent en permanence l'humeur et la revendication (« comme si », dit ma mère, « le monde lui devait quelque chose... à neuf ans ») mais aussi un gamin qui rit, qui plaisante, ne l'oublions pas, un enthousiaste, un romantique, un imitateur-né, un amoureux de la vie à neuf ans! enfiévré de rêves si simples, bornés au voisinage immédiat! « Je vais au terrain », je lance vers la cuisine, des fibres de saumon coincées tel du fil dentaire moisi entre mes dents, « je vais au terrain, m'man », dis-je en frappant de mon petit poing qui sent le poisson la paume de mon gant, « je rentrerai vers une heure ! » « *Attends* un instant ! Quelle heure ? Où ? » « *Au terrain!* » je vocifère — je suis très porté sur la vocifération pour me faire entendre, c'est comme de piquer une colère, avec les conséquences en moins, — « *pour regarder les hommes!* »

Et c'est cette phrase qui me démolit au moment où nous touchons le sol d'*Eretz Yisroel :* pour regarder les hommes.

Car je les aime, ces hommes. Je veux grandir pour devenir l'un d'entre eux ! Rentrer à la maison pour le déjeuner du dimanche à une heure, avec des chaussettes d'où s'exhale l'âcre fumet de vingt et une manches de softball, des sous-vêtements à l'athlétique odeur de fauve, et dans les muscles du bras avec lequel je lance, de légères pulsations dues aux superbes boulets de canon rasants que j'ai décochés tout au long de la matinée pour maintenir l'adversaire près des bases; oui, les cheveux ébouriffés, le sable crissant sous les dents, les pieds en compote et les *kishkas* endoloris d'avoir tant ri, autrement dit, en pleine forme, un Juif robuste maintenant glorieusement éreinté — oui, je rentre chez moi pour ressusciter... et auprès de qui ? Auprès de *ma* femme et de *mes* enfants, auprès de ma propre famille, et ici même dans le quartier de Weequahic ! Je me rase et me douche — des ruisselets d'eau d'un brun fangeux s'écoulent de mon crâne, ah, c'est bon, ah oui, c'est un vrai plaisir d'être planté là debout à s'ébouillanter presque à mort sous cette pluie brûlante. Cela me frappe comme tellement *viril*, la conversion de la douleur en plaisir. Puis là-dessus, un saut dans d'élégants slacks et sur le dos une chemise de « gaucho » repassée de frais — perfecto ! Je siffle une chanson populaire, j'admire mes biceps, j'astique d'un coup sec mes chaussures en faisant claquer le chiffon, et pendant ce temps-là, mes gosses feuillettent les journaux du dimanche (les lisent avec des yeux exactement de la couleur des miens) et gloussent de rire sur le tapis du living-room; et ma femme, Mme Alexander Portnoy, est en train de mettre la table dans la salle à manger — nous avons mon père et ma mère comme invités, ils vont arriver d'une minute à l'autre, comme tous les dimanches. Un avenir, voyez-vous! Un simple et satisfaisant avenir! Une partie de softball épuisante, hilarante pour me dépenser physiquement — ceci pour la matinée —, puis dans l'après-midi, le débordant et chaleureux ragoût de la vie familiale, et le soir trois heures de radio avec les meilleurs programmes du monde : oui, tout comme je me délectais en compagnie de *mon* père des descentes de Jack Benny dans sa cave, et des conversations de Fred Allen avec Mme Nussbaum; et de celles de Phil Harris avec Frankie Remley, de même mes enfants s'en délecteront avec moi, et ainsi de suite jusqu'à la centième génération. Et puis après Kenny Baker, je boucle à double tour la porte d'entrée et celle de derrière, éteins toutes les lumières (vérifie et — comme le fait mon père — revérifie la veilleuse de la cuisinière à gaz afin que nos vies ne nous soient point ravies durant la nuit). J'embrasse et souhaite bonne nuit à ma jolie petite fille et à mon astucieux petit garçon à moitié endormis, et dans les bras de Mme A. Portnoy, cette femme douce et affectueuse (et, dans mon sirupeux mais modeste fantasme, sans visage) j'alimente les feux de mon ardent plaisir. Le matin, je pars vers le centre de Newark pour me rendre au Tribunal du Comté d'Essex où je passe toute ma journée à tenter de faire rendre justice aux pauvres et aux opprimés.

Notre classe de seconde visite le palais de justice pour en étudier l'architecture. Une fois rentré chez moi et dans ma chambre ce soir-là, j'écris dans mon nouvel album personnel, sous « DEVISE PRÉFÉRÉE » : « Ne piétine pas les déshérités. » PROFESSION PRÉFÉRÉE ? « Avocat. » HÉROS PRÉFÉRÉ ? « Tom Paine et Abraham Lincoln. »

Lincoln est assis devant le Palais de Justice (en effigie de bronze due à Gutzon Borglum), l'air tragique et paternel : vous savez bien à quel point la justice le préoccupe. Une statue de Washington, debout, très droit et impérieux devant son cheval, se dresse dans Broad Street; c'est l'œuvre de J. Massey Rhind (nous griffonnons ce deuxième nom impossible et qui sied si peu à un sculpteur dans notre carnet de notes); notre professeur d'art nous dit que ces deux statues sont « l'orgueil de la ville », et nous nous dirigeons deux par deux vers les tableaux du Musée de Newark. Washington, je dois l'avouer, me laisse froid. Peut-être est-ce le cheval, le fait qu'il soit appuyé à un cheval. De toute façon, il a tellement l'air d'un *goy*. Mais Lincoln! J'en pleurerais. Regardez-le assis là, si *oysgemitchet*. Comme il s'est acharné en faveur des opprimés... comme je le ferai moi-même!

Un gentil petit garçon juif? Je vous en prie, je suis le plus gentil petit garçon juif qui ait jamais existé! Regardez simplement mes fantasmes, comme ils sont édifiants et altruistes! Gratitude envers mes parents, loyauté envers ma tribu, dévouement à la cause de la justice!

Et puis? Où est le mal? travailler dur dans une profession fondée sur un idéal? Jouer à des jeux sans fanatisme ni violence, des jeux pratiqués par des gens animés du même esprit et dans la gaieté; gagner le pardon et l'amour de la famille. Quel mal y avait-il à croire à tout cela? Qu'est-il arrivé au bon sens dont je faisais preuve à neuf, dix, onze ans? Comment en suis-je arrivé à devenir un tel ennemi, un tel censeur de moi-même? Et si seul! *Oh*, si seul! Rien que *moi-même!* Prisonnier de *moi-même!* Oui, je suis obligé de me poser la question (tandis que l'avion m'emporte — je crois — loin de mon bourreau), qu'est-il advenu de mes aspirations, ces objectifs si dignes et valables? Un foyer? Je n'en ai pas. Une famille? Non! Des choses que je pourrais obtenir d'un simple claquement de doigts... alors pourquoi ne pas les faire claquer et m'engager dans la vie? Non, au lieu de border mes enfants et de m'étendre à côté d'une épouse fidèle (à laquelle je suis moi-même fidèle), j'ai, deux soirs différents, introduit dans mon lit (coïtinstantanément, comme on dit au bordel) une petite putain italienne rondouillarde et un mannequin américain illettré et déboussolé. Et ça ne répond même pas à l'idée que je me fais du « bon temps », nom de Dieu! Alors quoi? Je vous l'ai dit! Et j'étais sincère — rester chez moi à écouter Jack Benny avec mes gosses! Élever des enfants intelligents, aimants, robustes! Protéger une femme de la bonne race! Dignité! Santé! Amour! Diligence! Intelligence! Confiance! Décence! Bonne Humeur! Compassion! Qu'est-ce que j'en ai à foutre, du sexe à sensations? Comment puis-je patauger ainsi dans un problème aussi bête que celui de la chagatte? Quelle absurdité d'avoir finalement attrapé la vérole! A mon âge! Parce que j'en suis bien sûr : Lina m'a collé un sale truc! Ce n'est qu'une question de temps pour que le chancre apparaisse. Mais je n'attendrai pas, je ne peux pas : à Tel-Aviv un docteur, toute affaire cessante, avant que le bubon ou la cécité s'installent.

Oui, mais cette fille morte là-bas à l'hôtel? Car elle aura accompli le geste fatal maintenant, j'en suis sûr. Elle se sera jetée du balcon en petite culotte. Elle aura marché dans la mer et se sera noyée, vêtue du plus petit bikini du monde. Elle aura bu la ciguë parmi les ombres baignées de clair de lune de l'Acropole — dans sa robe du soir de Balenciaga! Cette connasse à la cervelle vide, exhibitionniste, suicidaire! Ne vous inquiétez pas, quand elle le fera, ce sera photographiable — le tableau se présentera comme une publicité de lingerie féminine! Elle sera là, comme d'habitude, dans la partie magazine du journal du dimanche — seulement elle sera morte! Je dois faire demi-tour avant d'avoir à jamais sur la conscience ce suicide ridicule! J'aurais dû téléphoner à Harpo! Je n'y ai même pas pensé — j'ai simplement pris la tangente pour sauver *ma* peau! L'amener à un téléphone pour qu'elle parle à son docteur. Mais aurait-il parlé? J'en doute! Ce salaud de muet, il *faut* qu'il parle, avant qu'elle exerce son irréversible vengeance : UN MANNEQUIN S'OUVRE

LA GORGE DANS UN AMPHITHÉATRE ; *Médée interrompu par un suicide...* Et ils publieront le message qu'ils trouveront, très vraisemblablement au fond d'une bouteille fichée dans sa craquette! « C'est Alexander Portnoy le responsable. Il m'a forcée à coucher avec une putain et ensuite il a refusé de faire de moi une honnête femme. Mary Jane Reed. » Dieu merci, cette demeurée n'a aucune notion d'orthographe! Tout ça sera du grec pour ces Grecs! Espérons!

Sauve qui peut! En cavale, à nouveau je tente d'échapper — mais à quoi? A quelqu'un d'autre qui me voudrait un saint! Ce que je ne suis pas! Et ne veux ni ne compte être! Non, toute culpabilité de ma part est *comique!* Je refuse d'en entendre parler! Si elle se tue. Mais ce n'est pas ce qu'elle s'apprête à faire. Non, ce sera bien plus épouvantable que ça : elle va téléphoner au maire! Et voilà pourquoi je m'esbigne! Mais elle ne le ferait pas. Mais elle le *ferait*, oui. Elle le *fera*. Il est plus que probable qu'elle l'a déjà fait. Vous vous rappelez? *Je te dénoncerai, Alex. J'appellerai John Lindsay sur l'inter. Je téléphonerai à Jim Breslin.* Et elle est assez cinglée pour le faire! Breslin, ce flic! Ce génie de commissariat! Oh, Seigneur, faites qu'elle soit morte alors! Saute, pauvre ignare, garce destructrice, plutôt toi que moi! Il ne manquerait plus qu'elle se mette à lancer des coups de fil aux agences d'information; je vois d'ici mon père descendant au coin de la rue après le dîner pour acheter le *Newark News* — et enfin le mot SCANDALE imprimé en énormes caractères au-dessus d'une photo de son fils bien-aimé! Ou prenant les nouvelles de sept heures pour voir le correspondant de la C.B.S. à Athènes interviewant le Singe sur son lit d'hôpital. « Portnoy, c'est bien ça. Grand P. Puis O. Puis R., je crois. Oh, je me rappelle pas le reste, mais je le jure sur ma chatte humide, monsieur Rudd, il m'a fait coucher avec une putain! » Non, non, je n'exagère *pas :* songez un instant à son caractère ou à l'absence dudit. Vous vous souvenez de Las Vegas? Vous vous souvenez de son désespoir? Alors, vous voyez bien que ce n'était pas simplement ma conscience qui me punissait. Non, quelle que soit la vengeance que je puisse imaginer, elle pourrait l'imaginer aussi. Et le fera ! Croyez-moi, nous n'avons pas fini d'entendre parler de Mary Jane Reed. J'étais censé lui sauver la vie, et *je ne l'ai pas fait;* au lieu de ça, je l'ai fait coucher avec des putains ! Alors n'allez pas croire que nous avons fini d'en entendre parler ! »

Et là, pour m'inciter à me botter les fesses moi-même avec encore plus d'énergie, là, toute bleue au-dessous de moi, la mer Égée. La mer Égée de La Citrouille ! Ma poétique Américaine ! Sophocle ! Il y a si longtemps ! Oh, ma Citrouille — bébé, dis-le encore, *Pourquoi ferais-je une chose pareille ?* Une personne qui avait une claire conscience d'elle-même ! Assez intacte psychologiquement pour ne pas chercher auprès de moi le salut et la rédemption ! Qui n'avait pas besoin d'être convertie à ma foi glorieuse ! Les poèmes qu'elle me lisait à Antioch, l'éducation littéraire qu'elle me donnait, une perspective entièrement nouvelle, une compréhension de l'art, de la création artistique... Oh, pourquoi donc l'ai-je laissée partir? Je n'arrive pas à le croire — parce qu'elle refusait d'être *juive ?* « L'éternelle note de tristesse. » « Le trouble flux et reflux de la misère humaine. »

Mais s'agit-il bien de misère humaine? Je l'imaginais plus noble ! Une souffrance chargée de dignité ! Une souffrance *chargée de sens* — peut-être plus ou moins dans l'esprit d'Abraham Lincoln. Une tragédie, pas une farce ! Quelque chose d'un peu plus sophocléen, voilà ce que j'avais en tête. Le Grand Libérateur et ainsi de suite. L'idée ne m'avait à coup sûr jamais effleuré que je finirais par tenter de libérer de l'esclavage ma seule biroute. LIBÉREZ MA PINE ! Le voilà, le slogan de Portnoy ! La voilà l'histoire de ma vie, tout entière résumée en trois mots grossiers et héroïques. Une mascarade ! Ma politique entièrement dégringolée dans mon zob ! ARTISTES EN BRANLETTE DE TOUS LES PAYS, UNISSEZ-VOUS ! VOUS N'AVEZ RIEN A PERDRE

QUE VOTRE CERVELLE ! Quel *monstre* je fais ! N'aimant rien ni personne. N'aimant pas, n'étant pas aimé ! Et sur le point de devenir le Profumo de John Lindsay !

Ainsi me semblait-il, une heure après avoir quitté Athènes.

Tel-Aviv, Jaffa, Jérusalem, Beer-She'va, la mer Morte, Sodome, 'Ein Gedi, puis au nord vers Césarée, Haïfa, Akko, Tibériade, Safed, la Haute-Galilée... et toujours cela participait plus du rêve que de la réalité. Non que j'aie recherché cette sensation, d'ailleurs. J'avais eu ma dose d'imprévu avec ma compagne en Grèce et à Rome. Non, pour tenter de donner un sens quelconque à l'impulsion qui m'avait tout d'abord catapulté à bord de l'avion d'El Al, pour transformer à nouveau le fugitif éperdu que j'étais en homme — maître de sa volonté, conscient de ses intentions — faisant ce que je voulais et non ce que je devais — je m'étais mis à voyager dans tout le pays comme si ce périple avait été entrepris délibérément, préparé, désiré, et pour des motifs louables, encore que conventionnels. Oui, j'allais vivre (maintenant que je me trouvais, inexplicablement, ici) ce que l'on appelle une expérience hautement éducative. J'allais m'améliorer, ce qui est bien dans mon style, après tout. Ou l'était, non? N'est-ce pas pour cette raison que j'ai toujours un crayon à la main lorsque je lis? Pour apprendre? Pour devenir *meilleur?* (que qui?). J'étudiai donc des cartes dans mon lit, fis l'acquisition de brochures historiques et archéologiques, engageai des guides, louai des voitures — avec obstination, dans cette chaleur accablante, je recherchai et visitai tout ce que je pouvais : tombeaux, synagogues, forteresses, mosquées, sanctuaires, ports, ruines, les nouvelles et les anciennes. Je vis les grottes de Carmel, les vitraux de Chagall (moi et une centaine de dames du Hadassah de Detroit), l'Université Hébraïque, les fouilles de Bet She'an

— je visitai les kibboutzim verdoyants, les terres désertiques brûlées de soleil, les rudes postes frontières dans les montagnes; j'escaladai même une partie du Masada sous les feux d'artillerie du soleil. Et tout ce que je vis, je constatai que je pouvais l'assimiler et le comprendre. C'était l'histoire, c'était la nature, c'était l'art. Même le Neguev, cette hallucination, je le ressentis comme réel et de ce monde. Un désert. Non, ce qui était incroyable et étrange pour moi, plus nouveau que la mer Morte ou même que la dramatique sauvagerie de Tsin, où pendant une heure hallucinée j'errai sous l'aveuglante lumière d'un soleil de plomb entre des rochers blancs où (je le lus dans mon guide) les tribus d'Israël errèrent pendant si longtemps (où j'ai ramassé comme souvenir — elle se trouve à vrai dire en ce moment même dans ma poche — une pierre semblable, comme me l'enseignait mon guide, à celle dont se servit Zipporah pour circoncire le fils de Moïse), ce qui conférait à mon séjour tout entier un caractère absurde, c'était un fait simple mais (pour moi) totalement invraisemblable : je suis dans un pays juif. Dans ce pays, tout le monde est juif.

Mon rêve commence dès que je débarque. *Je me trouve dans un aérodrome où je n'ai jamais mis les pieds auparavant et tous les gens que je vois — passagers, hôtesses de l'air, vendeurs de billets, porteurs, pilotes, chauffeurs de taxi — sont juifs.* Est-ce tellement différent des rêves que relatent vos patients? Est-ce tellement différent du genre d'expérience qu'apporte le sommeil? Mais à l'état de veille, qui a jamais entendu parler d'une chose pareille? Les inscriptions sur les murs sont juives — des graffiti juifs! Le *drapeau* est juif. Les visages sont les visages que l'on voit dans Chancellor Avenue! les visages de mes voisins, de mes oncles, de mes professeurs, des parents de mes amis d'enfance. Des visages comme mon propre visage! mais qui se profilent contre un fond de mur blanc, de soleil torride et de végétation tropicale hérissée de piquants. Et ce n'est pas non plus Miami Beach. Non, des visages de l'Europe de l'Est, mais à un jet de pierre de l'Afrique! Avec leurs shorts, les hommes me rappellent les chefs moniteurs des camps d'été juifs où je travaillais durant mes vacances du collège — seulement il ne s'agit pas là de camps d'été! Ils sont chez eux! Ce ne sont pas les professeurs de lycée de Newark partis pour deux mois avec un calepin et un sifflet dans les monts Hopatcong du New Jersey. Ce sont (il n'y a pas d'autre mot!) les indigènes. Revenus au bercail! C'est là que tout à commencé! Ils se sont simplement absentés pour de longues vacances, c'est tout! Dites donc, ici, c'est *nous*, les Wasps! *Mon taxi traverse une grande place entourée de cafés en terrasse comme on pourrait en voir à Paris ou à Rome. Seulement ces cafés sont bourrés de Juifs. Le taxi dépasse un autobus. Je jette un coup d'œil à l'intérieur. Encore des Juifs. Y compris le chauffeur! Y compris le policier qui, un peu plus loin, règle la circulation! A l'hôtel, je demande une chambre au réceptionniste. Il a une fine moustache et parle anglais comme s'il était Ronald Colman. Et pourtant, il est juif lui aussi.*

Et maintenant, le drame s'épaissit :

Il est minuit passé. Plus tôt dans la soirée, la promenade le long de la mer était une cohue joyeuse et animée de Juifs — des Juifs mangeant des glaces, des Juifs buvant des sodas, des Juifs conversant, riant, marchant bras dessus bras dessous. Mais maintenant, alors que je reprends le chemin de mon hôtel, je me retrouve pratiquement seul. Au bout de la promenade, que je dois dépasser pour atteindre l'hôtel, je vois cinq jeunes gens qui bavardent en fumant des cigarettes. Des jeunes gens juifs, bien entendu. Comme je m'approche d'eux, il m'apparaît clairement qu'ils attendent mon arrivée. L'un d'eux avance d'un pas et s'adresse à moi en anglais. « Quelle heure est-il? » Je regarde ma montre et je me rends compte qu'ils ne vont pas me permettre de passer. Ils vont m'agresser! Mais comment est-ce possible? S'ils sont juifs et que je suis juif, quel motif peut les pousser à me nuire?

Je dois leur dire qu'ils commettent une erreur. Certainement ils ne veulent pas me traiter comme le ferait une bande d'antisémites. « Excusez-moi », dis-je et je me fraye un passage parmi eux, une expression sévère sur mon visage pâli. L'un d'eux appelle, « M'sieu, quelle heure... » sur quoi j'accélère l'allure et continue rapidement jusqu'à mon hôtel, incapable de comprendre pourquoi ils auraient pu songer à me terrifier ainsi, alors que nous sommes tous des Juifs.

Voilà qui défie l'interprétation, qu'en pensez-vous?

Dans ma chambre, j'enlève rapidement mon pantalon et mon caleçon et, sous la lampe de chevet, j'examine mon pénis. Je découvre un organe sans tache et sans aucun signe apparent de maladie, et pourtant, je ne me sens pas soulagé. Il se peut que dans certains cas (peut-être justement les plus graves) on ne constate aucune manifestation apparente d'infection. Les effets débilitants s'exercent plutôt à l'intérieur du corps, invisibles, invérifiables, jusqu'à ce qu'enfin la progression du mal soit irréversible, et le malade condamné.

Le matin, je suis réveillé par le bruit sous ma fenêtre. Il est tout juste sept heures et pourtant quand je regarde au-dehors, je vois la plage déjà grouillante de monde. C'est un spectacle surprenant à une heure aussi matinale, d'autant que c'est samedi et que je prévoyais une atmosphère de piété et de solennité imprégnant la ville en ce jour de sabbat. Mais la foule des Juifs — une fois de plus! — est gaie. J'examine mon membre à la vive lumière du matin et me sens — une fois de plus! — submergé d'appréhension en constatant qu'il semble en parfait état.

Je quitte ma chambre pour aller me jeter dans la mer en compagnie des Juifs si joyeux. Je me baigne à l'endroit où la foule est la plus dense. Je joue dans une mer pleine de Juifs! de Juifs qui cabriolent, qui folâtrent! Regardez leurs membres juifs se déplaçant dans l'eau juive! Regardez les enfants juifs qui rient et se conduisent comme si l'endroit leur appartenait... ce qui est le cas! Et le maître nageur, encore un Juif! Vers les deux extrémités de la plage, aussi loin que porte mon regard, des Juifs — et d'autres encore qui se déversent sur la plage tout au long de cette belle matinée, comme d'une corne d'abondance. Je m'étends sur le sable, je ferme les yeux. Au-dessus de moi, j'entends un moteur : rien à craindre, un avion juif. Sous moi le sable est chaud, du sable juif. J'achète une glace juive à un vendeur juif. « Est-ce que ce n'est pas fabuleux ? » me dis-je à moi-même. « Un pays juif! » Mais l'idée est plus facile à exprimer qu'à comprendre; je n'arrive pas vraiment à en saisir la signification. Alex au Pays des Merveilles.

Dans l'après-midi, je sympathise avec une jeune femme aux yeux verts et à la peau bronzée qui est lieutenant dans l'armée juive. Le lieutenant m'amène le soir dans un bar du quartier du port. Les clients, dit-elle, sont pour la plupart des dockers. Des dockers juifs ? Oui. Je ris et elle me demande ce qu'il y a de tellement drôle. Je suis excité par son corps menu et voluptueux étranglé à la taille par la large sangle de sa ceinture kaki. Mais quelle petite créature décidée, dépourvue d'humour, maîtresse d'elle-même. Je ne sais pas si elle m'autoriserait à commander une consommation pour elle, même si je parlais la langue. « Qu'est-ce que vous préférez ? » me demande-t-elle, après que nous avons chacun englouti une bouteille de bière juive, « les tracteurs, les bulldozers ou les tanks ? » Je ris de nouveau.

Je l'invite à mon hôtel. Dans la chambre, nous chahutons, nous nous embrassons, nous commençons à nous déshabiller et, très vite, je perds mon érection. « Vous voyez », dit le lieutenant, comme confirmé maintenant dans ses soupçons, « je ne vous plais pas. Pas du tout. » « Si, oh si, » je réponds, « depuis que je vous ai vue dans la mer, vous me plaisez, vous me plaisez vraiment, vous êtes lisse comme un bébé phoque » — mais alors, dans ma honte, désemparé et anéanti par ma détumescence, je m'exclame, — « mais j'ai peut-être une maladie, voyez-vous. Ça ne serait pas honnête. » « Ça aussi vous trouvez que c'est drôle? » *réplique-t-elle d'une voix sifflante et, furieuse, elle remet son uniforme et s'en va.*

Des rêves? Si seulement ç'avait été des rêves! Mais je n'ai pas besoin de rêves, Docteur, c'est pourquoi j'en fais rarement — parce qu'à la place, j'ai cette vie. Avec moi, tout se passe au grand jour. La disproportion et le mélodrame, voilà mon pain quotidien! Les coïncidences des rêves, les symboles, les situations atrocement risibles, les banalités étrangement menaçantes, les accidents et les humiliations, les coups de chance ou de malchance bizarrement répartis que les autres éprouvent les yeux fermés, je les accueille, moi, avec les yeux grands ouverts. Qui d'autre, à votre connaissance, a été effectivement menacé par sa mère du couteau redouté? Qui d'autre a eu la chance d'être si ouvertement menacé de castration par sa maman? Qui d'autre, en plus de cette mère, avait un testicule qui ne voulait pas descendre? Une couille qu'il a fallu cajoler et chouchouter, *persuader*, droguer! pour qu'elle se décide à descendre s'installer dans le scrotum comme un homme! Qui d'autre connaissez-vous qui se soit cassé une jambe à courser des *shikses?* Ou qui se soit déchargé dans l'œil à son dépucelage? Ou qui ait trouvé un véritable singe vivant en pleine rue de New York, une fille passionnée pour La Banane. Docteur, il se peut que d'autres patients aient des rêves — avec moi, *tout arrive*. J'ai une vie *sans* contenu latent. Le fantasme devient *réalité*. Docteur : *je ne pouvais pas bander dans l'État d'Israël!* Qu'est-ce que vous dites de ce symbolisme, *bubi?* Voyons un peu qui réussirait mieux dans le mode d'extériorisation? Incapable de rester en état d'érection sur la Terre Promise! Du moins pas quand j'en avais besoin, pas quand je le voulais, pas quand il y avait quelque chose de plus désirable pour l'y planter. Mais il se trouve qu'il est impossible de planter du pudding au tapioca dans quoi que ce soit. Du pudding au tapioca, voilà ce que j'offre à cette fille. Du baba détrempé! Un dé à coudre de truc fondu. Et pendant tout ce temps-là, cette petite lieutenante si sûre d'elle-même, exhibant si fièrement ces nichons israéliens, prête à se faire monter par un commandant de char!

Et puis encore une fois, mais pire encore. Ma déchéance finale, mon humiliation — Naomi, La Citrouille juive, L'Héroïne, cette belle fille hardie, rousse, constellée de taches de son, pénétrée d'idéal! Je l'ai ramassée alors qu'elle faisait du stop pour gagner Haïfa depuis un kibboutz sur la frontière libanaise, où elle était allée rendre visite à ses parents. Elle avait vingt et un ans, près d'un mètre quatre-vingts, et donnait l'impression de n'avoir pas fini de grandir. Ses parents étaient des sionistes de Philadelphie venus s'installer en Palestine juste avant le déclenchement de la Seconde Guerre mondiale. Après avoir terminé son service militaire, Naomi avait décidé de ne pas retourner dans le kibboutz où elle était née et avait grandi, mais de se joindre à une communauté de jeunes Israéliens nés dans le pays occupés à déblayer les éboulis de roche volcanique noire dans un camp aride au cœur des montagnes dominant la frontière syrienne. Le travail était rude, les conditions de vie primitives et il y avait toujours la nuit le danger d'infiltration dans le camp de commandos syriens armés de grenades et de mines antipersonnel. Et elle adorait ça! Une fille admirable et courageuse. Oui, une Citrouille juive! Une deuxième chance m'était accordée!

Intéressant. Je l'associe instantanément à ma Citrouille perdue; alors que, physiquement, elle correspond, bien entendu, à ma mère. Couleur, gabarit, caractère même, j'ai pu le constater — maîtresse dans l'art de me prendre en faute, professionnelle du rappel à l'ordre. Elle exige la perfection chez ses hommes. Mais à tout ceci, je suis aveugle : la ressemblance entre cette fille et la photo de ma mère dans son album de collégienne, je ne la perçois même pas.

Voici à quel point j'étais hystérique et désorienté en Israël.

Quelques minutes après l'avoir ramassée sur la route, je me demandais sérieusement, « Pourquoi ne pas l'épouser et rester? Pourquoi ne pas grimper dans ces montagnes et y commencer une nouvelle existence? »

D'emblée, nous avons commencé à parler gravement de l'humanité. Sa conversation fourmillait de slogans passionnés assez semblables à ceux de mon adolescence. *Une société juste. La lutte commune. La liberté individuelle. Une vie socialement productive.* Mais comme elle portait son idéalisme avec naturel, pensai-je. Oui, c'était bien la fille qu'il me fallait — innocente, le cœur sur la main, *zaftig*, sans apprêt et jamais désorientée. Évidemment! Je ne veux pas de vedettes de cinéma, de mannequins ou de putains, ou n'importe quelle combinaison des trois. Je ne veux pas vivre dans l'extravagance sexuelle, ni poursuivre cette masochiste divagation que j'ai connue. Non, je veux la simplicité, je veux la santé, je la veux elle!

Elle parlait un anglais parfait, encore qu'un peu livresque — avec juste une touche de vague accent européen. Je cherchais avec insistance à dépister en elle la fille américaine qu'elle aurait été si ses parents n'avaient jamais quitté Philadelphie. *Ç'aurait pu être ma sœur*, je pense, une autre fille solide aux idéaux élevés. Je peux même imaginer Hannah ayant émigré en Israël si elle n'avait pas trouvé Morty pour la sauver. Mais qui y avait-il là-bas pour me sauver? Mes *shikses?* Non, non, c'est moi qui *les* sauve. Non, mon salut repose clairement en cette Naomi. Elle coiffe ses cheveux, comme une enfant, en deux longues tresses, un artifice bien sûr, un processus onirique s'il en fut, destiné à m'empêcher de me souvenir nettement de cette photo d'école de Sophie Ginsky, que les garçons appelaient « Carotte », qui irait loin avec ses grands yeux bruns et sa jugeote. Dans la soirée, après avoir passé la journée (sur ma demande) à me faire visiter l'antique cité arabe d'Akko, Naomi épingla ses nattes en une double couronne autour de sa tête, comme une *grand*-mère, je me rappelle avoir pensé. « Quelle différence avec ma cover-girl », me dis-je, « avec ses perruques et ses postiches, et les heures passées chez Kenneth. Comme ma vie changerait! Un homme nouveau! — avec cette femme. »

Son projet était de passer la nuit dehors dans son sac de couchage. Elle avait quitté le camp pour sa semaine de vacances, voyageant grâce aux quelques livres que ses parents avaient pu lui donner comme cadeau d'anniversaire. Les plus fanatiques de ses camarades, me dit-elle, n'auraient jamais accepté un tel présent et l'auraient sans doute blâmée de n'avoir pas su en faire autant. Elle recréa pour moi une discussion qui avait fait rage dans le kibboutz de ses parents alors qu'elle était encore une petite fille, à propos du fait que certains possédaient des montres et d'autres pas. Après plusieurs débats passionnés des membres du kibboutz, la décision de procéder tous les trois mois à la rotation des montres permit de résoudre le problème.

Pendant la journée, au cours du dîner, puis tandis que nous nous promenions le long du mur du port romantique d'Akko, je lui racontai ma vie. Puis je lui demandai si elle voulait revenir avec moi et boire un verre à mon hôtel d'Haïfa. Elle accepta, elle avait beaucoup à dire au sujet de mon histoire. J'eus alors envie de l'embrasser, mais songeai, « Et si j'avais vraiment une maladie vénérienne? » Je n'étais toujours pas allé voir un docteur, en partie parce que je répugnais à raconter à un inconnu que j'avais eu des contacts avec une putain, mais surtout parce que je n'avais noté aucun symptôme d'aucune sorte. Il était clair que je me portais fort bien et n'avais *pas besoin* d'un docteur. Néanmoins, lorsque je me tournai vers elle pour lui demander de m'accompagner à l'hôtel, je résistai à une subite envie d'écraser ma bouche contre ses pures lèvres socialisantes.

« La société américaine », dit-elle, laissant tomber à terre son sac à dos et son matériel de couchage et continuant la conférence qu'elle avait commencée tandis que nous roulions le long de la baie pour regagner Haïfa, « non seulement sanctionne les relations barbares et injustes entre les hommes, mais encore elle les encourage. Voyons, peut-on le nier? Non. La rivalité, la compétition, l'envie, la jalousie, tout ce qu'il y a de pernicieux dans le caractère de l'homme est alimenté par le système. Les biens matériels, l'argent, la propriété — c'est d'après ces critères corrompus que vous autres mesurez le bonheur et le succès. Pendant ce temps-là », dit-elle en se perchant, jambes croisées, sur le lit, « de vastes fractions de votre population sont privées du minimum nécessaire à une vie décente. Ça n'est pas vrai, ça aussi? Parce que votre système est basé sur l'exploitation, foncièrement avilissant et injuste. Par conséquent, Alex » — elle utilisait mon nom comme l'aurait fait une institutrice sévère, la réprobation perçait dans son ton, — « il ne pourra jamais y avoir quoi que ce soit qui se rapproche d'une égalité véritable dans un tel milieu. Et c'est indiscutable, vous ne pouvez qu'être d'accord, si vous êtes le moins du monde honnête.

« Par exemple, à quoi avez-vous abouti avec vos enquêtes sur le scandale des jeux télévisés? A un résultat quelconque? A rien, permettez-moi de le dire. Vous avez dénoncé la corruption de certains individus faibles. Mais le système qui les a dressés à la corruption, là vous n'avez rien changé. Le système n'a pas été ébranlé. Le système est resté intact. Et pourquoi? Parce que, Alex » — Oh, oh, voilà que ça vient — « vous êtes vous-même aussi corrompu par le système que M. Charles Van Horn. (Nom de nom! Toujours imparfait! Vlan!) Vous n'êtes pas l'ennemi du système. Vous n'êtes pas même un défi au système, comme vous semblez le croire. Vous n'êtes qu'un de ses policiers, un employé que l'on paye, un complice. Pardonnez-moi, mais je dois dire la vérité : vous pensez servir la justice, vous n'êtes qu'un laquais de la bourgeoisie. Vous avez un système basé sur l'exploitation et l'injustice, foncièrement cruel et inhumain, fermé aux valeurs humaines, et votre travail consiste à donner à ce système l'apparence de la légitimité et de la morale, en agissant comme si les droits humains et la morale pouvaient réellement exister dans cette société — alors que manifestement c'est impossible.

« Vous savez, Alex », — quoi encore? — « vous savez pourquoi ça m'est égal de voir les gens porter une montre ou pas, ou d'avoir accepté cinq livres dont mes " riches " parents m'ont fait cadeau? Vous savez pourquoi ces discussions sont stupides et pourquoi elles m'irritent? Parce que je sais que, foncièrement, — vous comprenez, foncièrement! » — oui, je comprends! Il se trouve, bizarrement, que l'anglais est *ma* langue maternelle! — « foncièrement le système auquel je participe (et volontairement, ça aussi, c'est crucial, — volontairement!), que ce système est humain et juste. Tant que la communauté possède les moyens de production, tant que la communauté subvient à tous les besoins, tant qu'aucun homme n'a la possibilité d'accumuler des richesses ou d'exploiter la valeur excédentaire du travail d'un autre, alors le caractère essentiel du kibboutz est respecté. Aucun homme n'est privé de sa dignité. Dans le sens le plus large, l'égalité règne. Et c'est ce qui compte le plus. »

« Naomi, je vous aime. »

Elle étrécit ses grands yeux bruns idéalistes.

« Comment pouvez-vous m'aimer? Qu'est-ce que vous racontez? »

« Je veux vous épouser. »

Boum, elle se lève d'un bond. Plaignez le terroriste syrien qui essaiera de l'attaquer par surprise.

« Qu'est-ce qui vous prend? Vous voulez faire de l'humour ou quoi? »

« Soyez ma femme, la mère de mes enfants. N'importe quel *shtunk* avec une baie panoramique a des enfants. *Pourquoi pas moi?* Je porte le nom de la famille! »

« Vous avez bu trop de bière au dîner. Oui, je crois que je devrais m'en aller. »

« Non! » Et de nouveau j'explique à cette fille que je connais à peine et qui ne me plaît même pas, quel amour profond je ressens pour elle. « L'amour » — oh, cela me fait frissonner! « aaaamou-our », comme si je pouvais, avec ce mot, provoquer le sentiment.

Et quand elle essaye de sortir, je bloque la porte. Je la supplie de ne pas partir pour aller s'étendre sur une quelconque plage poisseuse d'humidité, alors qu'il y a ce grand lit Hilton si confortable que nous pouvons partager. « Je n'essaye pas de faire de vous une bourgeoise, Naomi. Si le lit est trop luxueux, nous pouvons faire ça par terre. »

« Des rapports sexuels? » réplique-t-elle. « Avec *vous?* »

« Oui! Avec moi! Fraîchement émoulu de mon système foncièrement injuste! Moi, le complice! Oui! L'imparfait Portnoy! »

« Monsieur Portnoy, excusez-moi, mais entre vos plaisanteries stupides, si ce sont même des plaisanteries... »

A ce stade, une petite lutte s'ensuivit tandis que je la pourchassais jusqu'au bord du lit. Je tendis la main vers sa poitrine et, d'une brusque détente du sommet du crâne vers le haut, elle me cogna le dessous de la mâchoire.

« Où avez-vous appris ça, bon Dieu », hurlai-je, « dans l'armée? »

« Oui. »

Je me laissai tomber dans un fauteuil. « Vous parlez d'un entraînement à faire suivre à une fille! »

« Savez-vous », demanda-t-elle, sans la moindre trace de charité, « il y a quelque chose qui ne va pas du tout chez vous ».

« J'ai la langue qui saigne, pour commencer... »

« Vous êtes la personne la plus malheureuse que j'aie jamais connue. Vous êtes comme un bébé. »

« Non! Pas du tout! » mais elle écarta d'un geste toute explication de ma part et commença à me chapitrer sur les insuffisances qu'elle avait pu constater chez moi au cours de la journée.

« Cette façon que vous avez de dénigrer votre vie ! Pourquoi faites-vous ça ? Ça n'apporte rien à un homme de dénigrer sa vie comme vous le faites. Vous semblez prendre une sorte de plaisir spécial, une certaine fierté, à vous faire vous-même la cible de votre étrange sens de l'humour. Tout ce que vous dites est toujours déformé, d'une façon ou d'une autre, pour paraître " drôle ". Toute la journée la même chose. Plus ou moins, tout est ironique, ou autodestructif... Autodestructif ? »

« Autodestructeur. Autosarcastique. »

« Exactement ! Et vous êtes un homme d'une haute intelligence — ce qui fait que c'est encore plus désagréable. Les services que vous pourriez rendre ! Comme c'est stupide, cette autodestruction ! Comme c'est déplaisant ! »

« Oh, je ne sais pas trop », dis-je. « Après tout, l'autodestruction est une forme classique de l'humour juif. »

« Pas de l'humour juif ! Non ! De l'humour du *ghetto !* »

Guère d'affection dans cette remarque, je ne vous le cacherai pas. L'aube venue, on m'avait fait comprendre que je représentais la somme de tout ce qu'il y avait de plus honteux dans « la culture de la Diaspora ». Ces siècles et ces siècles d'errance avaient produit justement des hommes désagréables dans mon genre — terrifiés, sur la défensive, autodestructeurs, émasculés, et corrompus par la vie dans le monde des Gentils. C'étaient les Juifs de la Diaspora exactement comme moi qui étaient allés par millions à la chambre à gaz sans jamais lever la main contre leurs persécuteurs, qui ne savaient même pas défendre leur vie avec leur sang. La Diaspora ! Le mot même la remplissait de fureur.

Lorsqu'elle eut terminé, je déclarai : « Merveilleux ! Et maintenant baisons. »

« Vous êtes vraiment répugnant ! »

« Parfaitement. Tu commences à comprendre, vaillante Sabra ! Va donc cultiver la vertu dans tes montagnes, d'accord ? Va donc jouer les modèles pour l'humanité ! Sainte Juive de mes fesses ! »

« Monsieur Portnoy », dit-elle en soulevant du sol son sac à dos, « vous n'êtes qu'un Juif qui se hait lui-même. »

« Ah, mais Naomi, c'est peut-être la meilleure espèce. »

« Lâche! »

« Garçon manqué. »

« *Schlemiel!* »

Et elle marcha vers la porte. Seulement je lui plongeai dessus par-derrière et d'un placage éclair fis basculer cette superbe rousse robuste et didactique sur le sol avec moi. Je vais lui montrer qui est un *schlemiel*, moi! Et un bébé! Et si j'ai la vérole? Parfait! Formidable! Encore mieux! Qu'elle la rapporte donc secrètement injectée dans son sang vers les montagnes! Qu'elle se répande à travers elle parmi tous ces garçons et filles juifs si braves et vertueux! Une bonne dose de chtouille leur fera le plus grand bien! Voilà comment ça se passe dans la Diaspora, mes petits apôtres, voilà comment ça se passe en exil! Tentation et déshonneur! Corruption et autodérision! Autodestruction — et autodéfécation aussi! Gémissements, hystérie, compromission, confusion, maladie! Oui, Naomi, je suis souillé, oh, je suis impur — et aussi, j'en ai plein le cul, ma chère, de ne jamais être tout à fait assez bien pour le Peuple Élu.

Mais quelle résistance elle m'a opposée, cette grosse connasse de pécore! Cet ex-G.I.! Ce substitut maternel! Écoutez, est-ce possible? Oh, je vous en prie, ça ne peut pas être aussi simpliste! Pas moi! Ou dans un cas comme le mien, est-ce qu'en fait on ne peut pas être assez simpliste? Parce qu'elle était rousse avec des taches de son, selon mon inconscient à sens unique, cela ferait d'elle ma mère? Simplement parce qu'elle et la dame de mon passé sont issues de la même pâle lignée de Juifs polonais? Voilà donc l'apogée du drame œdipien, Docteur? Continuons la farce, mon ami! Un peu dur à avaler, je le crains. *Œdipus Rex* est une célèbre tragédie, corniaud, pas une plaisanterie de plus! Vous êtes un sadique, vous êtes un charlatan et un rigolo minable! Je veux dire que c'est peut-être pousser les choses un peu trop loin sous prétexte de s'en payer une tranche, docteur Spielvogel, docteur Freud, docteur Kronkite ! Qu'est-ce que vous diriez d'un modeste hommage, mes salopards, à la Dignité de l'Homme ! *Œdipus Rex* est la pièce la plus atroce et la plus sérieuse de toute l'histoire de la littérature — ça n'est pas un gag !

Dieu soit loué, en tout cas, pour les haltères d'Heshie. Elles étaient devenues miennes après sa mort. Je les emportais dans la cour et là, au soleil, je les soulevais, les soulevais, les soulevais, à l'époque où j'avais quatorze et quinze ans. « Tu vas te donner une *tsura* avec ces engins », m'avertissait ma mère de la fenêtre de sa chambre. « Tu vas attraper froid là dehors dans ce maillot de bain. » Je me faisais envoyer des brochures de Charles Atlas et de Joe Bonomo. Je vivais pour m'offrir le spectacle de mon torse se gonflant dans le miroir de ma chambre. En classe, je faisais jouer mes muscles sous mes vêtements. Au coin de la rue, j'en détaillais du regard les renflements noueux sur mes avant-bras. J'admirais mes veines dans l'autobus. Un jour quelqu'un s'attaquerait à moi et à mes deltoïdes et il le regretterait toute sa vie. Mais personne ne s'y attaqua, Dieu merci.

Jusqu'à Naomi ! C'était pour elle, donc, que j'avais tellement ahané et frissonné sous l'œil désapprobateur de ma mère. Je ne veux pas dire par là qu'elle n'avait pas plus de ressources que moi dans les mollets et les cuisses — mais dans les épaules et la poitrine, j'avais le dessus et j'en profitai pour la plaquer au sol au-dessous de moi — puis je glissai ma langue dans son oreille, y goûtant les grains de sable de notre voyage, résidus de toute cette terre sacrée. « Oh, je vais te baiser, ma petite Juive ! » je lui chuchotai méchamment.

« Vous êtes fou ! » et elle essayait de me repousser de toute sa force qui était considérable. « Vous êtes un échappé d'asile ! »

« Non, oh, non ! » lui dis-je, avec un grondement du fond de la gorge, « oh, non, tu as besoin d'une leçon, Naomi », et je pesai sur elle, pesai de tout mon poids pour lui inculquer cette leçon : oh toi, vertueuse Juive, les rôles sont renversés, *tsatkeleh!* C'est *toi* qui es sur la défensive maintenant, Naomi — obligée d'expliquer tes pertes vaginales à tout le kibboutz! Tu trouves qu'ils se mettaient dans tous leurs états à propos des montres! Attends un peu qu'ils aient vent de cette histoire! Qu'est-ce que je donnerais pour être là quand tu seras mise au pilori pour avoir contaminé l'orgueil et l'avenir de Sion! Alors peut-être finiras-tu par éprouver la crainte respectueuse qui nous est due, à nous autres Juifs déchus et névrosés! Le socialisme existe, mais les spirochètes aussi, ma jolie! Voilà donc ton introduction, très chère, à l'aspect le plus répugnant des choses. Allez, en bas, en bas, le short kaki patriotique, étale tes côtelettes, sang de mon sang, déverrouille la forteresse de tes cuisses, ouvre tout grand ce trou juif messianique! Prépare-toi, Naomi, je suis sur le point d'empoisonner tes organes de reproduction! Je suis sur le point de changer l'avenir de la race!

Mais bien entendu, je ne pouvais pas. Je lui léchai les oreilles, suçai son cou mal lavé, enfonçai mes dents dans ses nattes... et puis, alors même que sa résistance commençait peut-être à faiblir sous mes assauts, je m'écartai d'elle en roulant sur le côté et m'immobilisai, vaincu, contre le mur — sur le dos.

« Inutile », dis-je. « Je ne peux pas bander dans ce patelin. »

Elle se releva, se tint plantée au-dessus de moi. Reprit son souffle. *Baissa* les yeux sur moi. L'idée me vint qu'elle allait écraser la semelle de sa sandale sur ma poitrine. Ou peut-être me flanquer une dégelée de coups de pied. Je me souvins de moi petit garçon écolier, en train de coller tous ces œillets de renforcement sur mon cahier. Comment en suis-je arrivé là?

« Im-pui-ssant — en Is-raël, ta ta taaata... » sur l'air de *Lullaby in Birdland.*

« Encore une plaisanterie? » demanda-t-elle.

« Et encore une. Et encore une. Pourquoi dénigrer ma vie? »

Elle eut alors une parole charitable. Elle pouvait se la permettre, de si haut. « Vous devriez rentrer chez vous. »

« Bien sûr, voilà ce qu'il me faut, retourner en exil. »

Et tout là-haut, tout là-haut, elle sourit. Cette monumentale Sabra, si saine! Les jambes modelées par le travail, le short utilitaire, la blouse sans boutons à la trame éraillée — le sourire bienveillant, victorieux! Et à ses pieds poussiéreux en sandales, ce... ce quoi? Ce *fils!* Cet *enfant!* Ce *bébé!* Alexander Portnoy! Portnez! Portnoy- oy-oy-oy!

« Regarde-toi donc », dis-je, « tout là-haut. Comme elles sont grandes, grandes, les femmes! Regarde-toi — comme tu es patriote! Tu aimes *vraiment* la victoire, hein, mon chou? Tu t'y fais sans effort! Ah la la! Culpabilité, connais pas, hein? Extraordinaire, vraiment — quel honneur de t'avoir rencontrée. Écoute, emmène-moi avec toi, Héroïne! Dans la montagne. Je déblaierai des rochers jusqu'à ce que je m'écroule, s'il faut ça pour être un juste. Parce que pourquoi ne pas être juste, toujours juste, encore juste, d'accord? Vivre selon les bons principes? Sans compromission! Laissez *l'autre* être le méchant, pas vrai? Laissez les *goyim* déchaîner le chaos, que le blâme ne retombe que sur eux! Si je suis né pour me montrer austère envers moi-même, inclinons-nous! Une vie exténuante, morale et fructueuse, ruisselante d'autosacrifice, voluptueuse de contrainte! Ah, ça semble merveilleux! Ah, je les goûte déjà, ces cailloux! Qu'est-ce que tu en dis, ramène-moi avec toi — pour plonger dans la pure existence portnoyienne! »

« Vous devriez rentrer chez vous. »

« Au contraire! Je devrais rester! Oui, rester! Acheter un de ces shorts kaki, — devenir un homme!

« Faites comme vous voulez », dit-elle. « Moi je vous quitte. »

« Non, Héroïne, non! » m'écriai-je — car cette fille commençait vraiment à me plaire un peu. « Oh, quel gâchis! »

Cette réflexion lui plut. Elle me considéra d'un air très victorieux, comme si j'avais finalement avoué la vérité sur moi-même. La connasse! « Je veux dire, de ne pas être fichu de baiser une belle grande fille comme toi! »

Elle eut un frisson de dégoût. « Pouvez-vous me dire, je vous prie, *pourquoi* vous croyez-vous obligé d'employer ce mot-là sans arrêt? »

« Les garçons ne disent pas " baiser " là-haut dans la montagne? »

« Non », répondit-elle avec condescendance, « pas comme vous le faites. »

« Eh bien », dis-je, « je suppose qu'ils ne sont pas aussi bouillonnants de rage que moi. Et de mépris. » Et je plongeai vers sa jambe. Parce que jamais assez... JAMAIS ! Il faut que je POSSÈDE !

Mais posséder *quoi?*

« Non! » hurla-t-elle au-dessus de moi.

« Si! »

« *Non!* »

« Alors », implorai-je, tandis que de sa jambe puissante, elle commençait à me traîner vers la porte, « au moins laisse-moi te brouter le minou. Je sais que je peux encore faire ça. »

« Porc! »

Et elle me décocha un coup de pied. Et ne me rata pas! De toutes ses forces, avec cette jambe de pionnière, juste en dessous du cœur. Le coup que je cherchais à récolter? Qui sait ce que je mijotais? Peut-être ne mijotais-je rien du tout. Peut-être étais-je simplement moi-même. Peut-être ne suis-je rien d'autre en réalité qu'un bouffeur de con, une bouche esclave d'une chatte de femme. Sucer! Eh bien c'est comme ça! Peut-être la solution la plus sage pour moi est-elle de vivre à quatre pattes! De ramper à travers l'existence, me repaissant de chagattes, et de laisser aux créatures verticales le soin de redresser les torts et d'engendrer des familles! Qui a besoin de monuments érigés en son nom alors que ce festin se promène dans les rues? Contente-toi donc de ramper dans l'existence — à condition qu'il m'en reste une! Ma tête se mit à tourner, les sucs les plus amers me refluèrent dans la gorge. Oh, mon cœur! Et en Israël! Où d'autres Juifs prospèrent, ici j'expire! Et tout ce que je voulais, c'était de donner un peu de plaisir et m'en faire un peu à moi-même. Pourquoi, oh pourquoi ne puis-je obtenir le moindre plaisir sans que le châtiment vienne à sa suite comme en remorque? Porc? Qui, *moi?* Et tout d'un coup, ça recommence, me voilà de nouveau poignardé par le lointain passé, par ce qui fut, ce qui ne sera jamais! La porte claque, elle est partie — mon salut, ma sœur de race! — et je reste prostré sur le sol à gémir avec MES SOUVENIRS ! Mon enfance sans fin! A laquelle je ne peux pas renoncer — ou qui ne veut pas renoncer à moi! Qui est la clé! Je me rappelle les radis — ceux que je faisais pousser avec amour dans mon Jardin de la Victoire. Dans ce bout de cour à côté de la porte de notre cave. *Mon* kibboutz. Des radis, du persil, des carottes — oui, je suis un patriote, moi aussi, seulement en un autre lieu! (Où je ne me sens pas chez moi *non plus!*) Mais le papier d'argent que j'ai récolté, qu'est-ce que vous en dites? Les paquets de journaux que je trimbalais à l'école! Mon petit album de timbres de la défense, tous soigneusement collés par rangées afin d'écraser l'Axe! Mes modèles réduits d'avions, — mon Piper Cub, mon Hawker Hurricane, mon Spitfire! Comment ceci peut-il arriver au bon petit gamin que j'étais, avec mon amour pour la R.A.F. et les Quatre Libertés. Mon espoir pour Yalta et Dumbarton Oaks! Mes prières pour l'O.N.U.! Mourir? *Pourquoi?* La Punition? *De quoi?* Impuissant? *Pour quelle raison valable?*

La Vengeance du Singe. Bien sûr.

« ALEXANDER PORTNOY, POUR AVOIR DÉGRADÉ LA PERSONNE MORALE DE MARY JANE REED DEUX NUITS D'AFFILÉE A ROME, ET POUR D'AUTRES CRIMES QUE LEUR

NOMBRE NE PERMET PAS DE CITER, CRIMES FONDÉS SUR L'EXPLOITATION DE SON CON, VOUS ÊTES CONDAMNÉ A UN TERRIBLE CAS D'IMPUISSANCE. AMUSEZ-VOUS ! » « Mais, Votre Honneur, elle est majeure, après tout, adulte et consentante — » « NE M'EMMERDEZ PAS AVEC VOS FORMULES JURIDIQUES ! VOUS SAVIEZ RECONNAITRE LE BIEN DU MAL. VOUS SAVIEZ QUE VOUS DÉGRADIEZ UN AUTRE ÊTRE HUMAIN. ET POUR CE MOTIF, POUR L'ACTION QUE VOUS AVEZ COMMISE ET LA FAÇON DONT VOUS L'AVEZ COMMISE, VOUS ÊTES JUSTEMENT CONDAMNÉ A GARDER UNE BITE MOLLE. TROUVEZ D'AUTRES MOYENS DE NUIRE A VOS SEMBLABLES. » « Mais, si je peux me permettre, Votre Honneur, elle était peut-être déjà relativement dégradée avant que je la rencontre. Est-il nécessaire de dire plus que " Las Vegas "? » « OH MERVEILLEUSE DÉFENSE ! ABSOLUMENT MERVEILLEUSE ! ASSURÉE DE VOUS VALOIR LA CLÉMENCE DU TRIBUNAL. VOILA DONC COMMENT NOUS TRAITONS LES DÉSHÉRITÉS, HEIN, MONSIEUR LE RAPPORTEUR ? VOILA DONC COMMENT ON OFFRE A QUELQU'UN L'OCCASION D'ACCÉDER A LA DIGNITÉ HUMAINE SELON VOTRE DÉFINITION ? ENFANT DE SALAUD ! » « Votre Honneur, je vous prie, si je peux me permettre de m'approcher de l'estrade, — après tout, qu'est-ce que je faisais d'autre qu'essayer de... eh bien quoi... de m'amuser un peu, voilà tout. » « OH, ENFANT DE SALAUD ! » « Mais enfin, pourquoi, bon Dieu, est-ce que je ne pourrais pas m'amuser un peu? Pourquoi la moindre tentative de ma part dans la recherche du plaisir est-elle aussitôt illicite — pendant que le reste du monde se vautre en riant dans la boue? *Porc?* Elle devrait voir les accusations et les plaintes qui sont enregistrées dans mon bureau en une seule matinée! ce que les gens peuvent se faire les uns aux autres, poussés par la cupidité et la haine! Pour le fric! Pour le pouvoir! Pour le plaisir de nuire! Pour rien! Ce qu'ils font subir à un *shvartze* pour obtenir une hypothèque sur une maison! Un homme veut avoir ce que mon père appelait un parapluie pour les jours pluvieux — et vous devriez voir ces porcs lui tomber dessus! Et j'entends les vrais porcs, les professionnels! Qui, selon vous, a décidé les banques à se mettre à recruter des Nègres ou des Porto-Ricains pour leur donner des emplois dans cette ville, à envoyer des membres du personnel interviewer les postulants à Harlem? A faire cette chose si simple? Ce porc, ma petite dame — Portnoy! Si vous voulez parler de porc, venez donc à mon bureau et jetez un coup d'œil sur mon courrier n'importe quel matin de la semaine, je vous en montrerai, des porcs! Les choses que font les autres hommes — et dont ils se tirent comme des fleurs! Et sans le moindre scrupule! Infliger une blessure à un être sans défense les fait *sourire*, nom de Dieu, met un peu de piquant dans leur journée! Le mensonge, les combines, les pots-de-vin, les vols, — l'escroquerie, Docteur, tout ça sans un battement de paupière. L'indifférence! L'indifférence morale absolue! Les crimes qu'ils commettent ne leur flanquent même pas une indigestion! Mais moi, j'ose m'offrir une partie de jambes en l'air légèrement insolite, pendant que je suis *en vacances*, — et maintenant je ne peux plus bander! Je veux dire, Dieu me garde d'arracher de mon matelas l'étiquette « Ne pas enlever sous peine de poursuites judiciaires » — à quoi me condamneraient-ils pour ça, à la chaise électrique? Ça me donne envie de gueuler, cette culpabilité ridiculement hors de proportion! Vous permettez? Est-ce que ça risque de trop les secouer dans la salle d'attente? Parce que c'est peut-être ça dont j'ai le plus besoin, hurler. Un pur hurlement, sans autres mots entre moi et ce cri! « C'est la police qui te parle. Tu es cerné, Portnoy. Tu ferais mieux de sortir et de payer ta dette à la société. » « La société, je l'encule, flicard! » « On te donne jusqu'à trois pour sortir les mains en l'air, charogne, sinon on enfonce la porte et on te seringue à bout portant. Un...! » « Vas-y, tire donc, fumier de flic, qu'est-ce que j'en ai à foutre? J'ai arraché l'étiquette de mon matelas. » « Deux. » « Mais au moins, pendant le temps que j'ai vécu, *je m'en suis payé!* »

Aaaaaaaaaaaaaaaaaaaaaaaaaaaaaaaaaaaaaaaaaaaaaaaaaaaaaaaaaaaaaaaaaaa
aaaaaaaaaaaaaaaaaaaaaaaaaaaaaaaaaaaaaaaaaaaaaaaaaaaaaaaaaaaaaaaaaaaaaa
aaaaaaaaaaaaaaaaaaaaaaaaaaaaaaaaaaaaaaaaaaaaaaaaaaaaaaaaaaaaaaaaaaaaaa
aaaaaaaaaaaaaaaaaaaaaaaaaaaaaaaaaaaaaaaaaaaaaaaaaaaaaaaaaaaaaaaaaaaaaa
aaaaaaaaaaaaaaaaaaaaaaaaaaaaaaaaaaaaaaaaaahhhhh!!!!!

MOT DE LA FIN

Pon *(dit le docteur)*. Alors, maintenant, nous beut-être bouvoir gommencer, oui?

GLOSSAIRE YIDDISCH-FRANÇAIS

B'nai Brith : les fils du Seigneur; le peuple choisi; organisation contre l'antisémitisme.
b'nai boruch : Dieu bénisse nos fils.
bonditt : vaurien, bandit.
bubala : poupon.
bubi : mon petit coco.
chazerai : viande de porc, non kosher; sens figuré : cochonnerie.
dreck : merde.
flaishedigeh : produits carnés en cuisine kosher.
flaishiks : voir *flaishedigeh*
gantze knockers : un grand manitou, grosse légume.
genug : ça suffit.
gonif : voleur.
goyische naches : plaisirs stupides de goy; la « joie d'arien à rien », traduction de Frédéric O'Brady, exprimant le snobisme des Juifs envers les non-Juifs.
grieben : graisse de poulet frite.
kishkas : entrailles.
kish mir in tuchis : baise mon cul.
kugel : gâteau de nouilles.
kvell : se réjouir.
kvetch : se plaindre.
matzoh brei : pain azyme brouillé.
matzohs : petits pains azymes.
meshuggeneh : fou.
milchiks : produits laitiers en cuisine kosher.
mishegoss : âneries, sottises.
nudjh : casser les pieds.
pishachs : urine.
pisher : gamin, jeune pisseur.
plotz : crevé.
potch : gifle.
punim : visage.
pysgemitchet : éreinté, esquinté.
rachmones : pitié.
Rosh Hashanah : le premier jour de l'année liturgique.
ruggelech : petits gâteaux au miel.
shande : honte.
shaygetz : jeune homme non juif, un goy.
shiarkes : fort; puissance physique.
shicker goy : ivrogne; poivrot non juif.
shikse : toute femme non juive.
shiva : rituel funéraire d'une durée de sept jours après la mort et l'enterrement d'un parent; les miroirs sont couverts dans la maison pour honorer le défunt, etc.
shkotzi : jeunes voyous non juifs.
shlemiel : connard.
shlepp : pauvre type.

shlong : pénis, vit; aussi, méchant, vipère.
shmattas : torchon, lavette.
shmegeggy : idiot; triste idiot.
shmendrick : crétin.
shtupp : baiser.
shvantz : queue; pénis; vit.
shvitz : transpirer, bain turc.
tallises : châle de prière.
tateleh : mon petit papa (enfantin).
tsatskeleh : jolie fille, enquiquineuse.
tsura : ennuis, catastrophes.
vantz : punaise.
zaftig : plantureuse.

Ce glossaire a été établi grâce à l'aimable collaboration d'Alex Szogyi, Jacqueline Shierr et Cécile Nebel, professeurs au Hunter College de la City University of New York.

Reproduit et achevé d'imprimer
par l'Imprimerie Floch
à Mayenne, le 24 août 1994.
Dépôt légal : août 1994.
1er dépôt légal : mai 1970.
Numéro d'imprimeur : 36334.
ISBN 2-07-027337-7 / Imprimé en France.

69312